ロリータ・クラブで
ラヴソング

フアン・マルセー＝著
稲本健二＝訳

現代企画室

ロリータ・クラブで
ラヴソング

フアン・マルセー＝著
稲本健二＝訳

セルバンテス賞コレクション 8
企画・監修＝寺尾隆吉＋稲本健二
協力＝セルバンテス文化センター（東京）

Instituto
Cervantes

CANCIONES DE AMOR EN LOLITA'S CLUB
by JUAN MARSÉ

Traducido por INAMOTO Kenji

本書は、スペイン文化省書籍図書館総局の助成金を得て、
出版されるものです。

目次

カロリーナ・サニン、フアン・ガブリエル・バスケス、
ソフィア・マラゴンへ私からの感謝を。

可能なことであるにも拘わらず、自分の悪から身を守らず、不可能なことであるにも拘わらず、他人の悪から身を守るのは、馬鹿げたことである。

マルクス・アウレリウス

人はどこへ戻ることもできない。しかしできないことを知るために戻らねばならないのだ。

カルロス・プジョル

1

「海に沈んだ死体の行動特性は予見不可能です」

そのように断言したのはアルハンブラ二世号の船長で、バレンティンは今そのことを思い出して、船長の不可思議な言葉を大きな声で自ら口に出して繰り返し、記者から問われて答えた船長の言葉を新聞で読んだときと同じように、何か悪い予感をおぼえている。「ふむ、年寄りの船乗りは迷信深くて、変なことを言うもんだね。しかし、くそっ、かわいそうなデシレーのことに話がいくと無難な言い方で終わるんだねえ！　確かに船長の方があの娘のことを良く知っているようだったけどね、死んじゃう前にあの娘を買ったり売ったり、もてあそんだり虐めたりした人たちよりはね」

セックスしているときの聞き慣れたため息やうめき声が混じり合っている中を、片手でトレイを高く支えながら、さも生涯を通じて経験豊富なボーイであったかのように、廊下を進んでいくと、バレンティンは足下で暗い深海が揺れ動くのを、凍てつく潮が気まぐれに流れるのを感じる。海辺の人は何でも知っている、と言うよね。それに引き替え、ここにいる僕は、バカな僕は、デシレーの青い目の中にその後で起きることをどうして読み取ってやることができなかったのか。身体を内からも外からも粉々にしてしまうことを決心した女が何をしでかすか、僕はどうしてわかってあげられなかったのか。このクラブにいる者の誰も、あの女が泣きながら無理やり連れて行かれた後、最悪の状態にあったその姿をなぜうまく見つけてやることができなったのか。たとえば、手首をかきむしっている姿とか、檻に入れられたかのように船のデッキをさまよう姿を、いつもと同じ絶望した苛立ちを見せていた姿を、なぜ誰も見なかったのか。その絶望した苛立ちはここにいるときに見せていたもので、クラブの青い通路で、らせん階段の曲がり口で、また自分にあてがわれた部屋で男たちが夜な夜な服を脱ぐのと着るのを、空のような青が薄まってほとんど白くなった目で見ていたときに見せていた苛立ち……今日で三カ月になる。

海藻の間を揺れているようなデシレーの金色の髪。すべての道は海へ通ずるとは誰が言った言葉だったのか？　それともこんな表現ではなかったか？　今日で三カ月になる。思い出すことは、クラブの屋上の針金に吊して干されていた、レースがついた彼女の小さなパンティー、薄い生地だったので近くの凪いだ海が透けて見えていた、彼女を飲み込んだあの海が。これは相当流された死体ですね、と船長が言った。遠くで聞こえた定期船の警笛が霧の向こうでここに死体があると訴えていたのに。

「今日で三カ月になる」

新月のある夜にアルハンブラ二世号がバルセローナ＝パルマ間を結んで沖合いを航行する。デシレーは裸足でゆっくりとゆっくりと左舷デッキの手摺りに近づく。まあ、左舷としておこう、どちらであっても同じことだ。だって彼女はもうこの船にはいないし、この世にもいない、もう何の意識もないのだし、海と忘却に囲まれて留まっているのも知らず動きもせずに、頭を胸の方に垂れて奈落の方へ傾いていく。下方では波がはじけて少し泡をたてているが、彼女の青い目は黒い水面を思い詰めたように凝視している。遠くで、いや、その遠くへは彼女は行きたがらなかったのだが、断崖の別の泡が彼女を待っている。ほら、微笑んでるよ。

そして記者の次の質問。これも同じ答えになった。溺死した女性の身体が翌日になって、デッキから身を投げた場所から三十海里離れたところで浮いていたことをあなたはどのように説明されますか？　海に沈んだ死体の行動特性は予見不可能ですよ。ほら、微笑んでるよ。すごくおしゃべりな乗客がひとりいて、とても背が高く、荷物を背負い、顔の小さいその男は、自分のことで精一杯の鳥のようだった。ちょうどその夜にあの女がデッキで自分に近づいて話しかけてきたが、自分は彼女の男の見つめ方ですぐに娼婦だとわかったと報告した。股間にですよ、いいですか、直接股間にですよ。男は彼女はマリファナを吸っていたとか、きっとコロンビア人だとか付け加えたが、その有様はまるで彼女と一緒に乗船したものの、その後は詳細もまるっきりわからない輩のようだった。その男は船がパルマに着岸すると姿を消した。

トランスメディテラネア社に勤めていたその熟練の船長が覚えていたのは、あの若い女は青い目をしていて、右肩に赤と黄の蝶の入れ墨をしていたことだけだったが、遺体が断崖の裾を漂って二十四時間後に発見されたとき、海に飛び込んだ地点からとても離れていたので、目は緑色になっていて、蝶は左胸のところに移動していて、羽根は灰色になっていたと付け加えた。海の仕業ですね。老年の海の男は知らぬ振りをしているのかもしれない、あるいは思慮深さからか同情からか嘘を付いているのかもしれない。話しぶりは長い経験をもとにしているようで、昔から個人的に関係を持ってきた風と海流と塩分を含んだ時化は肌を傷めるだけでなく、溺死した者の眼差しを緑色にするのです。もしくはもう少し違う言葉だったっけ、とバレンティンは考え込む。その男がそう言ったのか、ただそう考えただけなのか、もしくは、報道に向かって公言したことを声高に解明しようと思うあまり、そう言ったのか、あるいはそう考えたという夢を僕が見ただけなのかもしれない。簡単ではなかった、このことは強調しなくてはならない、というのも、長い言葉は意味をねじ曲げておかしくするからだ。「行動特性」とか「予見不可能」というような長い言葉はろれつの回らない奴の口では絶対に正しくは響かない。

「ゼ、ゼ、ゼ、絶ぇぇぇ対に」

扉の向こうでは、聞き慣れたベッドのリズミカルに軋む音。もう少し先では、別の扉の向こうで、はっきりと喉から出ているとわかるうめき声。バレンティンの背中の上では、水族館のような薄暗い緑色の光がともり、廊下にあふれ出ているが、両側にある扉はすべて閉まっている。彼はコックの山高帽を被っていて、前掛けもきれいだ。聞こえてくるのははっきり演技だとわかる、罰当たりな、息苦しそうな女の喘ぎ声やうめき声で、単調で空虚なオーガズムのまねごとだとほとんどあきらかなので、客からクレームが出そうだが、そうなったところで初めてのことでもない。今そのコックはぼんやりと考え込んでいる。天井の生ぬるい光が彼の頭上に落ち、腕を伸ばして高く持ち上げたトレイの上には、調理したばかりのピザとビールとクバリーブレ［ラム酒をコーラで割った飲み物］があり、その一方で、まるで卵の上を歩いているかのように、赤絨毯の上を用心深い足取りで彼は歩いている。廊下の奥では、半透明のカーテンが夜のそよ風で揺れていて、古ぼけたバルコニーを隠している。

少しして、料理を渡し、同じ背中が同じ廊下を通って遠ざかる、がしかし今度は逆方向で、そよ風が揺らすカーテン越しに姿がほのかに見える。バレンティンは考える、デシレー・アルバラードはこのカーテンの陰に隠れたのかもしれない。バルコニーにでて、手にはマリファナを持って、夜の暗闇に隠れて。彼は彼女に食事やコーヒーやロスキーリャ［ドーナツに似た、リング状の揚げたパウンドケーキ］を持って行くこともあった。こんな風にしていつまででも生きていけるよ、彼女が彼に言う、あんたがときどきマリファナを持ってきてくれるならね。デシレーはこのようにして逃げていたのだ、彼女を買いに来ては、他のクラブ、こんどはマリョルカのクラブへ連れて行こうとした男から。だから、海に身を投げたのは死ぬためではなくて、いつまでも生きていけるようにするためだったのではないだろうか……

九番の部屋で料理を出し終えた。思い出にうちひしがれた頭は影を落として、顔を誰にも見せない。見えているのはただコック帽から額の両側に不気味な鳥の翼のように垂れた黒い髪の房だけだ。廊下の半ば辺りで立ち止まり、身体に沿って両腕を垂らして、片方の手に持ったトレイを小刻みに動かし、ゆっくりと首を伸ばして、まるで扉のむこうで快感をよそおっているうめき声に聞き耳を立てているかのように、頭を一方に傾ける。デシーの金切り声の方がまだしも本当に感じていたようだった、彼は良く覚えていた、彼女の喉には納得も欲望も要らなかった。要るとすれば、おそらくはただ何杯かのカバ［スペイン産のシャンパン］だけだった。

「いつも最後は声がかれちゃうんだね、デシレー」

「だってちょうど良いときになるとあのベルでイライラさせられるんだからね、バレンちゃん」

廊下の半ばで立ち止まる。両手でトレイを胸に押し当てて抱え持ち、気持ちはどっちつかずだったが、急に熱狂にとりつかれたかのように、バレンティンはゆっくりと頭をもたげ、前進を再開し、笑い声とカリブ音楽がこだまする空間を守っている階段の陰に姿を消す。

2

遠く離れた国の北西部で、ほとんど同じ格好、三十歳という同じ年齢、しかし風貌はもっと粗野で、ブラシのように短く立った髪の毛、ウォッカを浴びるほど飲んだ口は役立たずのよう。そんな男が小汚い部屋の暗がりの中、簡易ベッドの傍で裸の上体を起こす。

「いくらだ?」疲れ果てた、しかしぶっきらぼうな声で尋ねる。ズボンをはく間、鉛のように重いまぶたを開けようと努力する。「目を覚ませ。いくらだ?」

タバコ臭い声が枕の下で息苦しそうに早口で言う。

「八十」

「話にならん。六十、それで充分だ」

シャツとジャケットを着終えて、女がうつぶせで寝ている簡易ベッドを見る。その身体からは、見事な演技だったが最後の痙攣に至るまでの骨盤の熱狂的な動きを思い出すことがほとんどできない。浅黒く輝く尻が、予想外の精力とくぼみをみせて身をさらし、しわくちゃになったシーツの下から覗いている。「きれいなケツだ、気にも留めなかったがな」と彼は思う。もう少しシーツをめくりあげて、背を向けているあばずれ女を見る。昨夜、小雨の中であちこちに目をやり、透明の傘をさして、腰をくねらせながら、この女が車の方へやってきた……　有能な警官は歩き方で女の尻が上を向いているかどうかわかるんだと、由緒ある刑事社会班の生き残りだった涎くりの私服警部のルビオがそう言うのを聞いたことがあった。

部屋は狭く、ストッキングや女物の衣服が、振り向くと頬に触れる高さにある紐からぶら下がっている。彼はベッドの下に転がっている空の瓶で躓いて、片手でショルダーホルスターのピストルを探る。すべて整っている。何もなくなっていない、今のところは。男は簡易ベッドの上へユーロ紙幣を投げた。立ち去る前に割れた鏡の中に自分の顔を探し、深い不快感と共に自分を見る。右手の指の付け根に血のシミがあちこちに付いた包帯をしていて、指を曲げてみて具合を確かめる。ポケットから紙幣をもう一枚取り出して割れた鏡の隙間に挟み、部屋を出て扉を閉めた。

狭くてひどく汚い階段を降り、玄関扉まで来てからタバコに火を付ける。車はさほど遠くにあるわけではない。三月の半ば、日差しも強くない太陽、カモメの鳴き声。通りで一瞬立ち止まって思い出そうとする。側面が凹んでいるルノー・ラグーナを。また駐車したところを間違えたのかと思ったが、駐車違反の記憶のおかげで車を駐めた正確な場所が浮かんだ。ゴミのコンテナーとバスの停留所の間で、誰もいない小さな広場だ。

歩き出して脇の横町へ入る。二時半。そんなに遠いはずがない。口を開けて、塩分を含んだ微風を吸い込むと、その分だけ悪癖、つまり酒を飲み過ぎたのどの渇きを和らげてくれる。しわくちゃのジャケット、折り返し襟が立ったまま、心の中は寒く、舌先は痛みで疼く。ズボンの尻ポケットから携帯用の酒瓶を取り出して、ひと口飲んで、手の包帯を直す。

まだ車は見えてこないが、そのとき女たちの叫ぶ声とバイクのバックファイアーが聞こえてくる。今日はお前の日ではないな、と彼は思う。

あの呪われた日に起きたことについて、ビーゴの沿岸地区にある娼婦の部屋で拳を傷つけて、ひどい二日酔いに見舞われる前とその後に、刑事ラウル・フエンテスは二度目の尋問を受けた。規則上懲戒処分となる事件にまつわる不可解な点を明らかにするためだった。トリスタン事件のことだ。

「さあてと、問題児君」と言って、パルド警部はファイルから調書を取り出した。「どこから始めようか」

「お好きなところからどうぞ。ケツからでもいいぜ」

「書類送検になるぞ、フエンテス、冗談は控えろ。いつから麻薬部隊にいるんだ?」

「ＥＴＡ［スペイン国内でテロを繰り返す民族組織「バスク祖国と自由」］の毒気のあるプレゼントを受けてからだ。俺は車を爆破されたんだ。知らなかったのか?」警部は考え込む。「くそっ、前日にタイヤを交換したばかりだったんだ」

「その前に脅迫を受けていたな」と冷たくパルドは言った。「なぜだ? あそこでも捕まった誰かと楽しくやってたのか? ビルバオで何をやらかしたんだ?……」

「そのことには答える許可をいただいておりません。調書をご覧下さい、もしご自由に閲覧できるなら」

「かなり長い間、ＥＴＡの中に潜入していた……」

「その線で続けるのはやめてくれ、パルドさん、バカなことするなよ」

「この麻薬部隊へ自ら移動を申し出たんだな?」

「エウスカディ〔バスク地方のこと〕にいて、怖じ気づいたかどうかを知りたいのか?」

「質問しているのはこっちだ」

「じゃあ、違うよ、同僚さん。耐え抜いたけど、放り出されたまでさ」

「よし、今はビーゴにいる。先日、リバス通りで若い男に殴りかかったときのことを聞かせろ、理由もだ」

「この件につきましては報告済みです」

「さらに詳細な調書が求められているんでな」と声を荒立てたパルドは感情をコントロールできなくなってきた。「俺を手こずらせるなよ、フエンテス、これは警告だ。お前の証言は事実と食い違っている。だからもう一度始めからやり直そうじゃないか」

ウィスキーのダブルなら良いスタートだったのにな、とラウルは思う。再びルノーのそばにいて、車体の裏側を見るためにしゃがみ込んでいる。何度こんな風にして、素早く、彼が思うには卑屈なやり方で、ここ数カ月の間、膝を曲げてきたことだろうか? 肝臓の辺りにちくりと痛みを感じる。立ち上がって携帯用の酒瓶から一口飲んだ。足が砂の中に沈んでいくのを感じ、足の周りに透明で眠ったような海を感じた。バックファイアーとぶるんぶるんとうなるバイクの音が鳴り続いている。

俺は何も隠すことはない、と今では思う。足を書斎机の上に置いて無関心な風情で座っている。パルドの出頭命令を、雨音が聞こえてくるかのように聞き、折り紙で飛行機や小鳥をつくっていた。ときおり、包帯を巻いていた方の手を曲げてみる。

「一晩中、ひとりの娼婦とちちくりあっていた」とパルドは調書を見直しながら付け加えた。「ここが食い違っているんだ。相当酒を食らっていたので覚えてないのか?」

「可愛らしいお尻を除いて、すべて忘れました」

「朝っぱらからジンを浴びるほど飲んでいたらしいな」

「飲んでいたのはウォッカで、もう午後でした。要求を下げないと、懲戒処分の代わりにあんたにとってひどいことになるぜ」

「じゃあ、それからどうなった」

ラウルは車のドアを開ける。遠くでバイクのバックファイアーはまだ聞こえていたが、そのとき再び、野蛮な輩がふたり、それぞれバイクに乗って飛び跳ねているのが見えた。哀れな奴だ、と即座に彼は思った。

「聞いてるのか、フエンテス?」警部の鼻声が尋問する。

「グウウウウウウウ」

尋問は麻薬部隊の警部がいる部屋の一角で行われていたが、その広い部屋は刑事たちが調書を書く場所だ。若い女性を含む四人の刑事が反対の隅で仕事をしていた。パルド警部は同じ麻薬取り締まりグループの古くからの同僚で、今では内勤に配置換えされていたが、非の打ち所のないグレーのスーツを着て、金属フレームのメガネをかけ、黒いちょび髭はきれいに切りそろえられていた。外見は垢抜けた有能な幹部職員そのものだった。彼が端に尻をおろしている小さな書斎机には空の引き出しと電話があって、彼自身がスイッチを入れた録音機が置かれていた。壁にはガリシア地方のリアス式海岸を示す地図が掛けられている。金属製のファイルキャビネットは開いたまま雑然としていて、ラウルのレインコートはどうでもいいようにそこに放ってあり、伝言板は仕事のメモでいっぱいになっていて、コンピュータにはビニールの覆いが掛けられている。

「たまには聞いてるよ、もう」

まだ聞こえていたのはエンジンのバックファイアーとモーロ女たちが驚く声だった。ふたりの男が革の服装でそれぞれがトライアル・バイクに跨っていた。ひとりはスキンヘッドで、もうひとりはヘルメットをかぶって、口にタバコをくわえていた。バイクを壊そうとするかのように旋回してはジャンプして、歩道へ侵入した。停留所でバスを待っているふたりのモーロ女とひとりの女の子は驚いてしまって、ライダーの嫌がらせにうめいてふたりして抱き合い、旋回するバイクの輪から出ることができなかった。若いチンピラはインディアンのような雄叫びを上げて、とても楽しそうに、辺り構わずウィリー走行をしていた。モーロ女のうちのひとりが、色とりどりの風船を二つ持っていた少女を自分の身体で守った。停留所には他に誰もおらず、通りに居たのはベレー帽をかぶった小男だけで、向かいの歩道で突っ立ったまま、茫然と驚愕をもって出来事を見ていた。ヘルメットをかぶっている方のライダーが、女たちの身体に触れながら何度か通過したそのどこかで、少女が持っていた風船のひとつをタバコの火で爆発させてしまい、もうひとつの風船は驚いたときに手から離れて空へ舞い上がってしまった。

「お前は何らかの理由でそのモーロ女たちを知っていたのか?」

「いえ」

「以前に見たこともないのか」

「まったく」

「それなら、何が目的だ?」パルド警部は語気を強めた。「なぜ呼ばれもしないところへ首を突っ込んだんだ?」

ラウル・フエンテスはからかうような微笑みを少し浮かべた。

「誰かのために卵を割ってやる必要があった、しかしお前はそこに居なかった…… そいつを捕まえたのか? それとも、内勤のしがない事務職員には荷が重かったか?」

コートを車の後部座席に投げて、ふたりのライダーのところに戻った。ヘルメットをかぶっている者は一瞬止まって、ヘルメットを脱いで、タバコをくわえて挑発的な様子のラウルを見た。およそ十八歳、髪は金髪、パンク調に青く染めた前髪を立てて、耳にリングをしている。ひとりが嫌がらせを受けていると見て、もうひとりのモーロ女は走り出したが躓き、金切り声を上げながら跪く恰好のまま倒れた。恐れおののいて、両手で顔を覆って、急に泣き出した。

ラウルは車のドアを閉めて、急ぐでもなく女たちのいる方へ向かって歩く。もうひとりのチンピラ、スキンヘッドの方がまた彼女らに悪戯をし始めて、ラウルの側を通過したところ、ラウルは急に向きを変えて、みぞおちにきつい肘打ちを喰らわせて倒した。その後に金髪が続いたが、ラウルは相手の顔に両手を組んだパンチをお見舞いした。野郎は一度後ろへのけぞり、次に前屈みになって、身体を立て直そうとしたができず、バイクのコントロールもできずに、とうとう歩道の縁にぶつかり、続いて壁にぶつかって大破した。

そのライダーは打ち所が悪く、まずは壁に、その後は歩道にぶつかったので、印象では首の骨が折れているだろう。

モーロ女と少女は驚いて逃げてしまっていた。金髪野郎の頭から歩道へ血が噴き出し始め、もうひとりの仲間は脇腹を痛めて身体をふたつ折りにしていたが、うろたえて金髪の男に近づいた。ラウルを見て、小声で口ごもりながら言った。「死んでるぜ……」

ラウルは向かいの歩道にいた小男と視線があったが、小男は新聞を広げて顔を隠し、読みふけっている振りをした。まったく意に介さない様子で車へ戻ったラウルは、エンジンをかけて立ち去った。

「結構なことだ。チンピラのひとりがトリスタン家の者だと知っていたのか？」

「知りませんでした」とラウル。

「つまり金髪がモンチョの末っ子だった。まだ二十歳にもなってない」

「ヘルメットかぶっていたので見分けがつかなかった」

「本当か？　ヘルメットをとったという証言が……」

「俺の仕事には踏み込むなよ、パルド警部。あの野郎の足を止める必要があった、で、俺がやったのはそれだけだ」

正攻法でテキパキと。後ろを振り返ってやることもせずに、包帯をした手が少し痛んだが、狭い通りをぬって車を走らせた。信号機のところで急に停車すると、車の前を若い女が赤い風船を持った子どもの手を引いて渡るのが見えた。ラウルは記憶のどこかの隅に格納された不思議な感覚でその子どもを見ていた。子どもは後悔しているような小さな顔を彼に向けて、ラウルもまた子どもを見た。子どもは泣きそうになっていた。女は力強く子どもを引っ張ってしかりつけた。

「お前は足を止める以上のことをした、いつものように」パルド警部はラウルを咎めた。「末っ子は脳しんとうを起こしている」

「ありえない。あのガキは生まれたときからもう脳みそがなかったんだ……」

「深い昏睡状態にあり、片目消失」尋問官は書類を確認した。「それだけならばまだましだった。何よりも最悪なのはトリスタン一家は全員で警戒態勢に入ったことだ。これが何を意味するかわかるな？」

「まあな」

「九カ月の忍耐強い調査がお前の激怒のせいでおじゃんになるかもしれないということだ。お前はもう既に一度激しい口論をしている、あの長男セサル・トリスタンとな……　お前は自分のやり方で物ごとを解決するのが好きだ、自分を有能な刑事だと思っているんだろう。ここには地獄までお前についていく仲間が何人かいる、それは知っている、しかしお前を窮地から救うことはないぞ。結局お前はひとりなんだ、フエンテス、そして地獄を内に抱えている……　ひとつ教えておいてやろう。俺はお前のようにはなりたくない」

ラウルは警部の頭に向かって紙飛行機を投げて、立ち上がった。

「オーケー、もう調書はできたな」

「座れ！　まだ終わっちゃいない！」警部はレコーダーの具合を確かめてから、再び両手に持ってい
る調書に目をやった。「今度はおまえにかなりの処罰が下るぞ、きっと。今のところでは、また法令手
続きによって下される処罰以外では、予防上の目的で無給停職だ……」

「まだ知らされてないことがあるなら教えてくれよ、おっさん」

パルド警部は頁を繰って調書を念入りに調べた。

「厄介な奴なんだから、お前は！　一年半の間に職権乱用で四回も告発されたんだからな……」

「三回だ。最後は政治的な仮装パーティーでのことだった」

「ここにあった」警部は楽しんでいるように母音をひとつひとつ切り離して読み上げた。

「推定ＥＴＡへの虐待ゆえに告発。他の機会でも同じことで法廷沙汰になった、だから二度とするな」

「お生憎様、パルド君」

「何だと！　何て言ったんだ、バカ者！」

ラウルは両腕を上げて降参する仕草をしてからかった。

「わかった、前言撤回！　でもな、早く終わらせてくれよ！」

パルド警部は怒りを抑えながら数秒間彼を見て、再び調書に目を落とした。

「お前はベガ警部補の親友だった。彼は殉職した、事故で……」

「そして殴打されていた。事故じゃなかった」

「多分。しかし証明されなかった。で、私の意見では、それが先日のお前の暴力事件につながっている。バイクを自慢げに乗っている若造と通りで出くわした。そのバカな兄のこととベガ君に起きた出来事を思い出した。そしてめった打ちをし始めた……」

「あんたのような書類を見るだけの身綺麗な視察官に、めった打ちにするかされるかということが、どういうことなのかわかるのか」

「よし、もういい。幼児殺しだったんだな。で、それから、我らの剛胆不遜なキャプテン・トルエノはその後何をしているんだ? 大急ぎでそこから立ち去っている。お前はほとんど老婆を轢き逃げしている」

包帯をした方の手で運転し、もう一方の手は携帯用の酒瓶を傾けるのに費やされていた。その後、ことが起こった。地面を杖で当たりを付けながら、婆さんが急に立ち止まる。彼はブレーキをかけ、間に合った。しかし杖は飛ばされて風車のように空中を回転した。老婆にはこすりもしなかった。しかし何のためにこんなことをしゃべるんだ。

沿岸地区の四つ辻で急にハンドルをきる。ここまで連れてこられたのは安い香水の香り、昔からよく知っている芳香のせいだと断言したことだろう。しかしその詳細もまた関係書類に書くほどのことではない。別の香り、腐った水と枯れた花の匂いが今度は車の窓から入ってくる。大型船の汽笛、漁船のエンジン音、血のシミは拳の包帯と意識の中で薄まっていく。

「逃亡」と尋問者は付け加える。「お前が奴の首の骨を折ったのに、奴が医者の手当を必要としなかったのはおかしいと思わなかったのか?」

「俺の義務は他にあった」

ハンドルの一撃で車は波止場と倉庫がある地区へ入っていく。携帯電話が鳴ったので、運転しながらそれを取る。

「フエンテスさん?」

コロンビア人の声は電話を通すと柔らかく響く。どうですか、刑事さん? もうここに着いているはずですが。

「一分で着く。でも待てよ、あんたと俺はどこかで会ったことがあるか?」

「いいえ。まっすぐにカウンターへ来て、大きな声でミルクを注文してください」

「蒸留酒《オルーホ》を注文するよ、構わなければ」

「それは誰でも注文しますからね。言った通りにしてください」そのまま通話が切れたので、ラウルは不機嫌そうに手の中の携帯電話を見た。

居酒屋の前に駐車する。ミルクだと? 乳離れしてない奴なのか? 入る前に、ドアのところで立ち止まった。魚を入れたボロボロの箱が上から崩れてきそうなほど山積みにしてあったからだ。そこから少し離れてみると、隠れるようにして歩道に座っている若い女が目に入った。両手で顔を覆い、膝を閉じて泣いている。黒の網ストッキングをはいているが、ところどころほどけている。底が分厚い、銀色の大靴を履いていて、風体も衣装もどこにでもいる女だった。二つの赤い風船の紐を指に巻き付けていて、風船は打ちひしがれた彼女の顔の上でふるえていた。手から放すと風船はまるでお互いを探しているかのように、互いにぶつかり合いながら、上昇していった。

「ここにあった」とパルドは調書をめくりながら言った。「お前の証言によると、その日たれ込み屋とどうしても断れない約束をしている。ネルソン・マスエラとかいう奴だ。コロンビア人。それから」

「俺の調書と関係ないぜ」

「それはすぐにわかる。続けろ」

「それとも、ああ、関係してたさ、とでも言えと？　知ったことかよ。俺は謎のくそったれだって、あんた言ってただろ」

数秒が経った。まだドアのところに立ち止まったまま、その女を観察していた。しかしそれはパルドには語ろうとせず、このくだらん奴に母親のことは絶対にしゃべりはしないだろう。実際にはどうすべきかわからなかったのだが、というのも彼女を見ていたのではなくて、彼女のことを考えていたからだ。母親のことを不意に思い出したのだが、本当に起きたことなのか、ただ想像しただけだったのか、判別できなかっただろう、随分昔のことだ。そのときから、そして記憶のその曲がり角から、彼女は怪しげな微笑みをたたえて彼を見ている。その赤い口は激しく、規則正しく、逆境にもかかわらず、快い息を吐く。自ら求めた苦労なのだから嘆いたって仕方ないとあきらめきった女のように。どこからか力を振り絞って彼女は立ち上がり、スカートをはたいてから、汚い裏通りの真ん中を、銀色の大靴を履いて、よろめきながら、腰を振って立ち去っていった。しばらくの間、怒りはまだ治まらないまま、彼は彼女が離れていくのをずっと見ていた。髪の毛は赤い炎のようで、華奢な背中、飼い慣らすことができないような尻。二つの風船は高いところで徐々に見えなくなる。建物の間から顔をのぞかせる、港にある金属製のシマウマのもっと向こうに。その女が肩越しにラウルの方を振り向いて視線を向けたかと思うと、すぐにそのイメージが薄まり始めた。

もう一度彼女を見ることになるだろう。そのバカ女はもっとも望んでいないときに俺の行く手に現れ出てくるだろう。しかし先ほどの話へ戻ろう、確かで確実な話へ。たとえ信じなくとも、問題のバルはアグアードという名前だ、マジで。

ラウルはバルのガラス戸を押し開けて中へ入った。

3

ネルソン・マスエラは背の低い五十男で、上品で小綺麗な身繕い、桂皮《シナモン》色のセーム革手袋をして、髪の毛をなでつけているのでインディオのような風貌をしているが、真剣に集中した表情でスロットマシンのミリオン・ゲームに興じている。ゲームを中断して、刑事のラウル・フエンテスがカウンターの方へ急がずに向かうのをじっくりと見る。手袋をしたままでマスエラはゲーム機の上に置いたコーヒーカップを手に取り、来たばかりの人間から目をそらさずに絶妙な仕草で一口啜る。

「あの有名な会見はどこで、何時からだったんだ」とパルドが尋ねる。

「バル・アグアードだ。バル・フィニート・アグアード、そう呼ばれている、本当だ。オーナーはバルの名前に自分の第二苗字を付けたのか、嫁さんの苗字か、別の名前を考えたのかもしれない。いやちょっとわかりませんねえ。人間って、本当にいい加減だからな、警部」

「それから」

「ガリシア人特有のユーモアを見せていると調書に書いてもらってもいいですけど……」

「その先を聞いてるんだよ、くそったれ」

船乗りが集まるバルでは、ドミノの札は象牙を叩くと違った音がして、ゆっくりと続けて叩くと音が続かない。まるでゲームをしていないのか、やっている者たちが居眠りしているのか、叩く代わりに水のようになった大理石の中を漂っているかのようである。トンネルのような居酒屋で、蒸留酒《オルーホ》の香りが漂い、暗くて薄気味悪い。近所の者が四人で同じテーブルに座り、向こうでは別の人物が新聞の頁をめくっていたり、すごく綺麗な緑の目をした若い女がテレビ画面の向こうから大惨事のニュースを伝え、カウンターの向こうにいる老人は船乗り帽を被って、前掛けでグラスを拭いていた。午後三時、それくらいだ。

ラウルはカウンターの前でじっと立ちはだかり、大声ではっきりとした口調で言う。

「ホットミルクとよく冷えた蒸留酒《オルーホ》をくれ」

居酒屋の店主は帽子のひさしに触れて、一瞬目を細めながら相手を見る。

「旦那、ミルクは乳脂肪抜きか、生乳のままか、濃縮乳か、どうしましょうか」

「蒸留酒《オルーホ》を味見する間に考えるよ」

マスエラは彼の側へ近づいて、高いスツールに身を乗せる。居酒屋の店主がふたりに背を向けている間に、ラウルはそのコロンビア人の手袋をはめたままの両手が、カウンターの上にあって、繊細なシンメトリーを描く指でコーヒーカップを包むようにするのをじっと見つめていた。

「ネルソン・マスエラさんだね、多分」

その小男は周囲を注意深く見回す。

「間違えてなければありがたいのですが」ここだけの話のような口調で言う。「私はあなたの能力を見込んでお話するんですがね、刑事さん、しかし良く聞いて下さいよ。私があそこで弄《もてあそ》ばれるか、我々が気付くまでにそのバカたちが私をダメにするかです」

居酒屋の店主が蒸留酒《オルーボ》のグラスを用意し、ラウルはまた背を向けるまで待つことにする。

「どうして俺を選んだんだ?」

「私はただあなたと協定を結ぶだけです。あなたの部下の〈トムボ〉を信じていないんですよ。私が《密告》していることを調べられたら、私は自分が死んだことにすることもできます。あなたはつい最近までビルバオに配属されていたんですよね。ですから、トリスタン一族にとってあなたはほとんど正体がばれていない……」

「そうかね」とラウルは言う。「二度ほどあの兄弟とは出くわしてるぞ。勿論偶然にだが、兄の方はそのことを侮辱だととっていることは確かだ」彼は一気にグラスの酒を飲み干して、店主にもう一杯くれという仕草をする。「で、申し出とは何だ」

「ここでは言えません」

ラウルはもう一度グラスが満たされるのを待って、グラスを手に取り、コロンビア人の後について行く。コロンビア人は奥の小さな扉へ向かって進む。もう少し向こうには桟橋があって、マストやクレーンが見える。漁船がたてる大音響《バックファイアー》が遠ざかり、壁に寄せる波の音が聞こえる。ネルソン・マスエラは波止場の端で立ち止まる。

「良く聞いて下さい。あまり時間がありません。少し前まであの家族の会計を担当していました、ご存じですね……つまり、とても価値のある情報をもっているんです、刑事さん。それが申し出の中身です」

「どういった種類の情報なんだ？」

「マネーロンダリング、まあそのようなことです。この書類があればモンチョ・トリスタンを裁判官の前につき出すこともできるでしょう、息子たちも一緒にね。しかしあの家族の中での今現在の私の立場は微妙です。逃げ延びる道を保証してくれるなら、いつでも協力する準備はできていますよ」

ラウルは波止場の反対側を見ている。数秒の間の熟考。

「ひとつ教えてくれないか、ネルソンさん」気が乗らない様子で口を開く。「どうして我々はあんたと協定を結ぼうとしていたのか、豚箱でくたばるのを待つだけだったはずのマフィアの忠実な犬であるあんたと」

ネルソン・マスエラは不快感を表して舌打ちをする。

「しかし嫌なお人だな。私はあなたの両手にすべてを委ねているのにまだ信用しないとはね。がっかりさせないで下さいよ、フエンテスさん」

ラウルはコロンビア人の悲しそうな小さな目を見据えて、じっくり観察しながら、どこまで本当なのかと推し量る。

「よし分った、説明してくれ」

「コロンビアで作成された支払い報告書です。薬物とは関係ありません。その方面のことではあの老人は身を守る予防措置をとっていますからね。しかし他の話もあります、同じように金儲けで、あなたちが思ってもいない……」

「例えば?」

「私は二年前からコロンビアで女性のリクルートをしています」とマスエラは言う。「仕事の場所はペレイラです。契約を結んで、書類を渡して、スペインへ連れて来ます、それだけです。ちゃんと取ってありますよ、送り状《インボイス》に渡航費、宿泊費、ニセの労働契約書……　その商売はもうやめたところですが、しかし清掃の仕事をする人びとに金を払うためにちょっとまた旅に出なくちゃいけないんです。で、今度はスペインへ戻ることは考えていません。私は山の中で失踪する予定なのです。母親と恋人、それに持って行けるだけの金を持ってね」

「トリスタンがそんなことを易々と見逃すとでも思っているのか?」

「充分な時間をかけて準備してきました。ゲリラに友だちがいますしね、ええ、わかりますか?　で、トリスタン一族はここでよく守られていますが、あちらから殺し屋を送ってありまして、この私は農場へ行くんですよ。ある安全な場所にある、ようく隠れた農場へね、そうすれば、すべてうまく収まるかもしれません……　心がそう言うんですよ、刑事さん、心がね」

「そうか。護衛は必要か?」

「まったく」

「……それとも立派な葬式の方がいいか?」

マスエラはその冗談に耐えて、皮肉と苦情の混じり合った表情で彼を見つめながら、手袋をした手でコーヒーカップを口もとへ持って行ったまま、首を振った。

「ミルクを飲まないのは良くありません、刑事さん、ミルクは機嫌が悪いときに特に良いんですよ。とてもいい、そうですよ」怪訝《けげん》な顔でラウルを見つめ、ほんの一口コーヒーをすすってから、付け加えた。「そしてまだ誰も私の葬式をする予定はありません。わかっていただけるかどうか。私が望んでいることは判事の命令がトリスタンと彼の息子に届くことです。私が連れの者と一緒に失踪した後でね……」

「わかった。その書類はいつ見せてもらえるのかね?」

その小男はメモ帳とボールペンを取り出して何かを書き付けながら言った。

「明日と明後日に私は恋人と一緒にバルセローナへ行きます。もし何か不測の事態が生じたら、この番号に電話してください。そうでなければ、こちらが電話をしますから、待っていてください」突然、もっと良い考えが浮かんだようで、メモ帳とボールペンをしまった。「いえ、それよりも……まず、私のボスと話してみてください。そして私は土曜日に戻って契約を済ませます。もう行かなくてはいけないので、また別の日に電話します。よく気をつけてください、ということで」

背を向けて、意を決して、背筋を伸ばし、気取った格好で、波止場の方向へ遠ざかっていった。

「これで全部だ」とラウルは言った。「その後二度と会ってないし、連絡を取る方法もない。見ての通り、俺はその日良い仕事をしただけだ」折り紙の小鳥をもうひとつつくり終えて、パルド尋問官のレコーダーの側に置いた。パルドの方は調書を終えたものとして、ストップ・ボタンを押した。机の周りを回って書類を拾い集め、レコーダーと一緒にブリーフケースにしまった。それを水も漏らさぬ正確さで、時間をかけてゆっくり行っていると、イスに深々と身を沈めたラウルは、脚を机の上において、付け加えた。

「ネクタイの結び目が曲がってるよ、おっさん……」

パルドはとうとう腹を立てて、ラウルの顔に自分の顔を近づけてどなった。「黙れ、フエンテス、黙れ。そして、くたばっちまえ！　お前のやったご立派な仕事はお前を路頭に迷わせるだろうよ。で、こっちは嬉しくてたまらないよ！　あいつをお前は病院へ送って、知的機能を奪った。そんなならず者で愚か者だから、おのれに降りかかる災難を考えてみたこともないんだ！　じゃあいいか、言ってやろう！……」

「落ち着いて下さいよね」

「そのガキはジジイのトリスタンにはちょっとばかり素行が悪く見えたんだが、可愛がってる奴だった。思っても見なかった日に偶然刺客のひとりがお前のタマを切り取ることになるだろう……　お前は哀れなヤツだな、兄弟！　もっと前にこの仕事から外しておくべきだった」

「それで終わりか？」

「まさか！」そして少し間をおいてから続けた。「どこか遠くへ行って、処分がどうなるかわかるまでおとなしくしているのがいいだろう。警官バッジとピストルは返したか？」

ラウルはどんなときでも人を蔑んだような平静さを失わなかった男だった。立ち上がって彼がコートを着るのを手伝うフリをしたが、フリだけだった。からかい好きな性格から、彼の肩にあった埃をさっと払い、さらにネクタイの結び目を直そうとした。パルドはそれをよけた。

「いいか、ひとつ話してやる」と落ち着いた声でラウルが言った。「この部隊で長らくああいった連中を裁判官の前へ送るためにガンバってきた。お前のような小さいことにうるさくて、話が長い役人にはそんなことを理解できないかもしれないがな」指を一本つきだして彼の胸をつつきながら、言葉を強調した。「た、だ、ひ、と、つ、だ、け、お前のクソみたいな調書の中で内勤部門の間抜け野郎が本当に関心を持つはずなのは、港で俺と会ったコロンビア人の申し出だけだ……ちゃんと記録したか？コハク作戦。聞き覚えは？……ネルソン・マスエラの申し出を俺はそんなに信頼しちゃいない、しかし問題は同じだ。コハク作戦は優先すべきものだったのか、それともそうじゃなかったのか？」

「だからこそ、お前はあいつと接触すべきじゃなかったんだ」とパルドは言う。「いずれにしても、それはお前の管轄ではない。お前はもう任務から解放されている。それとも聞かされてなかったのか？」

彼はブリーフケースを取ってラウルに背を向けたが、顔だけを振り返らせて、ほとんど望み薄だが、とにかく処分はまだ出ていないと念を押した。偉大な無感動男フエンテスはすべての大砲と同じ旗の下で（いつも最前線にいて）、それに毎晩の酒と狼藉で失敗。ラウルは大きな引き出しやファイルキャビネットを突然荒々しく開け閉めをしながら中身を確認し、所持品を取り出した。手帳、鍵、弟の写真が入っている写真たて、タバコひと箱。すべてをポリ袋に入れた。

「で、ネルソン・マスエラとかいう奴は」パルドは言った。「もう一度お前に連絡してきたのか？」

「いや」

「これからしてくると思うか？」

「わからん」

「いや、何でもない。お前のお手柄の後では会いたくもないだろうからな」

「俺にはどうでもいい」

「トリスタン一族については……」パルドは扉へ向かう。「忠告しておこうか？」

「あんたには失敗してもらいたいね」

「どっちにしても言っておこう」取調室を出る前に振り返って彼は指をさした。「どこにいようと、今からはな、かっと目を開けておくことだ」

取調室にある机の間を縫ってパルドが遠ざかると、今度は仕事を片付けたマリアが近づいてきた。ジーンズ姿で身体にフィットしたセーター、短い髪に化粧なし。ラウルはこれまでずっと思ってきた。初めて仕事を一緒にしたときから、ピストルの冷たい銃尾は子どものようなこの女の手のひらには収まらないと。ラウルがまだ持ち物をかき集めていると、彼女はしばらくの間、腕を組んで眺めていた、ファイルキャビネットに背をもたせかけたままで。

「車に全部あるんでしょ」

ラウルの車のキーを机の上に投げた。彼は引き出しからファイルと紙束、雑誌数冊と新聞の切り抜きを取り出して、すべてを床へ捨てた。マリアはファイルを拾って、開けてみた。

「これは?」

「ゴミだ」

「開けてない手紙がある。あんたの……」

「捨てろ」と言うラウル。

「それはないでしょ…… お母さんからよ」

「そいつは俺の母親じゃない。それにあんたは『ピノキオ』に出てくる説教好きなコオロギのペピート・グリーリョじゃない。だから関係ないところに首を突っ込むのはやめろ」

彼女の手から手紙とファイルを取り上げて、屑籠へ破り捨てた。一瞬マリアをじっと見て、言ったことを後悔していた。

「俺がいなくなって嬉しいに違いない。そう思えと忠告しておくよ」愛情を込めて頬を手のひらで叩こうとしたが、彼女の方がそれをよけた。「命令だからな」

「まだ私から指示することはあるわよ」

ラウルは大きな音を立てて金属製のファイルキャビネットを閉めると別のキャビネットを開け、その奥から半分残っているウィスキーの瓶を取り出した。その瓶を小脇に抱えて、ハンガーからレインコートを、机の上からはキーと他の小物を取り、出て行こうとするときに彼女の前に立った。

「一杯おごるよ。さあ、最後だから」

マリアは首を振ってやさしく断った。

「知り合ってからあなたは最後の一杯を飲もうとすることしかしてこなかった。一体いつ本当になるのかしら」

ラウルはさらに近づいて彼女を見つめ、声の調子を詫びるように変えた。

「俺はいつも自分のことしか考えられない男なんだ」

「自分のこと? あなたのことは何もわからずじまいだったわ」

しかし実は彼女は知っていた。海の近くに家があって、馬を飼っている。彼から何度か聞かされたことがあった。

「バカな男ね」

「湿っぽくなるなよ、マリア」

「私はなりたいままの自分でいるだけよ。あんたは本当にろくでなし」

それはもうかなり前から明らかになっていたと彼は思った。しかし今まで彼女はそこまで言わなかったし、ただ悲しんで憐れむような微笑みを見せるだけだった。他人に対してあれこれ何もできない普通のデカにできる唯一のあらゆる同情と感謝を込めて。

「カタルーニャまでは車で十時間くらいね、もしまっすぐ行けば」とマリア。「しらふのままでいなさいよ」

ラウルは指で彼女の頬を撫でた。立ち去る前にしなかったキスと彼を避けた彼女の眼差しがその後何度も彼の意識の中に甦るのだが、わずか数キロメートルも離れればそれも消えることになる。俺は絶対に後悔しない、絶対に前言を撤回しない。ウィスキーの瓶を小脇に抱えてコートを肩に掛け、くるりと後ろを向いて視察官の部屋を大股で横切った。二、三人の同僚がコンピュータのキーボードを叩くのをやめて手をあげたので、ハイタッチをして別れる際の一体感を仕草だけで示しながら、立ち止まることなく、言葉もかけず、振り返ることもなく、玄関まで行った。

警察本部前の歩道にはたくさんの車が駐まっており、正面の向かいには新聞を売る売店がある。新聞を売っている店の横に立ち尽くしている男の、フード付きのアノラックに小雨が染み込んで、その頑丈な背中を濡らしていた。売店の側面に貼られた何かを読んでいるように思われた。

ラウルは本部から出てきて、多くの車のひとつに向かい、ドアを開けて、持っていたものを後部座席へ置いて運転席に座った。雨脚が強くなる。

通りの向こう側で、アノラックの男の逞しい背中が軽やかに移動して、売店の軒下で雨宿りの場所を探しながら、小さなブロックメモにルノーのナンバーを書き留めていた。

濃い霧に包まれたビーゴを出て、運転している間に、携帯電話で父親の家へ電話をした。

「バレンティンなの?　あなたでしょ?」

「ラウルだけど?」電話に出た女の声に気が動転して、調子外れの声を出してしまったが、無言のまましばらくが過ぎた。一体どうしたんだ？　しかし、父親と話している振りをした。「やあ、父さん。移動中なんだけど、夕方には家に着くと思う……」

無言のまま。

「じゃあ、こっちへ来るのね」

「そうだ」

「そう」声はわずかの興味さえ持っていない感じだ。「何かあったの？」

「すぐに話すよ……　聞こえにくいんだ」

もう一度気詰まりな沈黙があった。遠くできしむ女の声は、電気信号となって、彼と付き合っていた頃には見せることもなかった感情を無理に込めて、まったく質問口調になっていない質問をした。

「音信不通になってどれくらいの時間が経ったか知ってるの……」

「まあな」

「どうしてこちらに電話しようと思わなかったの？」

「言っただろ、親父。セキュリティーが理由で……　脚の具合はどう？」

「何とかやっているわ」

「で……　オルガは元気？」いや、奥さんと言うべきだったかな、と思った。

「乗馬学校で、働いてる」また途切れた後で「仕事場へ行こうとしていたところだったの。偶然、家にいるところを捕まえたのね……」

「弟を出してくれ」

「バレンティンはいないわ」入って来た風が声を包み込んで一部聞こえなかった。「後で電話して。あの人が家にいなかったら、乗馬学校まで来てちょうだい」

「はい、じゃあ後で」


陰鬱で軽率な、親元への帰還だった。九時間足らずの運転で、酒をあおり、怒りの目をして、小雨に光る国道を速度を最高に出し尽くして、どこをどう通ったかも確かめずに、まずはオレンセ、次にブルゴス、数キロメートル移動、何回か瓶から直接酒を飲んで、何も見たくもなく何も考えたくなくて、黒い鏡のようになったアスファルトとだんだんと霧状になって見えなくなっていく雨だけは目にせざるをえなかったが、サラゴサまで行って、次にレリダまで行った。トラックの交通量は多く、長い距離に渡って、岩だらけの土地と無人の土地の間を南へ向かっていた。人気のない場所で、汚染されて湿った靄の背後に、倉庫の建物がポツン、ポツンとあったが、ベンドレルを過ぎると、突然、桁外れの青さを持つ海が現れた。今は本当に風景の中にいると感じたいというぼんやりとした欲望に従って、再び北へ方向転換し、それまで走っていた道から国道C二四三へ入っていった。空の太陽は爆発した銀のようで、雲の間に道を開こうと努力している鉛色の輝きに見えた。窓ガラスを下げた。一方にどう猛になった海とカモメの鳴き声、もう一方には、不毛な土地と少しだけ開墾された土地が交互に現れながら、どす黒いオリーブの老木、見捨てられたアーモンドの木、大量のイナゴマメ。こうした無愛想な光景はいつもラウルを悲しませてきた。もうすぐ家に着くだろう。ビラノバとシッツェスを後にすると、ウィスキーの瓶を取ってラッパ飲みをした。

右手に人気のない浜辺と波に打たれて岩だらけになった一帯が並ぶ。ある区間ではふたりの男が鞍なしでりりしい黒馬に跨って、岩礁に沿って移動しているのが見えた。ガラアフの断崖の上へ向かって、空になった瓶を車の窓から放り投げた。しばらくするとカステルデフェルスが遠くに見え、速度を落として、ヤシの木と松林の間を通過する。間もなく家に着く。人のいないキャンプ場、スポーツ施設、閉じられた小さなホテル。父親のあきらめた声が、まるで「働いている者はほとんどいない。今は季節外れなんだ」と言っているかのようだった。実際に多くの別荘や二軒がひとつになった小さな住宅がある区画は人が住んでいないようだった。ガソリンスタンド、ショッピングセンター、ポツンとある海の家。賑わいはほとんどなく、冬の季節が海岸地帯全体で通常よりも長引いているように感じた。

もう少しさらに向こうへ行くと、風景が岩だらけで荒っぽくなり、それだけ人も住んでいない。車は一軒だけ立っている古い建物を通り過ぎた。窓には緑色のブラインドがあり、正面には派手な赤いネオンサインがあって、国道の脇で店の名前を表示していた。「ロリータ・クラブ　ミュージック・バー」

4

国道から逸れた道を入ったところにある三階建て、何の変哲もない外観、長い間閉ざされていて、昔は簡易ホテルだったような建物だった。駐車場になっている狭い玄関前の地所には車一台とトラック一台が駐まっていて、トラックの運転手が運転席から今飛び降りたところである。ジャケットを羽織り、チャックが開いていないかどうか手で触って確かめてから、手櫛で髪を整えて店に入った。

壁には粗雑に彫られた五線譜に音符が踊り、ギター、椰子の木、海辺、シャンパン・グラス、ビキニ姿の娘たち、そしてひとりの黒人がシルクハットをかぶって、ピンク色の肉厚な唇を開けて微笑んでいる光景が描かれている。古くて一風変わったジュークボックスが奥の壁にもたれるように設置されていて、カリブ海の音楽を流し、キューバ生まれの若い娘バルバラが目を閉じて夢見心地の表情で、官能的なリズムに合わせてひとりで踊っている。手には水の入ったグラスを持ち、溶けると発泡する錠剤をグラスに入れながらも踊り続け、グラスの水は早くも泡立ち始めた。バーのインテリアはトロピカル調で、素朴なタッチだが色彩に溢れ、緑とピンクを混ぜた柔らかい灯り、長いカウンターに脚の長いスツール、踊るための小さなホールがある。テーブルがいくつか暗がりの中に用意されていて、奥にはトイレのドアとさらに内部へ通じるガラスのドアがあり、ガラスの向こうに見えるらせん階段は予約客が上の階へ上がるために利用するものである。

カウンターを取り仕切っているのがローラで、にこやかな太目の年増女だが、男勝りな感じで視線は鋭い。ときには兄のシモンも手伝うが、この男は謎めいた顔つきで動作を連続させずに休み、休みして行う老人で、クロークを担当していないときはカウンターの端でグラスを拭いている。こうしているときの彼は明らかに他の何に対しても関心がない様子だった。

時刻がかなり遅かったせいで、客はひとりしかおらず、カウンターに座ったその客はジェニファーとヤスミーナを両脇に侍らせてサイコロ遊びをしていた。ジェニファーはスペイン人でヤスミーナはモロッコ人、ふたりとも二十代だ。ローラはふたりの娘にマティーニらしきものを出したが、それは客に指示されたからであって、客の方はジェニファーの腰に腕を回して尻をなで回している。彼女は驚いて跳び上がったが、顔は笑っていた。トラックの運転手がトイレから出てきて、カウンターに陣取ると、店の暗いところから蛍光色の服を着た娘が現れ、ミミズのような動きで男の傍にすり寄った。やあ、パパさん。私はナンシー、コロンビアからあなたの心を楽しませるために来たのよ。あなた、私キレイ？　まあ、今のところはこれだけね……　ナンシーは身体を寄せていったが、男の方はカウンターを背にして肘をついて、ひとりで踊っているバルバラの方に関心があるようだった。

クラブの他の娘たちと同様に、バルバラも扇情的な服を着ていた。しかし今は誰の注目を引くでもなく、自分のために、自分の心のために、周囲には無頓着になって踊っていた。それはまさに彼女がひとりになって没頭するための自発的なやり方で、こうして彼女は音楽に揺り動かされて夢を見始める。これがトラック運転手だけでなく、同僚の娘たちの視線をも釘付けにした。自分のためにすべてを、今居る場所も、彼女らの職業も、何を演じているのかも、誰が見ているのかも、すべてを忘れ去ることへ誘いながら踊る。バルバラの動きにはどこか心の奥で行われる儀式のようなものが感じられ、それは一種の悪魔祓いであり、目的はおそらく夢遊病者になって退屈な待ち時間に立ち向かうことであり、仕事に毎日ついて回るおしゃべりとお触りという金で買える快楽を受け入れる以外にないという諦めきった精神状態を表してもいる。カウンターにいるふたりの客はこの若い踊り子の踊りがどのように展開していくのかを上機嫌で、そしておそらく欲望を抱いて、見つめている。しかし同僚の娘たちの視線には逆に、不思議な憂鬱が浮かんでいた。それはバルバラと自分たちが共有する憂鬱であり、今や自発的で、気まぐれに解放された官能性とともに、肯定する気持ちと同時に、何かを失い、根無し草になったと感じる共通の感情である。卑劣な豚どもが彼女らをここに連れてきて、今の存在へと変える前の、自然と生まれるあの腰振り、尻が感じるあの幸福な意識。

ドミニカ出身のアリーナとレベカは、待つという退屈さに慣れてしまって、つまらなそうな態度でテーブルについていた。レベカは靴を脱いで、足をマッサージしながら、アリーナの話を聞き、一方でアリーナはヤスリを使って爪の形を整えながら、その視線はバルバラの踊りに注がれていた。

「じゃあ、行って私が言うわよ、そんなこと信じないで」とアリーナが言う。「絶対に忘れられない、すごく素敵な、イルカのような笑顔をしてる。でもね、私が言ってることをよく聞くのよ。あの男はあんたをダメにする。あんたはイルカを見たことがある？　イルカがいつも微笑んでいるのを見た？たしかに四六時中微笑んでいるわよ、祝福された魂のようにね、でもそれはそう見えるだけでしょう？

だから素敵な微笑みなのよ……　だからね、ダメよ、鼻ペチャさん、微笑みに騙されないこと、いいことは何もないの！」

レベカはそれを聞いている間、横目でバルバラの波打つ腰を見ていて、両手で少し細い自分の腰を測って、自分に向けて諦めたようなしかめ面をした。アリーナの話を中断させて、今近くを通るバルバラに尋ねた。

「誰のために踊ってるの、バルバリータ？」

「誰のためか、自分ではわかっているわよ、レベカ」ほとんどrを発音しない強いキューバ訛りで言った。「それからバルバリータって呼ばないで。私はバルバラよ」

「レベカ、聞いてる？」アリーナは声を荒立てた。「こう言ったのよ、いい、デシレー、ねえ、本当のところはイルカはこんな口してるでしょ。男もね、あんたはぼんやりしてるからわからないけど、イルカとまったく同じような口をしてくる奴がいるのよ。同じように微笑んで、いつも準備はできている。でも気をつけて、だってあんたに向かって微笑んでるんじゃない、口がこうなってるだけなのよ！」歯をむき出してみせる。「ほら、こんな風に、ロナルディーニョみたいにね。本当に、その男がいつもあんたに微笑んでくれてるって信じてるの？　違う、口を閉じられないだけ、大きな口だから！　できないだけよ！」

バルバラは両腕を高く上げて黒いカツラを外し、彼女特有のリズムを取って身体を揺らしながら、らせん階段の近くまで到達したとき、ちょうどバレンティンが走りながら降りてきた。胸当ての付いた青いオーバーオールに格子模様の上着、白いエプロンに白いコック帽。細かく分けたピザを入れたトレイを頭の上に掲げて、ゆったりと微笑んでいる。階段の一番下まで来ると跳びはねて、バルバラの前で止まってお辞儀をし、大口を開けて微笑み、ピザを差し出して、同時に宣伝文句を口にした。

「ジャジャジャーン！……　ロリータ・クラブへようこそ！」

バルバラは驚いた振りをしたが、まったく白々しいもので、そうしてから優しくはあるが、気乗りしない様子で、彼に笑顔を見せた。もう一度繰り返された子どもっぽい同じ冗談、発達障害者特有の可笑しさ、三十歳の男だがときおり、精神年齢が十歳になる。ありがとう、ボクちゃん、お腹すいてないの。そして大サービスで彼の前で、足を揃えて床に据えて、腰をくねらせた。銀メッキをしたストラップ付きの靴に青と深紅色の爪。何て言ったの、あんたのために何をしてあげられるのかしらね、かわいそうな子。バルバラは微笑んでその場を離れ、身体をねじると再びカリブ海の音楽とリズムが彼女の身体に取り付いた。

彼女から立ち昇る香水が充満した空気を吸い込み、彼はバルバラをウットリとして見ていた。彼の動作の鈍《のろ》さ、そして今はそう、不透明なカクテルのように混濁したホールの灯りの下で急にアンバランスに見えてきた顔立ちが、内に秘める力の強烈さ、彼を苦しめ、ときに優しく見せ、さらに表情を愚鈍に見せる精神的な障害があることを示していた。突き出た下あごが不遜な人間であると思わせるかもしれないが、しかし彼の視線にはどこか夢をみているようなあるいは魔法にかけられたような雰囲気が宿っている。それは緊張や苦悩のかけらも見えない死んだ目である。同じ身体的特徴を持ってはいても、その特徴がナイフを使って形を整えられ、調和を持って配置されていて、肌は浅黒く、センターで分けた長い髪は、こめかみの辺りまで達する翼のように見える彼の双子の兄とは正反対である。ゆっくりとしゃべり、口調はあまり変化せず、強調することもなく、独特の訛りがあって、たまにろれつが回らなくなる。

カウンターの端までそのまま歩き続けて、その上にトレイを置き、内側へ入って、手帳に書かれた数字を見直しているローラ・ママの傍へ行った。

「チーズ、アーティチョーク、マ、マ、マ、マッシュルーム入り」バレンティンが告げる。

「いいわね。きっとすごく美味しいよ、ボクちゃん」ローラはピザのひとかけらをつまんで、食べてみた。「ショーケースのところへ置いてちょうだい、さあ。ミレーナは何をしているの、まだ横になってるの?」

アリーナはレベカから離れて、ジェニファーと話している客に近づいてタバコをねだり、それからカウンターへ行ってバレンティンの前に座った。

「ローラ・ママは試食もしてくれなかったよ」とピザを見ながらバレンティンが言った。「膀胱炎で泣きたいくらいなんだ」

「ナンシーが自分の気に入るような色、カリブの空色に、爪を塗ってあげたんだよ」とアリーナが言う。「でも元気にならない」

「もう一錠薬飲んで、降りてくるように言って」ローラ・ママが言う。

「ウウウウウーン。爪は乾くのにすごく時間がかかるから」バレンティンは夢の中にいるかのように話す。「ウウウウウーン。カリブの空はス、ス、ス、すごく燃えるような色だよ」

「もうパレスチナで死にたくはないわよね、どう、バレンちゃん?」アリーナがからかう。

「いやそうだよ、でも急がない」と言う彼。

「お家へ帰らなきゃ、ボクちゃん」とローラが促す。

「ミレーナが手紙を書いたんだ、自分のマ、マ、マ、ママに」とバレンティンが言う。「まあ、ナンシーが書いてくれたんだけど、すごくキレイな字だよ」

「聞こえてないの、チビちゃん? あんた、一日中ここにいるのよ」

聞いていなかった。バルバラを見て、ウットリしていたからだ。音楽が変わって、もの悲しいバラードになって、あのキューバ娘は踊るのをやめて、入って来たばかりの馴染み客の接客をする。バレンティンはショーケースに肘をついて、両手で顎を支え、何を見ているわけでもなく、ウットリしたままだ。カモメが一羽、翼を動かさずに、二つの同じくらいの大波が止まったようになっている間のえぐれた空間をただよいながら、その鉛色の目はクルクル回って、同僚の女が底に沈殿した泥へ向かって海の中を沈んでいくのを見ている。

「デシレーの乗った船は何ていう名前だったの、ローラ・ママ」

「何度も言ったでしょ、もうそのことは考えないようにってね、ボクちゃん」

「でもね、海が飲み込んで遠くへ連れて行ったんだよね、ローラ・ママ」

「借金が連れて行ったのよ、遠くへ」とナンシーが訂正した。「海じゃない。忌々しい借金だよ……もっと陽気な音楽をかけてもいい、ママ？　アリーナ、チョコレートはまだちょっと残ってる？」

5

葦毛の馬の目は無垢で、美しく輝いているが、何かを警戒しているようだ。何かに不安を覚えている。驚いて跳び上がってはいないなく、まるで危険を予見しているかのように。

「どうですか?」手綱を引き締めながらホセが尋ねる。

「ちょっとばかりお利口さん過ぎるわね」とビルヒニアが言う。「でも、綺麗な馬だわ」太い木の幹でできた柵に囲われた馬場の中で、ホセは馬から鞍を外し、その馬具を馬の背に置いてから、国道の方から馬場へ近づいてくるルノーをじっと見た。道は切り立って険しく、車はガタゴトと音をたてた。ホセ・フエンテスは痩せた男で、背は低く、無骨な仕草に加えて、それとはっきりわかるほどに片足が不自由だったが、野性的で不吉な魅力を持っていた。彼の側にいるビルヒニア・ドゥランは、週末になるとやってくる、昔からの得意客で、試乗し終えたばかりの馬を撫でながら手綱を引き締めた。

車は厩舎の近くに止まり、ラウルが降りて、気乗りしない風情で馬場へ向かって歩みを進めながら、凄みのある目つきで近くに駐めてある青いBMWの横に立っている男を睨みつけた。その男の方も負けじと目を逸らさず、ラウルの動きを注意深く観察している。黒メガネをかけ、車の泥よけに寄りかかって、腕を組んでいる。

ホセは得意客に失礼して、息子を出迎えに柵のところまで行き、持ってきた馬具を柵に掛けた。

「やあ、父さん」とラウルが言う。

「ほう、本当にすぐ来たな」

ホセは馬具の腹帯の調子を見ている。ふたりが話す口調にはふたりの間に情が通っていないことが見て取れた。

「家に電話したんだが、誰もいなかった」ラウルが言う。

「俺たちはここで昼飯を食ったんでな。どうした？　転勤させられたのか？」

「まあな」身をねじってアゴで見知らぬ男を指した。「で、あの警備員は？」

「知り合いか？」

「一キロ先からでも匂うぜ」

「客のご婦人が下院議員でな、プライベートでSPを雇ってるんだ。ドゥラン博士の奥方だ」

警官特有の鋭い視線がさっとその女性を値踏みした。派手なバカ女で、歳は三十八、ブーツに乗馬ズボン、首にはシャネルのスカーフ、上流階級の女と娼婦の属性を併せ持ったブロンズ色に焼いた肌、すらりと伸びた首、乗馬が趣味だとわかるO脚が目に付いた。

「なるほど」少し間を置いてからホセは付け加えた。

「で、バレンティンは？」

彼の父親は腹帯の強度を確かめていたが、息子との再会よりも鞍の状態の方に関心がある様子だった。

「じゃあ、お前は休暇中なんだな、また謹慎か」

「いわばセキュリティーを理由に送られてきたってわけだ」くるりと背を向けて、辺りを見まわした。

「バレンティンはどこにいる？」

「お前の弟はもうここでは働いていない。あいつは馬に関心がない。オルガが手紙で知らせたはずだ。届いていないのか？」

「オルガの手紙だって？……」

予感があった。車を降りてから、彼女の黒髪の野性的な香りと厩舎の藁の匂いと混じった彼女のきつい腋臭を予感した。そこは見るべきじゃない、まだだ。雇われたモロッコ人の若者の気が乗らない仕事をこっそり観察していると、若者は厩舎の前に駐車している青い軽トラックからまぐさを降ろしていた。ほとんど同時に、厩舎から出て、服を乾かす干し場へ向かう彼女を、横目で見つけた。髪もとかさないまま、化粧もせず、ジプシー女の雰囲気のままだ。顔はそんなに美形ではなかったが、強烈な魅力を放っている。ラウルが来たことに気付いて、手を振ったが心を込めた仕草ではなかった。

満三十五歳、だがそうは見えない。いつも年相応には見えない女だった。剥き出しの浅黒い腕をあげて、素早く衣服を取り込んだが、彼から目を逸らすことなく、すこし挑みかかってくる感じで、大股で歩き、洗濯バサミをひとつ口にくわえていた。彼女の背後にはホセとアフメドが栽培しているトマトとレタスの菜園の赤っぽい土地が広がっている。オルガは雇われている若者にいくつか指示を出して、再び厩舎に入った。そうこうしている間も、ホセは説明を続けていた。

「あいつには言ったんだが、そんなちっぽけなことで煩わしいことをする価値はないってな。それに、最近ではもう手紙を書かない、ファックスやメールやわけのわからんものを送るからだ。しかしあいつが頑固なのは知ってるな……」

馬はビルヒニア・ドゥランの手からまぐさを食べ、彼女の方は馬の耳もとで何か囁いている。ラウルが彼女を眺めているので、父親がそれに気付き、付け加えた。

「悪いが、仕事があるんでな。夕食のときに会おう」

ポケットから取り出した鍵を投げ渡した。ラウルはそれを空中で受け取り、車の方へ身体の向きを変えてから言った。

「バレンティンはすぐに家に帰ってくる、そう思う」

「そうすべきだろう」

ビルヒニア・ドゥランは、手綱を引いて馬を撫でながら、ホセの側へやって来た。

「気に入りました」と言った。「名前は何というのですか？」

ホセは強く引っ張って腹帯の強度を確かめていたが、目ではまだラウルを追いかけていた。すると腹帯が壊れた。

「ロベルト」

ビルヒニア・ドゥランは愉快そうに微笑んだ。

「いえ、馬の名前です」

ホセは壊れた腹帯を手にして彼女に見せた。

「おわかりですか？　すべてが整っていないとダメなのです」ラウルの車が水たまりの多い区間を車体を上下しながら遠ざかっていった。「馬の名前はロベルトです。しかしお気に召さないのであれば、別の名前にしますが……」

「いいえ、それでいいわ」


日が暮れてきたときに、ルノーが短い路地を進んで、砂丘からごく近い、人気のない未開拓地域に建っている家の裏まで来た。浜辺に面して、背後に国道がある粗末な三階建ての一戸建て住宅は、明らかに壊れているが堅牢で、砂地や海辺に生育する雑草で一杯になった砂丘に対して恰好の位置にある。裏には松、夾竹桃、もう随分前から誰も世話していないオリーブの木があった。

ラウルは車にブレーキをかけて止まり、降りてからスーツケースと袋を取り出して、木の枝から吊るされたボクシングのサンドバッグをじっと見ながらたたずんだ。サンドバッグは古く、当て布を貼って修繕してある。家の裏ドアの近くに、壁にもたらせてある女性用の自転車があった。荷物をドアの前に置いて、家の壁に沿って表側へ移動した。玄関ポーチへ上がると古くなった木の板が足下できしんだが、彼は数秒間そこから海を眺めた。玄関ドアは閉まっていて、窓もまたそうだった。ラウルは辺りを見回した。古いロッキングチェアー、色とりどりのハンモック、天井からぶら下がる二つの灯り、コーヒーメーカーを置いた小型の円卓、デミタスカップ二つ、灰皿ひとつ、皿に食べ残しの果物、そして新聞。前方には浸食が激しく人気のない浜辺があり、風でふるいにかけられた植物が羽根飾りのように見え、岩と潮騒があるだけだった。

住宅の裏へ通じる道を戻った。勝手口のドアを鍵で開け、スーツケースと袋を持って中へ入り、続いた次のドアを肩で押し開けると、その金属の網戸は独りで閉まった。台所を横切って、少し広い部屋に近づく。その向こうに一階のサロンがあって、横幅のある扉が付いた大窓がある。木造の階段で上階へ上がる。この家屋には快適な避難所の雰囲気があって、使っていない暖炉、粗末な家具、登山と釣りに関わるさまざまな革製品、アイテム、装飾品がある。馬の絵や写真、釣り竿、船のオール。サロンに入るとすぐに、ラウルはスーツケースと袋をおいて、弟を呼んだ。

「バレンティン！　バレンティン！……」

返事はない。ジーンズを脱いで、大窓に近づき、岩礁のところで波が砕けるのを眺めた。テーブルの上にあるボトルから自分でワインを注いで飲み、手にグラスを持ったまま階段を上って二階へ行った。廊下でもう一度呼んでみて、そして、彼の部屋に入る前に、ドアに貼られたスーパーヒーロー、バットマンのポスターをじっと見た。

まだ青年の部屋のままだった。スポーツ競技のペナント、コミック、壁に貼られた怪物シュレックのポスター、バットマンとキャットウーマンが抱き合っているポスター、雑誌の切り抜きではピザ、ラリーとフォーミュラ・ワンの自動車、さらにはボクシングのグローブ、スケボー、ラジカセ、壁に寄せた背もたれも肘掛けもないソファーの上にサッカーのボール。昇ったままで天井にくっついているやや萎んだ赤い風船と天井からぶら下がっている子羊。ここにもいるのか、チビ？

　ベッドの上にある棚には二枚の写真があって、青いセロテープで不細工な縁取りがされ、コミックの束を背にして立て掛けられていた。ラウルは立ち止まって写真をじっくりと見た。日の光を受けたテラスで、バレンティンと浅黒い肌の女の子が、風にはためくシーツにくるまって顔を寄せ合い、カメラに向かって微笑んでいた。その女の子は顔を隠して、彼女の腰に回したバレンティンの腕から逃れようとしているのか、あるいは恥ずかしがって彼の背後に隠れようといているように思われた。もしくは、逆かもしれなかった。つまり、彼が彼女をもっとカメラに近づけようとしているのだが、彼女の方がそれに抵抗して、自分が中心になるのを避けて、目を細めて後ろにいる方を好んだ。化粧はしていない。痩せた、ボサボサの髪の毛で、かなりボロボロになった部屋着、その上に自分のものとは思えない皮のジャンパーを着ている少女。顔が一部しか見えていないが、あどけない特徴と暗い目に青ざめた唇が目立つ。上唇に、まるでつねられた直後のような、軽い不快感がうかがえて、左の耳たぶにはごく小さなイヤリングが輝いている。同じように微笑んでいるが、ある種の悲しみ、または懸念を持っていて、胸の方へジャンパーの襟を寄せている。彼らの背後に、鏡文字になった建物正面の上部にあるネオンサインが識別できる。

　もうひとつの写真は既に見たことがあった。双生児の青年がふたりともTシャツ姿で、汗をかいていて髪も乱れ、木の枝から吊り下げられたボクシングのサンドバッグの側に立っている。ラウルは片腕を弟の肩に回して、ふたりは心底から笑っている。十二歳になったばかりの頃だ。バレンティンはうっとりしているのか驚いているのかわからないような雰囲気でカメラを見つめ、ラウルは横顔になっていて、目は弟だけを見ている。視線、といっても自分の視線だが、それに抱擁。これはただ単に兄弟愛だけでなく、とりわけ弟を守ろうとする固い意志を示している。

写真を元の場所へ戻して、ボクシングのグローブを取り、トルコ風ベッドと呼ばれるソファーに横になった。

半時間後も同じ格好のままで眠り続けていた。騒音が聞こえたので、驚いて目が覚めた。彼の父親がバスローブを着て、タオルで髪の毛を乾かしながら、部屋のドアのところに顔を出した。

「一緒に夕食にするか、それともまだ眠り続ける方がいいか?」

ラウルは上体だけを起こし、まだ眠い様子で、胸に押しつけていたボクシングのグローブを不思議な目で見ていた。

「着替えて、下へ行く。バレンティンは帰って来た?」

「いや」ホセは後ずさりを始めながら、付け加えた。「スーツケースはお前の部屋へ入れておいたぞ」

父親はドアを閉めて立ち去った。

少し後で同じようにラウルもバレンティンの部屋を出た。ラウルの部屋は同じ廊下に面していて、そこへ入ってシャツを脱いだ。スーツケースと袋はベッドの上にあった。大きさでは、弟の部屋と似ていたが、余計な物はなくて、ポスターもオモチャもない。ただ、ベッドの上にある黒い小熊のぬいぐるみだけは別だった。大きな窓は浜辺の岩場に面していた。スーツケースを開けて、清潔なシャツを取り出して、ボタンをゆっくりと外す間、大窓の前に立って海を眺めた。波が岩に砕ける音が低く聞こえた。彼の横で、天板を引き出すタイプの古いライティングテーブルがきしむ、聞き慣れた音が漏れた。その音は、まるですべてから関係を断って、彼が帰ってくるのを待っていたかのようだった。彼はまだシャツのボタンを外し終えていなかったが、そのとき不意に思いついたような顔つきで、シャツを肩に掛けてズボンのポケットからキーホルダーを取り出し、ライティングテーブルの天板を開けた。引き出しから、スエードに包まれた、リボルバーを取り出した。弾倉を回転させて、状態を確認したが、その瞬間、部屋のドアが開いて、オルガが入って来た。

ドアの開く音が聞こえたのでリボルバーから目を上げはしたが、しかし振り返ることはせず、何も見てはいないのだが、どこまでも意固地になって、何かを見ている振りをした。誰が入って来たかわかっていたのだ。いわば、存在が香るというわけだ。ゆっくりとシャツを着終え、それでも彼は振り向くことはしなかった。

オルガは後ろ手でドアを閉めて、そこに静かにたたずんでラウルのうなじを見ていた。ゆったりとした部屋着を着ていて、たたんだタオルをいくつかと掛け布団を腕に抱えていた。数秒間動かずにいた後、視線をラウルに定めて、ベッドへ向かい、タオルと掛け布団を置き、黒い小熊のぬいぐるみをつかんだ。ラウルは立ったままで窓から外を見ていた。彼の背から数メートル離れたところで、オルガは再び立ち止まって、ドアに背をもたせかけて、今度は小熊をお腹のところで抱えていたが、再びラウルのうなじを食い入るように見つめた。しかし彼は振り向かず、リボルバーを手にしたまま、目は前を向いている。もう一度、彼の黒い目の中に、隠そうとしてもにじみ出てしまっている彼の苦しみをオルガは読み取りたくはなかった。彼女にとってはもう共有してもいない苦しみだし、どうでもいいような苦しみだし、責任を引き受けることなどあり得ない苦しみだった。軽蔑しているかのように背を向けて、不動の視線を執拗に前方へ向けているだけでは、わからせるのには足りないか？ ちくしょう、これ以上の表し方はないぞ！

ラウルは窓を開けて目を閉じた。今や、断崖で砕けるかのように、波は激しさをまして聞こえる。しかし振り返って彼女を見ることはしない、絶対にしない。ついに彼女は視線を下げて、明白な事実を悟った。後ろ手でノブを回してドアを開け、後ずさりして、黙ったまま部屋から出て行った。

独りになると、ラウルはリボルバーを元の場所へ戻して、一気にライティングテーブルの天板を閉めた。窓越しに海を眺めていると、あれこれ詮索している父親の声がもう聞こえてきた。

6

「で、首を痛めるなんてそんな大したことじゃないとでも思ってたのか？　お前はな、呪われるがいい、いつになったら自分をコントロールできるようになるんだ？　ショック療法も悪くないだろうな、お前には、女房を虐待する旦那連中のリハビリで使うあれだ」

夕食の最中だった。ボールに入れたサラダを置いたテーブルの一隅に、オルガが座った。

「自分の子どものことを親は知らないんだと人は言うだろうね」料理を見つめたままで言う。

「その通りだ」とホセは答える。「あえて言えばな、充分わかっていたくせに、甘やかしたんだな……それともお前は知らなかったのか？」

「そんなところだ」とラウルが返事をする。「ワインを取ってくれ。どうしてまたバレンティンとこんなにも似てるんだ？」

ホセはワインのボトルに手を伸ばしながら、オルガと目を合わせた。

「ミル婆さんのケーキ屋の仕事は何時に終わるんだ？」とラウルは付け足した。

「もうそこでは働いてないわ」とオルガが言う。

ラウルはびっくりして彼女をじっと見た。ホセはラウルが尋ねようとするのを制して言った。

「監視してあるんだ。心配いらん。あいつがどこにいて、何をしてるか、俺たちはいつもわかっている。問題はない」

「私たちがもっと監視すべきだったのよね」とオルガ。「夜に家で眠らない日があるのよ」

「わかってる。乗馬学校で眠ってるんだ、アフメドと一緒に」

「あんたがそう思ってるだけさ……」

「問題はないと言ってるだろ！」

「でもなあ」どんどんと驚きを増していったラウルは意固地になっていく。「何が起きるかなんて誰にもわからんだろ？」

「お前の弟はごくわずかの間に変わったってことだ、それがここ最近のことだ」とホセが言う。「前よりは随分と良くなっている、それはお前にもわかっているだろ。言ってみれば、今では自分の……すべきことを見つけたということだ」

食事はやめない。静かに、明らかな食欲を見せ、しゃべりながらも視線は料理の皿の上にある。「あいつはいつも俺たち、特にオルガの厄介にならないようにしていたんだ」

ラウルは父親の言うことに絡みたくなった。

「未亡人の婆さんの店ではもう働いてないんだな？　ケーキは好きだったのにか？」

「何を言わせたいんだ？　自転車に乗ってピザやケーキの宅配をして一生涯過ごしていれば、いつかは道路で車にはねられてくれるってか？　今いるところではうまくいってるんだ、あのバーで機嫌良くな」

「バーだって?」

「ああ、注文に応じてサービスをするバーだ。馴染みになって、毎日通っていたんだ……」

「で、そこで何をしてるんだ?」

「まあいろんなことを少し手伝っていると思うがね。ことは偶然から始まった…… さあ、良くは知らんが」と釈明するホセは気が乗らず困っていた。「多分、ある日パーティーにでも誘われて、あいつが応じたんだろう。あいつがどんな奴か知ってるだろ、人から好かれたいんだ。台所へ入って自分のつくったケーキのひとつを女連中に振る舞ったのさ」

「女連中だって?」とラウルは言った。「一体どんな女なんだ?」

「あそこで働いている女たちよ」とオルガは言ってから、一瞬ためらい、付け加えた。「ただのバーじゃないのよ。客を取るバー……」

ホセは怒ってオルガにそれ以上言わせなかった。

「わかってるさ、そうだ、そういう女がいる所さ。それがどうした!」

ラウルは聞いていることが信じられなかった。

「ちょっと、確認したいんだが…… バレンティンはホステスのいるバーで働いてるのか?」

「まあ、そんなところだろう、接客業とか何とでも好きなように呼べばいい」と苛ついてホセが叫ぶ。

「しかし売春宿じゃない…… それにあいつは直接客を相手にしてはいない、もしそのことを心配してるのならな。店員として雇われてはいないから、何の義務もない。気に入ってるから通ってる。少しは金もらってるはずだが、そんなことはどうでもいい……　うまくやってるし、大事にもされている。お前たちが思ってるほど無防備な人間じゃない。仕事に満足している、だからこそ俺は行かせてるんだ」

「信じられん話だ！」とラウルは言った。

「聞いたとおりだ」

オルガは取り憑かれたようにテーブルクロスの絵を見つめている。

「他にもまだ何かあるだろう、父さん、言えよ」

「大したことじゃない」

「あるだろ。言えよ」

オルガは顔を上げてゆっくりとラウルの方へ顔を向ける。と、その夜になって初めて冷たい視線を受けた。他に何をしゃべらせたいの？　もう二年も前のことなのに。ええ、多分こうなって良かったのよ。バレンティンを徒に刺激してしまったときにオルガに向けられた視線と同じ冷たい視線だった。一瞬ためらったが、ホセが黙っているのを見て取って、自分もそうすることにした。今はバレンティンのことが大事なのだ。

「あそこで働いている女の子のことを好きになっちゃったのよ」と沈んだ声で付け加えた。

堪忍袋の緒が切れて、ホセはナイフとフォークを置いた。

「おい、いいか、オルガ！　何て言い方するんだ！　あいつが淋病でもうつされてきたわけじゃないだろ！　そんなつくり話をでっちあげる理由がわからん」

「でも本当に惚れ込んでるのよ！　自分の恋人だって言い張ったんだから！　今になって知らなかったとでも言うつもり？」

「すぐに終わるだろう」とホセは言う。「気まぐれに過ぎん」

「ちょっと静かにしてくれないかな!?」とラウルは要求した。

「バレンティンは子どもと同じなのよ」とオルガは言い張る。「傷つけられるだけ」

「いつもそんな危険にさらされてきたし、これからもずっとそうだろう」とホセが応じる。

「でもさあ！　本当かい？」ラウルは何とか声を抑えて言った。「かわいそうな精神薄弱児が娼婦にだまされるのをみすみす放っておくのかよ、そうなるだけだぜ……」

「かわいそうな精神薄弱児じゃない！」

「……　あんたたちの言いたいことはそれか？」

「恋をしてしまって理性の歯止めがきかないの」というオルガの意見。

「恋してるだって？」ラウルは皮肉っぽい口調で言う。「冗談じゃない！　バレンティンは女の身体がどうなっているかさえ知らないし、見たこともない。知る必要もなければ、頭がそんなことを求めないし、身体が求めることはもっとない」

「別に知性も身体もあんたの弟のことには関係ないわ」とオルガはラウルを見ずに言う。「こうしたことでは心が大切なのよ。でもあんたに何がわかるって言うのよ……」

ラウルは突然テーブルから立ち上がった。

「もういいから、落ち着くんだ！」とホセが言った。「どこへ行く？」

「こんなことは俺が今すぐ解決してやる。店の名前は？」

「待て、そんな乱暴なやり方では何の解決にもならん……」

「で、その女の名前は？」

「待てと言ってるんだ！」ラウルが相手にしていないとわかって、さらに声を上げた。「座って、俺の言うことを聞いてくれないか？」

ラウルは座らなかったが、父親の言うことを聞こうとしてその場を動かなかった。ホセはナプキンを皿の上に投げ、苦渋の面持ちで、さらに抑えた、しかし決然とした口調で続けた。「あいつを傷つけることは許さんぞ……」

「俺は他の奴から傷つけられたくないだけだ」

「その通りだ。が、しかしお前のやり方ではダメだ！　だからひとつ、はっきりさせよう。俺はバレンティンの気まぐれを構わないと思っている。なぜかというと、あんなに幸せそうなあいつを見たことがないからだ。それほど単純な奴なんだ！　あのバーへ通うようになってから幸せで嬉しそうで……わかってるさ、客を取る女がいる店だよ」苛立ちながら、ラウルの抗議を予め制して続けた。「娼婦さ、その通り、俺たちにはわかってる。しかし誰もあいつをバカにしていない、皆があいつの問題を引き受けて、あいつを大事にしてくれてるんだ」

「どうしてそんなことがわかるんだ?」

「わかってるんだから、それで充分だ! あの女を好きになったが、すぐに終わるだろう…… おそらくはな、あの女はすぐにいなくなる。あそこにいる幸薄い女たちは急いで金を稼いで、貯まったかと思うとまた郷《くに》へ帰るんだよ……」

「一体全体、親父、あんたはどんな世界にいるんだ?」咎めるように言うラウルの声は重く、疲れているようで、また陰険でもあった。「じゃあ、放っておこう…… いずれにしても、俺はあいつにあれこれ伝えることがある」ジャケットを取る。「喧嘩しに行くんじゃないから、安心しろよ。ただ、どんな場所に首を突っ込んでるのか、わからせたいんだ。だって知らないんだから。言わせてもらうとな、あんたたちは娼婦の本性をわざわざ教えてやろうとはしなかったってことだ」

「そうとも、いろいろ好き勝手言いやがって、教えてやってはいないよ」再び怒りに震えて、ホセは立ち上がり、片足を引きずって飲み物を置いたテーブルへ向かった。「結局はわかってないようだな。お前の弟は自分のやってることに満足してるんだ、で、俺にとってはそれだけが大事なことなんだ……」

「そうかい、もういい」出かける用意をしてオルガを見た。「場所は?」

「昔の安宿ミラマール」とオルガが返事する。「今はクラブ・ロリータかそんな名前よ」そして不機嫌さを隠すこともなく、自分に向かってしゃべっているかのように、突然ふたりの男に背を向けて、呪うような数語を彼女の母語であるざらついたクロアチア語で、小声で呟いた。

7

部屋の暗がりの中で、ベッドの端に座ったバレンティンと壁に映ったコック帽をかぶった彼の影。その影はまるで大きな怪しい鳥のようだ。奈落の上に巣をつくり、シーツに丸まって横たわるミレーナの夢を見守っている。緊張して、用心深く、胴体と比べるとすごく前に突き出たバレンティンの顔の黒い輪郭が女の上に重なる。

彼女の顔は枕で一部隠れていて、まるでキスしようとしているかのように口もとにある、握りしめた拳。乱れた髪の毛で顔はほとんど見えない。枕のそばには吸い殻と、不透明な液体が残った中くらいの大きさのグラスが倒れている。バレンティンはゆっくりと彼女の上に重なり、グラスを取ってナイトテーブルの上に置く。そして起こさないように注意して、彼女の握り拳を広げ、手の中に捕まえて放さないようにしていたものを取り除いてやる。それは女の子のはく小さな白い靴だった。それを小さなテーブルの引き出しにしまって、眠っている女に服を着せ、耳もとにキスをする。立ち上がってから、もう一度彼女を見つめ、すぐさま部屋のドアへ向かって進み、外へ出た。

店は今やかなり賑わっている。ダンス・ミュージック、凍り付いたようにに固まったタバコの煙、薄暗い灯り、セックスの予感。ローラ・ママはカウンターで接客をして、手伝っているレベカは、ときおり咳をしている。隅に年老いたシモンがせっせとビールやソフトドリンクを冷蔵庫に補給している。

ナンシーとジェニファーとアリーナはカウンターやテーブルについた客のそばで誘ってもらえるかどうか、運試しをしている。誰かがホールでお相手と踊っている。カウンターでアリーナが客にピザの最後の一切れを勧める。

「お口を開けてね。でも、知ってる？ 私はもっと美味しいものを持ってるのよ」

「知ってるよ」と客が笑う。

少し向こうでは、背筋を伸ばしたバレンティンがカウンターの中でカバ［スペイン産のシャンパン］の瓶とグラス二つを握りしめて、儀式めいた仕草でトレイの上に置く。それはプロのバーテンダーが絶妙な技を見せる場面の真似をしているだけなのだが、グラスの外側から息を吹きかけてから灯りに透かし、ナプキンで瓶を包む一連の仕草である。火を付けていないタバコを指に挟んだまま、バルバラはホールから彼に近づいて、辛抱強くその儀式が終わるのを待っている。

「火？」バレンティンはそう言って、大げさなやり方でマッチを擦った。「ヒ、ヒ、ヒ、火を付けましょうか？」

「アリガト」

微笑んで、煙を一拭き彼の顔に吹きかけた後、バルバラは背を向けて自分の場所へ戻った。バレンティンは食器一式を揃えたトレイを高く捧げ持って、カウンターから出て行った。

「ついでにあの娘を起こしてきて」ローラ・ママは彼を促す。

「あまり眠ってなかったから……」

「寝ぼけたままでも降りてくるものよ」ミレーナに怒ってはいない、自分に対してローラ・ママは怒っていたのだ。まるで独りで自分の不満と対話しているようだった。「あの娘にこれ以上何をしてやれって言うのさ。立って眠る訓練でもしな。自分を何様だと思っているんだろうね」

バレンティンは急いでホールを渡り抜け、らせん階段の方へ行って駆け上がった。上に向かって軽々とつま先立ちして、まるで卵の上を歩くように、向かう先はピンクと緑のこの世とは思えない灯りが点る、狭い絨毯敷きの廊下である。数あるドアのひとつから女の笑い声と快楽のうめき声が漏れ聞こえるが、演技であって、本物だと思うにはあまりにも差し迫っていて、しかし単調で変化に乏し過ぎる。彼にはそれが誰のやり方なのか判別できた。ヤスミーナだ。でなきゃ、こんな下手なことできないよ。子猫がニャア、ニャア怒ってるみたい。ロリータクラブのキャットウーマンですよ、どうぞ入ってご覧あれ。いつになったらわかるんだろうな？

バレンティンと彼のおもしろげな表情。そのインスタント・ラヴの芝居を演じている声を聞きながらいつも浮かべる表情だ。彼女は他のラヴを知らない。ヤスミは何にも興味を持たず、少々やる気が見えず、浅黒い肌の尻にいつも無気力と嫌気を漂わせている。砂漠から連れてきたんだと仲間は言ってるが、でもあのうめき声は、それでもやっぱり、愛《ラヴ》だとバレンティンは思う。演技の上か下かに重ねた演技、仮面の上にもうひとつの仮面。でも、それでも愛《ラヴ》だと思う。

廊下の途中で立ち止まって、拳でドアのひとつを叩く。ヤスミーナがドアを開けて、セミヌード姿で顔だけ出してトレイを取り、バレンティンに片目でウィンクをし、ドアを閉めて引き下がる。バレンティンは廊下をさらに先へ進んで奥のドアまで行って、その前でまた立ち止まる。さらに奥にある廊下の突き当たりにエンジ色のカーテンとガラス戸が建物の裏に当たるバルコニーへ通じていて、そこには古い金属製の、火事のときの非常階段があるが、錆びていて、誰にも使われていない状態になっている。

声もかけずに部屋へ入り、灯りを付けて、こっそりと寝室へと進む。そこは同時に居間でもあって、男の気を引くようなケバケバしい趣味で、清潔で快適ではあるが、かなり散らかったままで、女性の服があちこちに投げ捨てられているし、ベッドの上のトレイには食事が食べ残されたままである。敷き詰めた絨毯も腰掛け用クッションも原色で、ごく薄手のカーテンに、灯りはふるいにかけられたような間接照明で、親密になれる雰囲気をつくり出している。壁にはめ込まれたタンス、やたらとクッションが置いてある寝椅子、小さな低いテーブル、部屋の一隅にはポータブル・テレビがある。格子窓は例の非常階段に面しているので、部屋から見える景色は低い山と不毛な土地だけで、建物の裏側には松の木が点々とまばらに見える。

寝床のそばで立ったまま、バレンティンはミレーナを見つめている。うつぶせに寝て、枕を抱きしめ、乱れた黒髪が横顔を一部隠している。ベッドの端に座り、彼女を見つめながら、上半身を前後に軽く動かしてバランスをとっている。裸で、暗闇の中で、脚はシーツに絡まっている。壊れた人形だと彼は思う。コ、ワ、レ、タとバランスをとるのと言葉を合わせながら、一方で思い遣りと好奇心から、顔の上でもつれた髪の間から見える、少し腫れぼったい唇の周りについた口紅を確かめる。腕は伸ばしたままで、手首の近くに錠剤を入れた小瓶があったが、蓋はとれていた。シーツの上に散らばった白い錠剤を拾い集める。

水洗トイレの水がつくる渦の中で回る錠剤。バレンティンの力強い手が何度となく水を流す鎖を引っ張る、最後の錠剤が渦に飲み込まれて姿を消すまで。下水へ、そしてデシレーのいる海へ厄介物が行く。あの娘が自分で飲んじゃうかもしれないな……

ベッドで眠るミレーナ、その横のナイトテーブルには額縁に入った写真がある。スラム街を背景に汚れた顔で三、四歳の女の子が笑っている。その写真にもたれるように手紙が置いてあって、その封筒には大きくて下手な字で名前と住所が書かれていた。

アドラシオン・オルガード様
三番街　二十二―四十五番地
オトゥン区
ペレイラ市（コロンビア国）

しわくちゃになったシーツからミレーナの右太腿の外側が見えていて、星の形をしたつややかな落書きのような傷跡があった。青黒く裂けて、うっすらと紫色になった、ほとんど腰の辺りにある傷跡。バレンティンは再びベッドの端に座っている。愛情と守ってあげたい気持ちをもって、眠っている女の横顔を眺めている。手を彼女の太腿に置いて、身体を重ねて、髪の毛を払い、うなじに優しく息を吹きかける。ミレーナの顔全体が露わになる。すごく若い娼婦だ。陰気で堕落した美しさがある。

「起きて」顔の近くで、バレンティンは声をかけるというよりは息を吹きかけた。「それにもう怖がらないで。僕がここにいるから」ミレーナはぶつくさ言ってるが、まだ夢の中にいる。バレンティンは手を腰の方へ、傷跡の辺りへ滑らせていって、囁いた。「起きて。どれどれ、あの笑顔。怖くないよ、バレンティンがミ、ミ、ミ、見守ってる……　さあ、随分眠ったよ。ローラ・ママが怒り出すよ」

指は微かに、繊細に、傷を撫でている。彼女は彼を同情するように見つめ、まどろんだまま、しわがれた不快な声で猫のようにゴロゴロ言っている。

「ここでまだ何してるの？　何時？」

「痛い？……　この小さな星が疼くの？」

「別にィィィ……」にこやかな目で彼を見て、首を振って否定した。「あんたがそばにいるときは痛まないよ、ボクちゃん」

「クリームを少し塗ろうか？……」

「要らない」微笑んで再び否定する。「今日は痛くない」

「ローラ・ママにはまた膀胱炎だと言っといた」

「上出来、ありがとう、じゃあ少しだけ独りにして。すぐ降りていくわ、私のボクちゃん」

「待ってるよ」

「ベッドメイクして、ちょっとだけ全体を片付けなくちゃ」

「僕にやって欲しい?」

「ううん」ナイトテーブルの手紙に手を伸ばして、キスをしてから彼に渡す。「今すぐ出してきてくれる? お願い、午前の便に間に合わせたいの」

「了解、オーケー」バレンティンはコック帽を脱いで、ポケットからプラスチック製のひさしがついた帽子を取り出してかぶった。「ケ、ケ、ケ、競輪の長距離選手にチップを」

ミレーナは彼の鼻にキスをした。バレンティンが立ち上がろうとすると、彼女は競輪選手のうなじに手を絡め、自分から強く引っ張って、ふたりでベッドに倒れ込んだ。

「私の可愛い人がいなかったらどうしましょうかねえ」彼の耳もとで囁いた。

8

ラウルは自分の車のハンドルを握って、国道C三一号線に沿って並ぶネオンサインを注意して見ている。暗闇の中から緑と赤の殴り書きのような文字が突然浮かび上がり、《ロリータ・クラブ　ミュージック・バー》と告げていた。

クロークのところにいたシモンは、入ってくるラウルを見てまず最初に驚いた人物だった。ラウルはシモンをチラと見ただけで、音楽が鳴っているところへ向かって大股で進んだ。バーのカウンターはとても混みあっていて賑わっており、音楽が大音量で流れ、小さなホールではひと組の男女が抱き合ったまま踊っていて、他の男女は暗がりの中で目をぎらつかせて蠢いている。そこからは動かないガーゼのようなタバコの煙が辺りに漂ってくる。ラウルは青い小石を敷き詰めた楕円形のホールの端にじっと立ち、踵を軸にしてクルリと回転し、周囲を探索する。彼の視線は親しげでもなく、血走ってもいなかったが、ローラ・ママはカウンターの内側ですぐに彼に気付いた。あまりに意外で、驚くべき人物の登場はすぐに女たちの視線を集めた。酒かセックスか、単に睦言を交わすだけであっても、客が求めているものを見出せるように世話すべき彼女らの関心は、普通の新しい客に抱く好奇心を遙かに越えていた。とはいえ、仕事上の関心ともまったく違う。今来たばかりの男が驚くほどバレンティンと肉体的な類似性を共有していたからだ。バルバラはその見知らぬ男から目を離せずに、ヤスミーナと何か言葉を交わし、ナンシーは唖然とした顔で、スクリュードライバーを二つ用意していたローラ・ママと視線を交わした。

ラウルはカウンターへ近づき、ナンシーを見つめたが、発した言葉はローラへ向けてであった。

「この店は誰がやってるんだ?」店全体に目をはわせながら続けた。「あんたか?」

「私は店を任されているだけですが……」

「音楽のヴォリュームを下げろ。バレンティンはどこにいる?」

ローラはラウルの乱暴な口調を咎めはしたが、すぐに背後にあるアンプのコントロールボタンで音量を下げた。ナンシーは呆気にとられた様子で、ラウルの顔から目が離せずにこう言った。

「自転車で手紙を出しに行ったのに……」

「そうして途中でカーレースのゲームをするためにね、まるで本当の車に乗ってる気分になって」と諦めた口調でローラが付け足した。

「それは今から随分と前のことか?」

「いえ、わかりませんね、私は見張っちゃいませんから」

ラウルがそこにいる連中をジロジロと見続けていると、ナンシーが彼へ近づいて、背後から少し顔を覗かせた。

「一杯ご馳走してくれない、パパさん?」

ラウルは彼女の方へ向き直って、初めてじっくりと彼女を見た。

「あいつを丸め込んだのはお前か？」

ナンシーが返事するより前にローラが言った。

「うちの娘《こ》たちは誰も丸め込んだりしてませんよ。ただひとりで自分から出て行っただけで……　数時間前にも私たちはバレンティンに、家へお帰りって説得していたところですよ。しかしあなたの弟さんは頑固といったらありゃしない」疑うような目つきで続けた。「だって、あなたの弟さんですからね、そうでしょう」

「ねえ、パパ、いいでしょう」ナンシーは腰をくねらせておねだりした。「何も飲まないの？　踊るのは好き？」

ラウルは聞いていないようだった。カウンターの前に立って、両手をポケットに入れて、再び店内全体に目をはわせると、ナンシーの方はローラの目配せに従ってカウンターからスクリュードライバー二つを受け取り、ラウルに蔑んだようなしかめっ面をしてから、ダンスホールを囲むように置かれたテーブルの間を縫って遠ざかった。ローラはラウルを疑いの目でじっと見ていた。

「店からサービスします。何を飲まれますか？」

「俺はあの娼婦と話したいんだ……　何て名前だったか」

「ここではそんな言葉遣いはいたしません、お客様。誰のことでしょうか？」

「あんたがようく知ってるだろう」

「今、接客中です」

「俺に盾突くなよ、姐さん」

「私は誰の姐さんでもありません」

「売春宿の女将はこう呼ぶんじゃなかったのか?」

「お爺さんの時代の話でしょう。どちらにしても、場所を間違えていらっしゃいますわ」

ラウルはゆっくりとカウンター席に身体を落ち着かせて、彼女と面と向き合った。

「弟から聞いてないのかい、俺はどうしようもないデカだってことを……」

「何をお考えになって来られたのかわかりませんが、ここは単に許される範囲でサービスをして差し上げているだけです。マッサージと爪の手入れ、それだけですわ」

「嘘つけ! まずはだな、この女たちが正式な書類をもたずに、不法入国したのかどうかを確かめるべきだろうな。でも今日のところは、あんたはついてるよ、俺は別の件で来たんでな…… 一体全体、弟はここで何をしてるんだ? どうしてあんたはかわいそうなノータリンに仕事を与えてるんだ?」

「彼の方からやって来たんですよ。それにそんな汚い言葉で呼ぶのはやめて下さい……」

「自分からって、何が目的だ?」

「菓子づくりがすごく好きで、あなたも知ってるはずですわね」とローラは言う。「いつもこの辺りをうろついていて、台所で何時間も過ごしていたんですよ、家族の許可をもらってるからと言って…… でもゴタゴタは起こしたくないんで、説明します。あなたのお父さん、フエンテスさんと話しました。そしてお互いに納得してるんですよ」

「フェンテスさんと俺とはこの件では同じ意見じゃない」再び辺りを見回して、考えているかのように大声で付け加えた。「わけのわからぬ女の問題では一度もわかり合えたためしがない……　どこに隠してるんだ？　仕事中か？」

彼は店の奥にあるらせん階段に注目していると、疲れてのろい動きになった女の脚がその階段から降りてきた。黒い縞模様の靴、針の様に細いヒール、爪は青くペディキュアをし、くるぶしには銀のアンクレットをしている。

「あのですね、信じていただけるかどうかわかりませんが、私たちはバレンティンのことが大好きなんですよ……」

「そうか、あれほどおとなしくて親切ならな、それに間抜けだからな」

「そんなことはありません、違いますよ」ラウルの視線は階段から降りてくる女に向けられたまま動かない。「まあ、特殊な子ではありませんよ、わかっています、でも問題はありません……　聞いているのは、生まれてすぐに、かわいそうに、脳に何か障害を被ったとか、でも素晴らしい子です……　で、いずれにしても、店を辞めるのも彼の自由です。私どもは誰も引き留めません」

鈍《のろ》い脚はらせん階段の最後の一段に到達した。じっとしているときに剥き出しの膝がぴったりと合わされているところを見ると、軽い悪寒が走るが、それなりの教養はあるのだとわかる。その女ミレーナは化粧をして、派手な服装をしていたが、顔には病気がちな陰りが残っていた。最下段のところで立ち止まり、扇子を開いて扇ぎながら、片脚を背中の方に曲げて靴の裏をじっと見て、踵の具合を調べようとして脱ぐと、折良くそのときマドリードの下町生まれのおっとりした若い男が白いスーツにシルクの黒シャツという出で立ちで近づき、何かを言った。その男は背筋を伸ばしたやさ男で、髪をディップで固め、ヘビの様な顔に日焼けした肌をしていて、彼女に身体を預けながら話し、片手は腰へ回している。腰にある手のことには気付かないで、女は目を伏せ、関心がないだけでなく、快くは思っていないことを示している。

あの娘です、そこにいますよ。写真に写っていた死んだ蚊のような女、俺の弟に甘やかされた娼婦。その空疎な視線は宙をさまよっていて、ゆっくりとした瞬きはまだ見ている夢の中で何かと絡まってしまったかのようだ。店の中で彼女のいる辺りは緑がかった暗がりになっているが、それでも彼には紅が塗られた彼女の口が見て取れた。腫れ上がったような唇は潰れて大きくなった苺のようだ。バレンティンの娼婦、あいつが世話をして守ると自ら申し出た相手である堕落した魂、あのマヌケめが。こいつだ！　他の女ではありえなかった。よく見れば誰でもわかる。なぜならば、どことはなしにふたりとも同じ特徴があるからだ。まどろんでいるような状態で道を外れた者がもつ雰囲気、意識朦朧者あるいは夢遊病者の愚鈍さ。

緊迫感をもって見開いた目で、彼はその女を観察した。客の話を聞くときに目を伏せるという、哀れで人を蔑んだ話の聞き方、腰に回された手をさりげなく払って、その代わりに踵が少しゆるくなった靴を見せるそのやり方、その男にもう一度靴を履くのをどのようにして手伝わせるか、続いて男が差し出すタバコを受け取って、無関心な顔をライターの炎にどのようにして近づけるか。その後ふたりは近くのテーブルへ向かったが、座る前に彼女は周囲に目をはわせてラウルに気付いた。彼女の顔はバレンティンと似た男の前で不意打ちを食らった驚きを見せ、一瞬固まったように動かず、店の汚染された環境の中でじっと彼を見つめた。ゆっくりと座り、ラウルから目を逸らさなかったので、ついに隣の男が何を見ているのかと問い質した。

ローラは飲み物を用意する一方でラウルを見つめ、この男のミレーナを見る目の中に何か問題が起きるだろうと直感した。

「あの娘は何も悪いことはしてませんよ」と言った。

「何という名前だ」

「いい娘でしてね……」

「娼婦の名前を聞いてるんだ」

バレンティンがちょうど入って来た。にこやかに、競輪競技用の帽子をかぶって、ズボンの裾を留める金属クリップを外すために片脚で跳びはねた。背中には小さなリュックを背負っている。

「ここに兄さんが来てるわよ」とローラが言った。

ラウルの顔を見たとき、バレンティンの顔がパッと輝き、走っていってラウルを抱きしめた。足が床から離れるほどラウルを持ち上げて、ふたりしてクルクルと回った。バレンティンの喜びの叫びは周囲の喧噪と音楽に混じってかき消されたが、ラウルはバレンティンの頬を両手で包んで彼の興奮を静めた。

バルバラとヤスミーナはカウンターで客ふたりの相手をしていたが、双子が冗談を言い合って、一瞬下腹部を拳で殴る真似をする様を見守っていた。

「あんたが見てるのは私が見てるのと同じ？　バルバリータ」

「ホントのボクサーのようだわ！」

「そのことを言ってるんじゃないよ、バカ」とヤスミーナ。「まったくそっくりのくり、バレンティンに、でもイケメン！」

「どうだかね、どうも私には無理かな……　目を見てご覧よ、ヘビみたい」

ナンシーも加わって、あきらめた不快な表情で念を押した。

「聞いた、前にバレンが言ってたこと、兄貴は刑事だって？」

「だからそれよ」とバルバラが言った。

ラウルはバレンティンの気持ちを抑え、おとなしくさせてから、じっと目を見て、いとおしげに両手で押さえた顔をのぞきこんだ。

「一体ここで何をやってるんだ？」脅迫しているような口調で囁く。

「ここで働いてる……　まあ、そんなところ」

「ああ、そうかい？　コック見習いか、用心棒か、一体何だ？」

バレンティンは笑った。

「じゃあ……　その『一体何だ』だね！」

「家へ帰ろう。話しがある」

彼の腕をつかまえたが、バレンティンは抵抗して、微笑みながら尋ねた。

「ミレーナのウサギを見に来ないかい？」

「何をバカなこと言ってるんだ？……」

「夜になると隠れるんだよ……　何でもしてもらいたいこと、頼んでご覧よ。さっきのこと以外でね、だって夜は見えないから」カウンターを叩いて、ローラ・ママの注意を引こうとした。「僕の兄さん、ラウルだよ。好きな飲み物、知ってるんだ。レモネード、ジン入り、氷タップリ」

「いや、それはもう好きじゃない」

「へえ、了解でオーケー。ウウウン……　じゃあ、氷ぬき！」

「要らないよ、何も要らない」

「まさか、ノ、ノ、ノ、飲むのやめたんじゃないよね」と心の底から悲しそうにバレンティンは言った。

「ドライマティーニでもどう？……それとも何か他のは？」

「家へ帰ってから祝杯をあげよう。さあ、行こう」

連れて帰ろうという意図をもって、再び彼の腕を前よりも力を入れてつかんだが、バレンティンは今度はラウルの手首をつかんで、笑って面と向かいながら、押さえつけている手から逃れようとした。ラウルは彼を放さないように抵抗する。

「僕の方が力が強いんだよ」バレンティンはラウルの耳もとで囁く。「ワ、ワ、ワ、忘れちまったのお？」

微笑みを絶やさずに、ラウルの手首をしっかりとつかんだままで力を加えて、少しずつ相手の手を外すことに成功した。

「ほらね、兄ちゃん」

「ああ、お前がすごく強いってことはもうわかったよ」ラウルは認めたが、不機嫌になった。「しかし、病気だったことも忘れちゃダメだぞ……」

「ボクの恋人を紹介したいんだ」

「冗談はやめろ。帰るぞ」

バレンティンはミレーナのいる場所を探し出して、そこを見つめている。彼女の横に座っていた男、フレディー・ゴメスは彼女の肩に腕を回して、耳もとで何か囁いている。ラウルはバレンティンの視線の意味を読み取ったが、次にした質問は、質問というよりも確認だった。

「いつから女に興味を持ってるんだ？　何のためだ？」

「何のためにだって？　愛のためさ、ラウル」

「お前は丸め込まれてるんだよ。とことんな」

「フム。了解。ボクのつくるケーキより甘いんだ……お願い、ローラ・ママ、あの、ウ、ウ、ウ、歌」

「やめろ」とラウル。「全部話してもらうけど、ここでじゃない。さあ、行こう……」

「待って。彼女の歌なんだ……聞いて欲しいんだ。ほんのちょっとだけ」

ローラ・ママがカウンターの奥にあるCDコンポのボタンを操作すると、『蜜月』というグロリア・

ラソの往年のメロディーが流れ始めた。バレンティンはラウルを見て、いい歌だと認めてもらいたくて、また気持ちがわかると共感してくれることを、不安ながらも期待して、微笑みながら、自分の幸せをわかち合ってもらおうとしたのである。バレンティンはときどきミレーナを見た。

一方、ラウルの方は女と弟の間を目で行ったり来たりして、弟の感情の高まりを測っていた。ヤバイ、これはマジだぜ。その歌はかなり気障だが、彼が夢の娼婦へ個人的に賛歌を送りたくなったのであり、同時にラウルへ宛てたメッセージでもあって、よくは聞き取れないが、バレンティンが小さな声で呟いている気持ちの告白なのだ。

我いつ知るや　汝《な》が心
灯りともした　我が夜に
我いつ知るや　愛の奇跡
汝がゆえに　生まれしを
我いつ知るや　胸のうち
脈打つは　汝が血潮
我いつ知るや　風告げし恋

「キレイだろ」とバレンティンが叫ぶ。「気に入った？　そうだろ！」

どのようなバカげた感情をこのバカげたメロディーが哀しいバカに引きおこしたのかとラウルは考えた。どうやら問題は想定していたよりも深刻だな。体勢を変えて、ポケットから車のキーを取り出し、バレンティンの手を取った。

「ああ、とても綺麗だ。話は後で聞く…… 目を覚ませよ、こいつ！ 外にお前のために用意した車がある。ルノーだが走りはフェラーリと同じだ。キーを受け取れ。まだ運転は好きなんだろ？ おい、どうなんだ？」

バレンティンは手に渡されたキーを見た。

「フム！ 了解！」彼はミレーナの方を見て手をあげた。彼女は微笑みを返し、フレディーは皮肉っぽく彼を見ている。グロリア・ラソの歌はまだ続いていた。

「しかしスピードはな、百を超えるとダメだ、いいな」とラウルは言った。

「彼女は今仕事中だ……明日紹介するよ」

「そうだ、明日でいい」

「さよなら、ローラ・ママ。また明日」

「また明日ね、ボクちゃん」

兄が守るように肩に回した腕をふりほどくことなく、バレンティンは出口へ移動していきながら、何か囁いていた。

「彼女と一緒にいた人は従兄弟なんだ。彼女の娘のことを知らせに来てるんだ、娘はむこうのコロンビアにいる……」

「そいつはとんでもないポン引き野郎だ、わかってなかったってことか？　出来損ない」とラウルが言った。「さあ、行くぞ」

「今日は幸運でありますように。ミレーナは最近あんまりハ、ハ、ハ、働いてないんだ、星形の傷のせいなんだ……」そして内密の話のような口調になって続けた。「あそこでは言わないでね、だって中には傷跡を見ると恐がる客がいるんだよ、悪い皮膚病か何かだと思ってね……　ただの傷跡なんだよ！」

「傷跡か。まあいい、後で聞くよ」

テーブルのところからふたりが出て行くのをミレーナは見ていた。横にいたフレディーはヘビのような目をして隣の女の横顔を探索する。彼の前には一杯のコーヒーがある。ミレーナから目を逸らさないで、ゆっくりと手でカップを包み込み、取っ手に指二本を入れて、口元へカップの端をもっていく。まさしくコーヒーを飲むヘビだ。そうした後で言った。

「何だい、かわいこちゃん、割り増しの《何か》があるのかな？」

「ローラ・ママに聞いてちょうだい。会計を担当しているのはママだから」

「《貴女》にそれを尋ねるというのはどうかな」

「一銭もないわ。まったく。いいえ、ゼロより下よ。風邪を引いていて、熱が高かったから……　脚の傷のせいで料金を下げなくちゃいけなかったし」

「本当かい？　マットレスの下に隠してあるものは？」

「全部家族へ送ってるのよ、フレディー。だってほんの少ししか働いてないんだから」

「それでほんの少しなんだな？　醜い脚のせいなんだな？……どんな具合だ？　まだ包帯をしてるのか？　どれ、見せてみろ」

ミレーナのスカートを少しまくりあげた。ミレーナは手を払いのけて脚を組んだ。カウンターにいた客がグラスを高く上げてニンマリするのを見てとって、ミレーナも笑顔を返した。ナンシーがその客の前を通りかかるとその男はナンシーのウェストに手を掛けて引き留めた。

「まあ、《貴女》が探してたんですからね」と言うフレディーは爬虫類のような目で脚を組んで重なったミレーナの膝をジロジロ見ている。突然ポケットに手を入れた。「ほら、これは少しですが助けになれば」ミレーナの手ををとって、そこに錠剤と小さなフラスコを置いて、しっかりと握っておくように拳をつくらせた。「貸しですよ。これまでのものとは別です。ナンシーに見張っておくように言ってあるからね。今日はこれで帰りますが、ナンシーに話しておきます」

ナンシーはカウンターのところにいて、接客をしていた。客のネクタイの結び目を直してやっている間、客が触り放題にしていたが、すぐに客の手を取って、その爪を見た。

「ナンシーはもうすぐここから出て行けるわ」とミレーナは言った。「良かったわね。彼女の叔父さんが借金を全部立て替える約束をしてくれて、彼女をここから連れ出して、その上エステとマニキュアの仕事まで用意してくれるそうよ」

「ほう、そうですか。もの好きな男がいるんですね」とフレディーが言った。

「もの好きでも何でもないわ、彼女の立派な恋人よ」

「まあ、どうぞ御勝手に。ローラさんによると、あなたは夜の十二時までしか働かない日があると」

「だから病気だったのよ……」

「じゃあ働く姿勢から見直すんだな。こんなことが続いたら移動を考えなきゃならないだろうね。ここではもう新鮮味がないからな……」

ミレーナは彼を見たが、嘆願する気持ちと怒りを抑えようとする気持ちが相まっていた。「いや、もうここから移動させないで」絞り出すような声で言った。「これ以上いや、惨めな生活、これ以上いや」

「落ち着け、母親だろ……　どうしてくれるのかだな、くそっ。あの知恵遅れは甘えすぎてるように見えるぞ」

「あのかわいそうな子は私の精神安定剤よ、だからお願い」

「パレスチナへ行ってティッシュを売るのはどうかな、あのうすのろにはね」と言ってフレディーは笑った。「デシレーの話をするとまだ泣き出すんだろう?」

「そんなふうに言わないでやってよ、バカ」

「溺死の女！　デシレーと組んずほぐれつにキスの夢はまだ見るのかな？　今じゃあ夢の主人公はお前か？　そうか？」

フレディーはミレーナの頬に手を延ばしたが、それは殴ると撫でるのどちらともつかぬ仕草だった。

それを彼女はよけた。

9

駐車場のところで、バレンティンは停まっているルノーの運転席に座り、横にいるラウルはこれからバレンティンが何をするのかを待っていた。バレンティンはハンドルに上体をあずけて、誰かを追跡しているかのように運転のまねごとをしていて、そうしなければならないかのように変速レバーを動かし、それにあわせて「ブルルーン、ブルルーン」の調子も変えていた。見よう見まねでしている運転のまねごとは横で見ていると心が痛んだ。彼は自分がエンジンではないことをよく知っていて、それを残念に思っているが、顔には子どもっぽい喜びが浮かんでいる。上体を緊張させたままで、視線はフロントガラスの向こうに据えられていたが、そこにはただ帳《とばり》の下りた夜があるだけだった。

「どうして僕に免許を取らせてくれないのかなあ」とぶつくさ言いながら「ブルルーン、ブルルーン」

ラウルはこの遊びに付き合った。

「おや、エンジンをよく点検した方がいい、そうだろ」

「うん、それにちょっと、ロ、ロ、ロ、ろれつが回ってない」

「なあ、おい、飛ばしすぎだぜ、ちょっとスピード落とせよ!」

彼の首筋をやさしく手のひらで叩く。バレンティンは横目で彼を見て、微笑む。

「できないよ!　ブレーキはニセ物だってことは見ればわかるだろ」

「そうか、わかった。じゃあ、ちょっと止めて、話を聞いてくれ……」

「後でね、このカーブを曲がって、交差点を越えて、坂を下って、いろいろあるからさ」

ラウルは笑った。別の方法に代えることにした。

「了解。そのカーブの所で待っててくれ……すぐに戻る」

車から降りて、ラウルは大股でクラブへ向かった。

フレディ・ゴメスは厨房から出たところで、ドアを閉める前に背後の厨房を一瞬の間だけ見やって、見るや否や向き直った。ひとつのテーブルを囲んで、ローラ・ママと身なりの良い中年男性ふたりが酒を前にして話し込んでいた。彼女は全財産を入れた小さな箱を開けているところで、男性のひとりは手に太鼓腹のような形のグラスを持って、中に入ったコニャックを揺らしながら、請求書を調べている。三人の光景は、フレディの背後で厨房のドアが閉まるほんの僅かな間に見ただけで、フレディは上階へ通じる室内階段がある小さな玄関ホールを横切ろうとしているところだった。室内階段の足下で立ち止まり、上方を見やって、ちょっとためらったがすぐに進んでいって、正面の磨りガラスのドアを開けて、カウンターの端にあるクラブのホールへ直接近づいた。マドリードの下町っ子特有の歩き方でホールをゆっくりと横切り、両手をジーンズのポケットに入れて、ミレーナのいるテーブルに着いて、再び同じ椅子に座り、彼女の顔を撫でようとした。彼女はそれを避けながら、タバコに火を付け、バレンティンの兄が静かな足取りで近づいてくるのを見て、自分で確かめることができなかった彼の身体の一部分に視線を定めた。今知ろうとしていることはいつでも知ることができた、というのも、彼はきっとまた来て、今しようとしているように彼女の目の前に立って、しわがれた厳つい声で話しかけるだろうからだ、ちょうど今みたいに。

「あんたがミレーナか？」

ラウルはフレディー・ゴメスに素早い視線を送ったが、彼は自分の手をゆっくりと髪の毛にやって、なでつけていた。

「ええ」と彼女は小声で言った。

「俺の弟をどうするつもりだ」

「別にどうするつもりもありません」

驚いたフレディーは黙ってラウルを観察する。あの精神障害者と同じ顔をしているが、石のように固まった愚かな表情はしていない。たちの悪そうな野郎だ。

「どんな遊びをしているんだ？」ラウルはミレーナから目を離さない。「知恵遅れの男をからかって楽しんでいるのか、それともあいつをたらし込んでここから出て行くのが目的か？」

「もう、そんな言い方しないでちょうだい。バレンティンは友だちよ」

「お前に警告する、売女。あいつにちょっかいを出すな」

「よろしいですか」フレディーは柔らかい物腰で助け船を出した。「お願いですから、私の従姉妹をそのように扱うのはおやめ下さい。この娘は誰にでも優しいんですよ」

ラウルはもう一度彼に気むずかしい視線を素早く送り、応じることはしなかった。彼の前にあるイスの背に両手を預けて、再びミレーナと対峙した。

「同じことを何度も言わせるな。弟から離れろ、アソコと仕事を台無しにされたくなかったらな。あいつの頭の中にはおがくずしか入ってない、それに俺はたちが悪いぜ。わかったか？」

フレディーはラウルへ向かい、微笑みながら仲裁に入った。

「ちょっと、そんな言い方はねえ、おっと、驚かされますよ。座って下さい、そして冷静に話す方がよろしいかと……」

張り詰めた雰囲気の中、ゆっくりとした動きで立ち上がろうとする仕草に移りかけたそのとき、既にラウルは彼を見ることもなく、声を荒立てることもなく、ミレーナに呟いていた。

「あんたの従兄弟に、黙るか、鼻をへし折られたいか聞いてくれ」

フレディーは再び腰を下ろして、ミレーナに微笑みかけた。

「で、このくそったれは？　俺に頭を割ってもらいたいのか、それとも……？」

最後まで言い終わらなかった。というのも、ラウルが既に彼のうなじを締めつけて、乱暴にまたぎゅうぎゅうとコーヒーカップの上で締めあげていたからである。彼は口をテーブルに押しつけられたままだった。

「言うことを聞け、バカ野郎。舌を引き抜くか、それとも出て行くか。選べ」

フレディーはわかったという仕草をしたが、ラウルは手を緩めなかった。テーブル近くにいた数人の客が再びふたりを見た。フレディー・ゴメスは唇を痛め、鼻に傷を負った。ラウルは再び手をイスの背に預けてミレーナに言った。

「もうわかっているな。もう一度言わせるようならもっと酷いことになるぜ。俺は物事を繰り返すのが得意じゃないのでな」

ラウルは背を向けて出て行った。ミレーナがラウルの背中を見ている間に、フレディーはハンカチを口に当てた。唇からは少し血が出ていた。

「あの出来損ないめ!……」ミレーナに向かって、激怒して。「クソッ、言っただろ、台所にいるあの知恵遅れは俺たちにゃあ厄介な奴だぜ!……」

ミレーナは急に立ち上がってカウンターまで進み、ローラとすれ違った。ローラの方は書類のファイルを小脇に抱え、口にボールペンをくわえて、それぞれにひとつずつ用意したカクテル二つを背の高いグラスに入れて、フレディーのテーブルへ近づいて行った。


どうしてあの娼婦の鼻でもへし折ってやらなかったんだ、ポン引きにぶつくさ言う代わりに? と自問した。どうしていつもの俺のやり方で解決しなかったんだ? 実を言えば、バレンティンがあれほど心の底から夢中になっているとは思わなかったし、それは酷い話だ、クソったれの痴情《ボレロ》の歌をあいつが歌うのを見るなんて、俺が悲しむのを気にしないなんて考えたこともなかったんだ。こんな嫌なことが俺を待っていたなんて。

車へ戻ると、暴走ドライバーはまだハンドルにつかまって、全速力で走るのをやめてなかった。ラウルはドアを開けて、彼の横に座って数秒間、心配げに彼を見つめた。

「長く走りすぎだぞ、バレン」

「ブルルルルルン!……　どこへいってたの?」

「信じられんよ!　俺はもっと後で家に戻るよ。で、俺は何を見たのか?……　あばずれ女に狂ったように首ったけの空っぽ頭の俺の弟だ」

「ク、ク、ク、狂ったように……　ボクが狂ってるって言いたいの?　それが言いたかったの?」

「違うよ、チクショウ、そんなこと言ってない!」

「狂ったドライバー、それだよ、ボクは……　でも、エンジンは絶対壊れない。うまく扱えば、すぐに反応します、間を置かず、素早く、即座に、などなど」

ラウルはイライラして身体を揺すった。

「何言ってるんだ、チェッ、ちょっとは考えてからしゃべれよ」考え込んで彼を見ると、バレンティンはまだ車のハンドルを操作し続けている。「じゃあな、どうしてあんな不幸な女を恋人だって言うんだ?」

「だってそうだから」とブレーキをかけながらバレンティンが言う。「エンジン、それが一番大切……でも本当にこの車が必要としてるのは海中ワイパー。ボクの恋人だよ、でもまだ彼女には言ってないんだ。どんな風に言えばいいか考えてるんだ」

「でもまてよ、娼婦だぞ！　どんなやり方で娼婦とできたんだ?」両手で彼の頭をつかんで、自分の方へ顔を向かせた。「見ろよ。……　俺を見ろ！　娼婦が何か、知ってるのか、バレンティン？　知ってるのか?」

バレンティンは目を皮肉っぽく一瞬輝やかせてラウルを見た。両手は車のハンドルに置いたまま。彼特有の仕草なのだが、前後へ身体を揺すり始めた。

「何をしたいんだ?」とラウルが語気を荒げた。「こんな風に大きな字であの女に出す手紙を書いてもらいたいのか、手帳に字を書いて教えてやったときのように?……　おい、おい！　あばずれ女って何か知ってるか?」

「もちろんだよ。ボクはそんなにバカじゃないよ……　そうじゃない、違います」

「よし、で、何を言わなきゃならないんだ?」

バレンティンは優しく微笑んだ。

「シ、シ、シ、賞味期限がきれてるよ、ヨーグルトみたいに、ラウル兄ちゃん。ボクがバカだと思ってるよね。ここが——指でこめかみをさした——空っぽ、考えられないと思ってる……　でもここには何かがあるんだよね。ボクはまず考えてから、それを見て、ソ、ソ、ソ、その後でここに仕舞っといて、見たいときに取り出して見るんだ……　ビデオみたいにね。だから母さんとも会えるんだよね。毎日会ってるよ、家を出て行って帰ってこなくなった日に買ってくれた風船と一緒に居るんだ、着てた服は……」

「そのことは二度としゃべらないって約束しただろ！」ラウルが遮った。

「……ア、ア、ア、愛人の服を着てた。そう言ったよね。愛人のような服を着て、化粧もしてた」

「黙れ、そんなこと関係ない！……」

「聞きたくないことは知ってるよ」空中で大きく手で何かを払った。「目の中にハエがいるんだ。手で追い払うんだけど、いなくならない。などなど。服装はア、ア、ア……」

「もういい、チェッ、嘘ばっかり言うんだから」

「オーケー、オーケー」

ラウルは激怒したが、ため息をついてから、この状況のハンドルを切り直そうと努めた。

「わかった、了解、お前は何でも見えるし何でも知っている。だから頭を絞ってもうちょっとよく考えて、あの尻軽女をどうするつもりか言ってみろ、マリファナ吸って、傷跡があって、もしかするとお前にうつすかもしれん、梅毒かエイズか何かわからんものを……」「ホウ、もう一声！　で、などなどだ！　もう言ったけど、ボクの恋人だよ」

「ああ、恋人だな。で、お前の恋人はベッドで客にどんなふうに振る舞ってるんだ？　一発やっていくら取るんだ？」

バレンティンは考え込んだ。前へ後ろへ、上半身の往復運動が彼に精神的エネルギー、想像力を集中させる力を生み出しているようだった。

「ベッドの中での恋人の運動特性は予見不可能です」と呟いて、即座にかなりな迫真の演技でエンジン音をマネし始めたが、それはまるで彼の喉に壊れたエンジンがあるかのようだった。「ブルルルルン、グラアアアック、グロログロロクロッ……！　この試作品はボロボロです、エンジンの調整をすべきでしょう。故障です、スパーク、点火プラグ、差動装置、などなど！　そうだろ！」

しばらくは兄の方も笑うべきか、怒るべきかわからなかった。目を閉じて、これから何を言おうかと考えた。

「ひとつだけ。あの娘は……　いいか、俺はお前のことを残念に思ってるが、お前はいつも俺を苦しめる。どう言えばいいのか。どう思う？　きっと天使のような乳房なんだろう。俺には傷跡は別に何でもない、かなり見てきたからな。で、やるための女、誰とでもセックスする。知ってるんだよな？」

「知ってるとも、もちろん知ってるよ、ボクをバカだと思ってるのかい？　しかし、それは、ダメだ……　お願いだから、相手しちゃダメ」急に悲しんで、指を使って、語気を強めて、少し震えて、もぐもぐ言いながら「相手はダメ、相手はダメ、相手はダメ！　絶対に、相手しちゃダメ……」

「おい、おい、じっとしてろよ！　もういい、チビ、落ち着け、冗談だよ」

これほど感情的な反応をしたことに驚いて、うなじを叩いた。バレンティンはさらに力を込めてハンドルを握って、前方を見ていたが、エンジン音は止んでいた。彼の兄は弟が冷静になるのを待ち、そうしてから親しげな口調で付け加えた。

「そんなに好きなのか？」

「アロス・コン・レチェ［牛乳で炊いた甘いご飯で、デザートの一種。ライスプディング］よりも好き！」悪戯っぽく微笑む。

「付き合ってどれくらい経つんだ?」

「出会ってからずっと」

「じゃあ、いつから知り合いなんだ?」

「ううううん。ある日ズッキーニ入りのピザをつくって、ベッドまで持って行ってあげたんだ。でもズッキーニは嫌いで……　注意、とても危険な坂だ!　とおおおっても危険!」

「バレンティン、俺を見ろ。どうして俺に電話してそのことを話してくれなかったんだ?　今度ばかりは酷いことをしてくれたな!　かわいいケーキを焼いてたのにな?」

「そう!　一番甘い、最高!……　もう着いたよ」

サイドブレーキを引くマネをして、半ば微笑んでラウルをじっと見た。ラウルは彼の瞳の中の穏やかで透き通った涙に何かを読み取ろうとした。しかしあきらめて、親しみを込めて平手で叩いた。

「わかったよ、役立たず……　明日、話そう。俺に任せろ」

彼をゆっくりと押しのけて、ハンドルを握った。バレンティンは降りて、ドアを閉めたが、ラウルの横に座ろうとはせずにしっかりとした足取りで車から離れていった。

「おい、どこへ行くんだ?　戻ってこい!」

バレンティンはすぐに自分の自転車に跨り、ズボンの裾のところにクリップをはめた。「兄ちゃんより早く着くぞ!　何をカ、カ、カ、賭ける?　さあ、いくぞ、出発!……」

彼は自転車で飛び出して、立ちこぎでペダルをこぎ、本当の競輪の短距離走者のように、横目でラウルを見ながら低く頭を下げて、国道を進んだ。

ラウルは車を発進させ、彼の後を追い、彼に焦点を定めてライトを当てた。国道を走って彼の近くで車を進めながら、考え込んだ表情で彼を見つめていたが、その目にはすぐにあきらめの気持ちが火花のように現れた。

自転車レーサーはときどきにこやかな顔で振り返り、兄に向かって微笑みかけては怒ったようにペダルをこいだ。バレンティンの前には、アスファルトの上を走る車のヘッドライトのずっと向こうに、闇が海まで広がっていた。

10

ドレッサーの前に座って鏡を見ながら、オルガは顔にクレンジングクリームを塗っている。白い肌に強烈な黒目が目立つ顔立ちで、唇をゆがめて顔をしかめる。ブラウスに下はパンティーだけ。鏡には顔だけでなく、ダブルベッドや寝室の片隅も映っているが、廊下へ通じるドアが少し開いていて、ホセとラウルの声が漏れ聞こえた。

「やっと眠り込んだか?」とホセが尋ねる。

「いや」

「やれやれ、お前に説教されたから……」

それをさえぎる口調でラウルが返す。

「父さん、ことをもっと深刻に受け止めるべきだぜ」

「俺の代わりをお前がしてるんじゃないのか。おやすみ」

寝室のドアが大きく開いて、バスローブに身を包んだホセが軽く脚を引きずりながら入ってきた。手に馬術の雑誌と水の入ったグラスを持ち、タバコを吸っていた。オルガは鏡に映った彼を見た。ホセはベッドに座って、口に錠剤を含んで水を一口飲んだ。グラスをナイトテーブルの上にある本のそばへ戻すと、枕元へクッションを置いて、雑誌を持って上半身を起こしたまま横になった。

「まったくもう」と彼は言った。「大声出して寝かしつけて、眠るまで添い寝する。子どもの頃と変わってない。今でも守護天使のままか」

「守護天使って言ったの?」とオルガが尋ねる。

「そう言った」

「天使じゃないわよ。あなたから聞いたけど、お母さんのお腹の中にいたときに、あの子の頭を足で蹴ってたんでしょう」

「俺はそんなこと言ってない。母親が酔っ払って一度そんな説明をしたと言ったんだ。それをラウルが聞いて、一日中泣いていた。まだ小さかった。腹の中で弟の頭をおかしくしてしまったのは自分だと思うようになっちまったんだ」

「何をしても、もうムダでしょ」とオルガは頬骨のところにクリームを一心不乱に塗り込みながら言った。「バレンティンのことはよく知ってるわ。あの女の子のことは真剣よ」

ホセはタバコの煙が天井へ上っていくのを見つめていた。子宮の中で顔を合わせている双子の姿がまだ浮かんでいた、多分そうなのだろう、誰にもわからない、そして自分に言い聞かせているかのように言った。

「なあ、ラウルには良心の呵責があると俺は今まで思ってきた……　あいつは変わったように思うか?」

「わからないわ……」

「どんな奴に見える?」

「何か怖い。懲戒処分のことは知ってるの?」

ホセは考え込んだままで、聞いてなかった。

「聞いてるの?」とオルガ。「これからどうするつもりなの?」

「何が?……」

「ラウルのことよ。ここに長く居座るのかしら?」

オルガはもうタオルで顔を拭き始めていたが、力を入れすぎているように見えた。唇の端のでき物に彼女はイライラしていたのだ。ホセは雑誌を床に投げ捨てて、ナイトテーブルにある本を取った。答えるまでに数秒かかった。

「そうは思わんがな」

オルガは肌の手入れを終えて、髪の毛にブラシを入れる。鏡を覗き込んで、一瞬考え込んだ。嫌な口唇ヘルペス。舌の先で舐めてみた。しかし別のことを心配していた……

「じゃあ、居る間は何をするつもりなの?」とオルガが訊く。「乗馬学校のことで手を貸してくれるようにって頼んだの?」

「そうしようと思ってはいたがね」

「私には良いアイデアだとは思えない」

ホセは心配ごとで疲れた目をして彼女を見たが、何も言わなかった。

オルガはまだ髪の毛をとくのを終えてなかったが、ドレッサーから立ち上がって、ベッドの方へ向かい、低いスツールに置いてあったぬいぐるみの小熊をさっと手に取った。

「あなたが考えていることが理由じゃない」と彼女は付け加えた。「そう言えば確かに前よりはお酒の量が増えているけど。そういうのは……」

「遅かれ早かれ居なくなるだろう」ホセが割り込んだ。「姿を消したら、二度と会うことはない」

「だって、ひとりでバレンティンのことを何とかしようとしているんだもの。だけど、あの人は適任者だとは思えない。たちの悪い人よ」

手にぬいぐるみの小熊を持ったままベッドに横になって、放心状態で子熊の毛についたゴミを何度も取り除いていた。やにわに、ぬいぐるみを放り出して、シーツの下に潜り込み、横になって身体を伸ばし、ホセに背を向けたままで付け加えた。

「ドゥランさんの奥さんはもうひとり警備人が必要になるって言ってなかった?」

「ラウルはそんな仕事をするのが認められていないと思う」

「いつからあなたの息子は何をするにも許可が必要になったの?」

バレンティンの部屋から、微かに音楽が聞こえ始め、ペネデース［カタルーニャ自治州の一地方でワインの産地］出身の女性歌手、グロリア・ラソがブリキのような金切り声で「蜜月」という歌を歌い出すところだった。

ホセは目を閉じて我慢するように自分に言い聞かせて、顔をオルガの方へ向けて枕に広がった妻の長い髪を見つめた。その眼差しは愛情を示すと同時に思慮深い悲しみも表していた。しばらくしてから、疑っているかのように、いつもよりしわがれた声で言った。

「あいつに出て行って欲しいのか？」

オルガは機嫌が悪く、やや間があってから答えた。

「あんなにお酒を飲まないで欲しいの。私の前ではね、せめて」

ホセはオルガの方へ身体を寄せて髪の毛にキスをした。彼女は手を後ろに伸ばしてきてホセの顔を撫でたが、向き直ることはしなかった。そうしてから、ホセは元の場所へ戻り、考え込んだ様子で本を開けた。


ラウルはベッドに身体を預けて、パジャマのズボンを穿き、両手を首の後ろで組んで天井を見つめていた。ナイトテーブルからポケット瓶のウィスキーを取り出して、数回口に含んだ。バレンティンの部屋から聞こえてくる音楽は今ではもっと綺麗に届いていた。

我知るは　そよ風が
汝《な》に告げしこと
こちらへどうぞ　そちらへ行こう
汝《な》がために　夜は明ける……

ラウルはベッドを離れて廊下へ出た。弟の部屋へノックもせずに入る。折り曲げることのできる電気スタンドが床に置かれていて、トルコ風ベッドの枕元を照らしていたが、そこには眠っているバレンティンの裸の身体が横たわっていた。表情は穏和で微笑みをたたえ、まるで夢の中で大好きな歌を聴いているかのようだった。こわばった片手が胸の上に置かれていて、手から滑り落ちた写真にはクラブの屋上にいるミレーナとバレンティンが写っていた。シーツの上にはゴム紐で縛ってある古い靴箱があった。ラウルはベッドの端に座って弟の無垢な裸の姿を見ていた。ここにいるよ、バレン、何も怖くないよ。

良いことは何も予言してくれない、ただ偽りの幸福だけを約束する、愚かな見果てぬ夢に付き添っている。ここにいるよ。見守りながら一体となったラウルの影が、同じ不安と恋の悩みを持つ夢を分かち合いながら、弟の影にゆっくりと正確に重なり合う。ふたりして同じ非現実的な歌に聞き惚れて、ふたりして異なるベッドの端に座り、壁に映る少し鷲の姿に似た同じ影が同じ奈落の上で寝ずの番をしている。夢中になって信じきっている者の影ひとつ。ここにいるよ、弟よ。愚かな歌は忘れるんだ。

我いつ知るや　神秘なる
ふたりの逢瀬　今宵こそ
我いつ知るや　いかにして
来たるか　永遠《とわ》の蜜月が

胸の上のこわばった手と太腿の上の萎えた性器をじっと見た。ほぼ完全に皮を被った亀頭は一度も剥き出しになることもなく、何かに没頭していて、まるで眠っている虫のようだった。機能不全で攻撃力のない性器を前に不動の構えで、警官は自らを尋問する。性的激高が過ぎればすぐに冷める愛情、孤独と暴力の繰り返しという自分の性癖を問いただす。自分とこれほどにも似ているこの身体が、しかし内側から壊れて、恋愛の真似事さえ知らずに、性的欲望からも解き放たれて、興奮する可能性もないこの身体が、どうして見せかけだけの愛を、情熱的な愛の露骨なパロディーに過ぎないものを、きっと麻薬中毒に違いない堕落した娼婦を相手に、未だに、あれほどまでに計り知れぬ執着をもって、心に抱き続けることができるのか?

ラジカセの電源を切り、バレンティンの指に張り付いた写真をとってやって棚に置く。また靴箱を移動させながら、その蓋にフェルトペンで書かれているもの、下手な字体で、文字も曲がったり欠けたりしているものに気付く。〈ミレナしゃつきんのため〉

箱を振ってみると内部で小銭がチャリチャリと鳴った。ゴム紐を外して箱を開けた。中には微笑んでいるウサギの形をした白い瀬戸物の貯金箱があった。取り出して調べてみながら、考え込む。ウサギの口の所に小銭を入れる隙間があった。ウサギを再び箱に入れ、蓋をして棚へ戻す。バレンティンに服を掛けてやり、彼に最後の視線を投げてから、部屋を出て、灯りを消した。

11

ミレーナはクラブの裏にある錆びたバルコニーを端から端まで行ったり来たりしながら、タバコを吸い、両腕を交差して自分の両肩を抱きすくめる。夜が明けるときの紫色をした太陽と海からのそよ風に、寝過ぎてむくんだ目が眩む。不意に立ち止まって、部屋着《ガウン》の襟を立ててうなじを覆い、空き地の上に広がる地平線を眺める。眼前には切り開かれた土地が殺風景に広がり、人気もない。そこはクラブの建物の壁がはげ落ちた裏側と南へ向かってカーブを描く国道に挟まれた区域にあたる。

数時間もすればヤスミーナが加わるだろう。タオルの上に寝そべって両脚を日に焼くのだ。しかし今はミレーナひとりだ。遠くに潮騒が聞こえ、石だらけの開墾地が彼女の視線を捉える。三十メートルほど下では白ウサギが乾ききった背の低い灌木の茂みの側で何かを囓っている。脇には壊れた鳥カゴと骨だけになった雨傘の残骸が朽ち果てている。朝になって、靄が塊になっていくつも流れて行き、その奥に数台の自動車がヘッドライトをつけたまま道路を行き交っていた。

突然、何かに驚いて、あのウサギが顔を上げ、彼女に目を留めた。バルコニーの見晴らしのいいところからミレーナはウサギを見つめ返す。

「逃げないで」

半時間後、ミレーナは姿勢を変えて、今度はバルコニーの床に座り、立てた膝の上にコーヒーカップを置いて、壁に背をもたれている。ちょっとの間、眠ったようで、あくびが出る。髪は乱れたまま、目には隈ができていて、陰気な眼差しは不毛な風景に向けられたままだが、今は酸化して錆びだらけになった鉄製の手すりのすきまから眺めている。陽は今では前よりも高く昇っていて、靄の塊は溶けて姿を消そうとしている。波打つざわめきはもう聞こえない。バルコニーの片端には、昔ホテルだった頃の古くさい非常階段が見えている。上の部分が壊れ、錆びついて荒れ果てた姿をさらしているが、まだ崩れ落ちずに持ちこたえている。階段の段そのものはなくなっていて、地面にまで達している部分は捻れ曲がり、茨が絡みついている。

「ウサちゃん、逃げないで。私を置いていかないで」

ゲームセンターにあるゲーム機の画面には、《パリ・北京ラリー》という表示の下に、黄色と赤の車がバーチャルイメージの中で炎のように見え、高速でジグザグに走って他の黒い車二台を追い越していた。お前を抜いたぞ。免許証をもらったら見てやがれ……　操作しているバレンティンは騒音に囲まれていた。そのゲームセンターはスーパーマーケットの区域にあって、クラブからそう遠くはない。そこは朝早い時刻から若い連中で賑わっていたが、彼には何も聞こえず、何も見えてはいない。すべての注意を車の運行に傾け、サイクリング用の帽子を目深に眉までかぶり、買い物カゴ付きの自転車は横にもたせかけてあった。

自分の車が他の車と衝突して爆発した。両替機、これも壊れていて小銭がなくなった。指を鳴らしてガッカリし、くるりと背を向けて自転車を取って跨ると、元気にペダルをこぎ出して、口笛を吹きながら小さなリュックを背に担ぎ、黄色いマルガリータの花束をハンドル前の小カゴに入れたまま立ち去った。

ちょうどその頃、凪いだ深い青をたたえた海の上でカモメが飛びながら鳴き声を立てたが、そのカモメをラウルは玄関ポーチから見つめていた。腕時計を見て、急いで家の裏手に回り込み、ジャンパーを羽織った。車の所へ辿り着く前にポケットからウィスキーの小瓶を取り出し、二度ほど口に含んだ。台所の戸口から顔を覗かせ、中を見まわしてから向きを変えた。オルガの自転車はいつもの場所にあったが、バレンティンのはないことを見て取った。ルノーに乗り込み、発進させ、国道へ続く道を進んだ。

ホセは生け垣のある馬場の真ん中で子馬の手綱を握っていたが、子馬は八歳の女の子を乗せて速歩《トロット》で周囲を回っていた。その横に立ったままでブレザーを肩に羽織り、サブマリン・サンドイッチをほおばっているビルヒニア・ドゥランの護衛が馬の動きを見守っている。

「背筋を伸ばして！　そう、いいぞ！」ホセは少女に指示を出す。

ドゥラン夫人のBMWは馬場の近くで、古びた青いトラックの横に駐めてある。ルノーは速度を落としながら近づき、ラウルは窓から顔を出して父親にバレンティンがそこにいるかどうかを尋ねた。ホセは子馬の手綱を護衛に渡してラウルの方へ歩き出しながら、車から降りるように合図した。ラウルが言われたとおりにするのと同時に、厩舎から出て既に鞍を置いた葦毛の馬の手綱を引きながらドゥラン夫人が彼らのところまで来た。上品な乗馬服を着て、サングラスで目を守っていた。ラウルは両手を腰に当てて落ち着かない感じでバレンティンのことを尋ねたが、ホセはもう一度首を振って否定した。

「来ていない。でも心配は要らない、ラウル、大丈夫だ」と父親は言って、ビルヒニア・ドゥランの方へ向き直った。「息子のラウルです」

「お元気?」寝言のようなボンヤリした声だった。ムチを脇に抱え、黒メガネで正体を隠し、ドゥラン夫人は手袋をはめ直して微笑んだ。鼻声で鼻水も出ているなとラウルは思った。

「今日は」手袋をはめた柔らかくて温かい彼女の手を握った。舌にいつもの苦みを感じた。その夫人は視線を向けたはしたが、あまり気にかけていない様子で、すぐに背を向けて馬に跨る準備に移った。飼い慣らされた扁平な尻。ラウルは父親の目を探した。「昨晩ここへ来てあなたのお手伝いをすると約束したのですが」

バレンティンが約束を守らなかったとはまだ信じられずにいた。

「余計なことはいい」とホセが言った。「とにかく今はおいておけ……　お前の仕事のことを話していたところだ。知っているように、ドゥラン夫人は週末に新たにボディーガードを必要としておいでで、お前がご主人様とこのことで話してみることをご提案されていらっしゃるんだ」

「ええ、できるだけ早い方がいいわね」と夫人は足を鐙に掛けて、両手で鞍の後部をつかんだまま素っ気なく言った。「主人はセキュリティーの問題には小うるさい人でしてね」ホセは彼女が馬に跨る補助をする姿勢に入っていた。「イサベルに、馬にちゃんと櫛をかけて、それから馬は頭を叩いて言うことを聞かせるんだって言っといて。ホセ、あの子をあまり甘やかさないでちょうだい！」

「とんでもございません！　イサベルちゃんはすぐおできになられます」

男勝りな女が馬の脇腹に拍車を入れてその場を離れ、ギャロップで原野を越えて行くのを見届けたものの、ラウルは急に不快な気分になって父親に背を向け、厩舎の方へ向かった。

オルガがまぐさの用意をしていて、アフメドはまぐさ棚の掃除をしていた。

「バレンティンを探しているの？」彼が入ってくるのを見てオルガが言った。

「来ると俺に言ったんだ」

「でも来なかった。どこにいるかはわかるでしょ」

ラウルは何か言おうとしたが、背を向けて車のところへ戻った。そこではホセが待っていた。

「どうだ、さっきの仕事の話はどうする」

「興味ない」

「どうしてやってみようと考えないんだ？」

「あんな連中と仕事するほど落ちぶれちゃいない」

「何かやることがあった方がいいだろう、何といっても今は……」

「俺にはやることがあるんだよ！」運転席に座って、ドアを乱暴に閉めた。「それにな、ボディガードをする許可は取ってない」

「そのことはドゥラン氏は気にしないと思う。せめて、一度話してみろ」

エンジンをかけたまま、ラウルはしばらくドゥラン夫人の馬を見ていた。馬はさほど離れていない林の方へ向かって拍車を受けながらギャロップで走っていた。

「わかった」と言った。「あんたには何も約束しないが、その医者には会おう、バレンティンのことを俺のやり方でケリを付けさせてくれるならな」

「ああ」とホセは認めた。「いずれにしても、気が済むようにやればいい……」

ラウルはそこに来ていたボディーガードを見た。サンドイッチを静かにほおばりながら、イサベルを乗せて旋回している子馬の手綱から手を放さずにいる。ラウルはもう一度ビルヒニア・ドゥランへ目をやった。

「ひとりで行かせるのか?」

「さほど遠くへは行かないからな。林を抜けた向こうにある農場に友だちがいるんだ……」

「それでも、この野郎はついて行かなきゃならんのだろうな」

「ここは危険じゃないが……」

「あんたに何がわかる?」不機嫌にラウルが遮った。「話に割り込むなよ。これは俺の話だ」

「自分が言うことは充分にわきまえてる。バルセローナじゃどうすればいいかわからんが、ここじゃあそんなに遠くまで行かないし、彼女はひとりで行くのが好きなんだ」

「旦那には言ってあるのか?」

「言うって、何をだ?……」ラウルは答えなかったが、ホセがこだわった。「おい、疲れる仕事じゃないだろ。それにお前にも金が入るし、その間に弟のことが何とかなると期待しておけ」

クラッチから足を離さずに、自分の考えに没頭して、ラウルは目を細めながら空き地の奥をギャロップで走る馬と男勝りな女を見続けていた。その直後、乱暴な操作で車を道の方へ向けて走り出した。

ホセは片方へ避けなければならなかったが、次のように叫んだ。

「バレンティンのことより自分のことを心配した方がいいように思うがな。この忠告を聞いておけ！」

12

束になった黄色いマルガリータが台所のテーブルの中央に据えた花瓶の中で花開く。陽光がどこかの窓から入りこんでいるから、正午頃である。テーブルの周りに座っているアリーナ、ヤスミーナ、ジェニファー、ナンシー、そしてバルバラ。彼女らの前には、カフェ・オ・レのカップ、トーストと菓子パン、ヨーグルト、ジュースがある。朝食を終えたところだが、もうかなり遅い時刻だ。女たちは髪をとかしてもおらず、ヘア・カーラーをつけたまま、化粧もまだしておらず、ジャージー姿か部屋着《ガウン》を羽織っただけで、眠そうな顔をしている。アリーナは鉤針編みをしている。ナンシーはマリファナ・タバコを吸いながら、アリーナの爪にマニキュアをしてやって、スペインの国旗のような色にしている。ナンシーが差し出したマリファナ・タバコに、アリーナは顔をしかめて断る。ふたりの背後にはレベカがアクリル製の台所に立っていて、昼食兼夕食の準備で鍋に何かを入れている。頭にタオルを巻き付けて、部屋着《ガウン》に巻いた革のベルトはずれたままだ。横には白い帽子をかぶってエプロンをしたバレンティンがパスタとピザの具を用意するのに精を出している。彼の爪がピンクと銀色に塗られて光っている。二度ほどテーブルに近づいてトーストとコーヒーのおかわりを出すことになるが、すぐに元の仕事へ戻る。一方で、女たちは皆がほとんど同時にしゃべり続けていて、秩序も何もありはしない。

「……でさあ、あたしがさあ、男に言ったのよ、ねえ、兄さん、どうするの？って」アリーナの声だ。「そうすると、こう言うの、いくらだ。まあ、サービスによるわね。で、男はサービスだって？　僕はどんなサービスも要らないよ。すっごく真顔になってるの。笑いを抑えるのに苦労したわよ。僕はただ弁償しに来ただけなんだ。あの、外の看板を昨日の夜に兄貴が石を投げて壊したんで、酔っぱらってたから……」アリーナとレベカは大声で笑う。ジェニファーは自分の爪の仕上がりを見て、しかめ面をしているから、気に入っていない様子だ。

「ナンシー、あんたが男からもらったこのレインボー・カラーのマニキュアってダメね！　手を洗ったら全部はげちゃって、跡形なしよ！」

「じゃあ、あんた、アソコは何で洗うのさ、ガソリンでも使うのかい？　あたしがやってもはげないのはどうして？」と言い返すナンシー。

「あたしは喉がすごくヒリヒリする」とレベカが言う。

「それはあんなものでうがいしたからよ、おっかさん」

「あんた、ねえ、もうやめなよ」アリーナが抗議する。「食べてるときは仕事の話はしないって決めたんじゃなかったの？」

「誰が仕事の話してんのよ！　あたしが言っているのはね……」

「もう、ナンシー、静かにしなよ」ジェニファーがナンシーの目の前でマリファナの煙を追い払う。「そうして、そんなもの吸うのもやめなさいよ」これにはナンシーが切れた。

「あんたがあたしにああしろ、こうしろって言うんじゃないよ。二度とそんなこと言わないでちょうだい」

言い争いの中へヤスミーナが割り込もうとする。

「ちょっと、ちょっと!……首切られた子豚みたいにあたしがヨガるって言ったのは誰? そんなにヒドイ声なの?……ねえ、みんな! 聞いてみて……ああん、ああん」目を閉じて、仕事中であるかのように、快感を感じて出すヨガリ声を再現してみせたが、それは微かなうめき声で、苦しんでいるようにしか聞こえず、とうていそれらしくはない。

「最悪、ヤスミーナ、最悪よ!……」ジェニファーが本音を言う。

「かなりヒドイわね」とレベカ。

「でしょう? 雌の子豚が叫んでるみたい」ナンシーも同意する。

「まあ、それは違うわ。雌豚は女っぽいのよ」とヤスミーナは自説を訴える。

「そんな風にして初心な男を騙すんじゃないよ」レベカはテーブルに近づいて布巾で両手を拭った。

「ちょっと! 明日は誰が料理する番だっけ?」

「ヤスミーナよ」とアリーナが言う。

「またクスクスか!」と呟くナンシー。

「じゃあ、小麦粉はないからね」レベカが返す。

「ボ、ボ、ボ、僕が買ってくる」バレンティンが告げる。

彼のことは誰も聞いてなかった、というか、聞いていたかもしれないが、無視するのがほとんど常だった。ろれつの回らない声は台所ではもうかなり聞き慣れた声だったので、皿洗い機かジューサーか電子レンジがたてる音と同じだったのだ。レベカは自分のためにジュースをつくったらすぐに、テーブルの端に腰を掛けた。ベルトを外して留め金《バックル》の不具合を調べていたのでガウンの前がはだけていたが、バレンティンが前を通るのを見ると彼の腰をつかんで両脚の間に抱き込んだ。

「こっちへおいで、バレンティン、ねえ、ミレーナを好きになったときの話を私たちにしてちょうだい」

「ひとつだけいい?」と言いながら、バレンティンはレベカから逃れようと苦闘していた。「タ、タ、タ、タイツはかなきゃ風邪引くよ、離して、レベ」

「ミレーナが夜に眠れなくて苦しんでたから、それを利用したのよ。まったくひどい不眠症だったわ、一睡もできなかったものね」バルバラが言う。

「そうね」と同意したアリーナは納得している風情だった。

「思うけど、あたしたちの中には不眠症のせいで恋しちゃうのが多くいるよね!」

「どんな不眠症なの、アリーナ」ナンシーがからかう。

バレンティンは力を加減しながら、いやらしくはないがまったく遠慮はせずにレベカの太腿をまさぐり押しやって、ようやくそこから逃れることができた。レベカは乾いた咳をひとつした。

「ハ、ハ、ハ、肺炎か何かになりたいの、レベ?」

「あたし聞いちゃったんだけど、お尻が素敵なんだってね、バレン」ジェニファーが冗談を言う。「本当なの？」

彼は答えない。重々しく頭を振りながら、大理石の上に置いてあるピザのところへ戻り、トランジスタ・ラジオのスイッチを入れて音量をあげたが、女たちの方は大笑いしながら、ミレーナを好きになり始めた頃にバレンティンが誰にも知られずに何度か彼女と一緒に夜を過ごすために考えついた嘘をいろいろと評していた。よくついた嘘は、ローラ・ママが店を閉めて家へ帰った後でも彼は少し残って、シモンが店を片付けて掃除するのを手伝い、それも終わってシモンが三階へ上がって寝ようとするときにバレンは別れを告げて、非常階段から飛び降りて帰るからと言っていたが、そんなことは一度もしたことがなくて、本当はミレーナの部屋にしけ込んでいたのだった。もちろん、彼女がそれを許してくれて、その夜眠れそうにないか、スゴロクをしたいときに限られていたが。レベカによると、シモンはそれほどバカじゃなくて、騙されているのを見て見ぬふりをしたのは交換条件があったんだ、きっとローラ・ママのいないところで、一番辛い掃除の仕事を手伝うってことで手を打ったということだった。

「とどのつまり、誰が一番ずるいの？」と言ってジェニファーは目をやる。「バレン！」

「いいのよ、あんたは一緒に遊んでるだけなんだから」と言うアリーナ。「ポリ公の兄さんはもうここにいるのはダメだって言ってなかった？」

「ウウウウン。バジルがもうない、なくなっちゃった、もうバジルがないよ」とバレンティンは食料戸棚の中を探しながら告げた。レベカがまた咳をするのを聞いて、付け加えた。「僕のお母さんはマチャキートって言うアニス酒の瓶を持っていたよ。咳にすごくいいんだって、レベ」

パセリの一房を取って、すばやくまな板の上で切り分け、ピザに振りかけてオーブンへ入れた。残っているケーキを持ってテーブルへ戻るとバルバラが彼に言った。

「恥ずかしがらないでさ、ボクちゃん、昼メロみたいなあんたの永遠の愛のこと話してよ、オネガイ……」

「バルバラちゃん、オネガイ、バ、バ、バ、バカなこと言わないで」と彼はとても真剣に言った。

ヤスミーナがヨーグルトを開けようとすると、バレンティンは彼女の手からヨーグルトを取り上げて、消費期限を確認する。驚きが目に現れた。

「食べちゃダメ！」恐ろしくなって大声を上げた。「ちょうど今日が期限だよ、ほら、ほら！二〇〇四年三月二十一日！　きっかり今日だよ、ヤスミーナ！　食べちゃバカだよ、それとも毒を盛りたいのか、食べたいのか、何かそんなこと、などなどかい？」

ヤスミーナは吹き出した。

「またそれ！　でもねえ、ボクちゃん、消費期限にはどうしてそんなにうるさいの？　強迫観念か執着よね！　あんたには何度も説明したけど、大丈夫なのよ、一日くらい過ぎても！……返してよ！」

バレンティンともみ合って、ヤスミーナはヨーグルトを取り戻そうとしたが、彼は手放さなかった。

「違う、危険だよ！」と言って「すぐにでもシ、シ、シ、死んじゃうよ、ヤスミーナ！　後で僕が知らせなかったって言わないでよ！」

そのヨーグルトをゴミ箱へ投げ入れて、別のを持ってきたが、周りの女たちは笑っていた。彼は別に嫌がってはいない。エプロンを外し、自分でコーヒーを入れて、ケーキのひとかけらとフォーク二本と一緒にコーヒーカップを皿に置き、厨房のドアの方へ歩き出して、ぶつくさ言っていた。

「いつも言ってるよね、それともわからないの？　ボクのお陰がなかったら、もうヨーグルトかゼリーかマスタードの毒にかかってミンナ死んじゃってるよ、だから、ミンナ、死んじゃって埋められて、などなど、だよ……」

「怒らないで、ボクちゃん」とアリーナが言った。


バレンティンが玄関のところへ出たときでさえまだ笑い声が聞こえていた。内側の階段を手に皿を持って身軽に昇り、二階の長い廊下に入った。ドアが開いている部屋からは夜の間にこもった熱い吐息が今外へはき出されている。そのような部屋のひとつでは、清掃婦が布を引き裂くかのように、何度か強く力を入れながらシーツを剥がしている。オ、オ、オ、おはよう、エミリアおばさん。彼が廊下の中央で身体をかわした先に空いた瓶やグラスや汚れた灰皿でぎゅうぎゅう詰めになっているカートがあり、その向こうにバケツ、モップ、使用済みの白や青や黄やバラ色のタオルとシーツの山が、裏のバルコニーまで続いていた。

ミレーナはバルコニーの床に両脚を抱えて座ったままだった。ほとんど姿勢も、立て膝の上に置いてあったコーヒーも、うなじのところでもつれた髪の毛も、前景に向けられただけで何も見ていない眠そうな目も変わってなかった。

バレンティンは黙って彼女の横に座り、床に皿を置き、ミレーナのカップにすこしコーヒーを注ぎ、タバコに火を付けて彼女の唇に咥えさせ、もう一方の手で目に入りそうな髪の毛をどけてやった。

「ここにいるよ。ウウウウン。何を見てるの?」

「何も」

近くの平地の上を、カモメに追われて、ハトが地面スレスレに飛んでいた。


クラブの入り口で、シモンがコンテナーに貯めてあるゴミ袋を取り出したところである。ラウルは車から降りて、バレンティンのことを尋ねた。黙って一瞬彼を見た後で、両手の油をズボンで極端にゆっくりと拭きながら、その老人はきっと厨房にいると答えた。ラウルは入ろうとしたが、振り返って彼に指さした。

「あんたは用心棒だろ? どうしてあいつが店に入るのを止めないんだ?」

シモンは空中で何かの匂いを嗅いでいるようだった。

「あの坊主はここで働いてるんだ」と言う。

「それが本当かどうかはいずれわかる」

「じゃあ、妹に聞いてみな」シモンは彼から目を逸らさず、とはいえ、彼を見ている様子でもなかった。

彼のいかつい下あごとおびえた視線は話し相手に対して、それが誰であっても、軽蔑しているように感じさせるが、実際はただ彼なりに見ているだけだった。「彼女がすべてを取り仕切っているんでね」

ラウルはクラブへ入ってバーへ向かい、早い足取りでホールを横切った。脚を上にしてテーブルに置かれたイス、拭いたばかりの床、清掃道具、ゴミ袋、飲み物の容器、それにひとりの女がバケツでモップの先の水切りをしていた。厨房はどこかと尋ねると、彼女はカウンターのずっと向こうにあるガラスのドアを指さした。それはかつて簡易ホテルだった頃の玄関と内部の階段に通じていて、そこをぐるっと回った下に厨房のドアがあって、半ば空いていたので女の笑い声が漏れ聞こえていた。

「可愛そうなバレンの期限切れなのは知能じゃなくてね、あんた、アソコの方なのよ！」

「それはあんたの方でしょ、ヤスミ！」とナンシー。

「私が何ですって？」

ラウルが厨房へちょうど入って来たところでナンシーが返答した。

「客が喜ぶモーロ人のようなアソコをご覧なさいな、お姫様！　ローラ・ママのより使い古しだよ！……」

笑い声がラウルの存在を前にして突然途切れた。

「弟はどこにいる？」

「ちょっと、あんた」とアリーナが言った。「ここに入っちゃダメなんだよ」

「ジェニファー、ローラ・ママを呼んできて」とナンシーが言い出す。

「美容院へ行ったと思うけど……」

ラウルは苛立ってきた。

「さあ、さあ、全員で警察へ行きたくないんだろ、なっ？　どこにいるんだ？　あんた、聞こえてないのか？」

レベカの襟を乱暴につかんで立たせようとした。彼女の頭から髪の毛を包んでいたタオルが滑り落ち、黒い巻き毛が肩に広がった。このせいでゆるく着ていた部屋着の前がひらいて胸まで露わになった。ラウルは拾ったタオルを、その胸に投げた。

「それとも、まだ二、三発喰らいたいのか？」と付け加えた。「あばずれのコロンビア人と一緒か？」

そして不意に彼女の顔を平手で殴った。「答えろ！」

「だって他には誰も……」驚いたレベカは泣きそうになって仲間の女たちを見た。「でしょう？……」

「ホントよ」バルバラはレベカの側について言った。「バルバラの言うコト、ホントよ」

「そう、二階に」急いでジェニファーが場所を特定した。「階段上がったところ」

ラウルは背を向けて厨房を出て行く。

「大丈夫よ、何でもないから」とナンシーが言った。「バレンティンを家に連れて帰るだけで、何でもないから……」

13

ふたりはひなたに座ったままで、女はコーヒーカップとタバコを持って、背中と壁の間にはクッションを挟み、取り分けたケーキにフォーク二本を添えた皿を床に置いていた。そのコロンビア人の女は爪をエメラルドグリーンに塗っていた。バレンティンは白いコック帽を頭にかぶったままでフォークを使ってケーキを一口取って、彼女の口もとへもっていくが、突然目の端で何かを認めた彼女は顔を背けた。

ラウルはバルコニーへの通路にいて、両手をポケットに入れ、黒いメガネをかけていたので表情はわからないが、明らかに落ち着き払っていた。

「あんたの兄さんがお迎えに来てるわよ」とミレーナが言う。

「イ、イ、イ、いつもお昼ご飯のときに来るんだ」バレンティンはからかっているような口調で言った。

「ラウル兄さん、ケーキ要る?」

「いや」

「了解、オーケー。僕を探しに来たの?」

ラウルはふたりの間に入る作戦を採った。

「父さんは家へ帰ってきて欲しがってるぜ。オルガもな」

「そんなのウソだ！　父さんはどっちでもいいんだ、僕にそう言ったんだから。父さんがそう願ってるなんて！　もういいよ、ラウル兄さん、僕なんかが知りっこない話がいっぱいあるんだろ」ミレーナを見てズルそうな微笑みを見せた。「話がいっぱいだ」

ラウルはグッと我慢した。

「おい、バレンティン、俺を怒らせるなよ……　俺は家へ帰ってきて欲しいんだ。ここはお前がいる場所じゃない、いいか」

「そうよ、ボクちゃん」ミレーナが囁く。「今すぐ帰った方がいいわ」

「いやだ」

「帰るのか、それとも俺が連れて帰るのか」とラウルが言う。

「兄ちゃんの他にあと何人来るんだい？　へへっ、このケーキ、僕がつくったんだぞ、ホラ」

皿に残ったケーキの欠片を差し出したが、ラウルは彼の爪がピンク色と銀色に塗られているのをじっと見つめた。

「こんな女のするようなことをして何を企んでるんだ」

「ナンシーがしてくれたんだ。今練習してるんだよ」

これ以上できないくらいに目を大きく開けて、笑った。

「鍋をダメにしちゃったって思ってるだろ！　ああ、いつもそんな風に思ってるんだ」

ラウルはスモーク・サングラス越しにミレーナを見つめたままで、しかし言葉はバレンティンへ向けたものだった。

「よかろう。ちょっと彼女と話しがしたい。車の中で待っていてくれないか。で、その帽子は取れよ、クソッ、ピエロみたいなことするな」

軽く手で払っただけで、かぶっていたコック帽が飛ばされた。バレンティンが急いで拾い上げるのと同時に、ミレーナが立ち上がってバルコニーを後にしようとした。ラウルは引き留めようと彼女の手首をグッとつかんだ。

「あんたはここにいろ」

「あなたと話すことなんて何もないわ……」

「俺はあると思う。はっきりさせておきたいことがいくつかある」彼女は眉をひそめたが、ラウルは手首を離しはしなかった。親指のところで、ほんの一瞬、薄い皮膚の下で血液が脈打っているのを感じて、手首をもっと強くつかみあげたが、ラウルに握られたままのミレーナの手首は小鳥の体のように華奢でピクピクと動いていた。「まず始めに、あんたのような素性の知れない女はな……」

ラウルはこの言葉を言い終えることができなかった。というのは、バレンティンが猿のような身軽さでラウルの背中に飛びかかってきたからだ。一瞬のうちに片腕で首を絞めて、もう一方の腕で相手を完全に動けなくした。サングラスが落ちて床を滑り、コーヒーカップもバレンティンが落としたので割れてしまった。

「何をするんだ……　放せ！」

力が余って、バレンティンはラウルを鉄製の手摺りへ押しつけ、襟首をつかんで空中につり上げ、耳元で囁くように一音毎に区切って言った。

「ま、た、わ、る、い、ひ、と、に、なろうとしてるのか、ラウル兄ちゃん、そうなのか？　ワ、ワ、ワ、悪いことしちゃダメだ、よ。ちゃんと歌ってやるからね、こんな風に僕をわけがわからなくさせないで。悪いことはしちゃあああ、ダメだあああ……」

「バカなことするな、くそったれ。放せ……」

ミレーナが間に入ろうとしたが、バレンティンは彼女を押しのける。何かに固執したときに現れる別人の顔になって、兄に言う。

「あの娘に触るな、いいか、二度と髪の毛にも触っちゃダメだ……　ほら、今しなきゃならないことは父さんが言ったことだよ、ドゥラン医師のところへ行って、仕事を探すとか何とかだ。仕事は見つかるよ、そうしたら、ボ、ボ、ボ、僕たちのこと、ミレーナと僕のことは、ホ、ホ、ホ、放っといてくれ……」

「放せって言ってるだろ」ラウルは命令する。「ケダモノになるなよ、バレンティン」

耳元で何か囁いたが、ミレーナには聞こえないようにしようとするかのごとく、ラウルを連れてミレーナのいるところから遠く離れてから、バレンティンは脅迫するような動作で首を振って否定した。

「僕は大丈夫。覚えてるかい？　僕にそんなことしないで。あの薄汚いところへ連れ戻さないで……僕はこんなこともできるんだからね。もう見たくなかったのに、見ちゃった……」

「バカなこと言いやがって、いつものことだろ」

再びミレーナがふたりを引き離そうとした。

「やめてよ、バレン……」

バレンティンは言葉を続ける。「片方の目でも、この目でもね、ほら！」片手で左目を隠し、残った右手でラウルを締め上げて、耳もとで話した。

「一度でも、一晩でもダメだ！……この娘はダメ、わかったかい。もう二度と、絶対に……」ようやくラウルを許して、突き放した。「わかったかい、それともまだ何かあるの」

痛めた首を撫でながらラウルはしゃがみ込んでサングラスを拾った。

「御免こうむるよ、チビ。どうして少し手加減できねえんだよ」

「少しかい、ああ、了解」

彼もしゃがみ込んで、壊れたカップの破片をミレーナが拾い集めるのを手伝う。

ラウルはたたずんで弟を見つめたまま、どうしていいかわからず、諦めた様子だったが、戦略を変えることにした。

「オーケー、わかった。鍋をダメにしてもつべこべ言わないから」

「もちろん。鍋のこと。どれどれ、その笑顔。これならもう兄さんは家へ帰ってもいいね」

ラウルは彼の腕をつかむ。

「大丈夫。大丈夫だって、落ち着け！　ただお前のことでちょっと話をしてもらいたいだけなんだ……　俺はお前の兄貴だからお前の世話をしなくちゃならんのだ、わかるだろ、なっ？　これはふたりで決めたことだ、もう忘れたのか？」

バレンティンはいぶかしく思い、非難するように指でラウルの眉間を指した。

「覚えてる、うん……　自転車と同じ色の恋人がいたとき、ボクから奪《と》った。奪《と》ったんだ！」

「お前に恋人はいない、クソッ、それはお前が勝手につくった話だ」と叫んで、再び声を荒げた。「あれはお前から金を巻き上げてた娼婦だ！　で、こいつも同じだ、何を考えてんだ。こうして食ってるんだ、男を興奮させて、これが仕事なんだ……　いいか、よく聞け。俺はこいつと寝るぞ。そうだ、そうしてやる、近いうちにお前の娼婦を俺のものにしてやる、ことをはっきりさせるためにな！……」

バレンティンが乞い願うような目つきでラウルの方へ進んでくるのを見て、付け加えた。「いい人間なんだろう、確かに、だがな、それを問題にしてるんじゃない、しかし男とやって稼いでるんだ。これがすべてだ、チビ、残念だが、そうなんだよ……」

バレンティンは人差し指でラウルの胸をつつきながら話を遮った。

「ダメだ、兄ちゃん……　兄ちゃんだけはキ、キ、キ、禁止！　ダメ、ダメ、ダメ！　ボクによこすんだ……　少しでも触れたら、コ、コ、コ、殺す！」

うまくいかなかったが何度か試みた末に、ようやくミレーナがふたりの間に入ることができて、バレンティンの顔を両手で抱え込んだ。

「聞いて、ねえ、お願いだから、いい？　お風呂場へ行ってお湯の栓を開けてきて……　シャンプーがなかったらナンシーのところから持ってきて。私はすぐに行くから。今日は金曜日でしょ、忘れてたようね」彼を静かに廊下の方へ連れて行く。「タオルを持って、腰掛けに座って、ちょっとだけ待っててね。お願い。私は大丈夫だから、心配しないで」

バレンティンは振り返ってラウルを見て、もう一度彼を指さした。

「ウウウウン。とっても気をつけて。触っちゃダメ……　ダメ！　でもいい子にしてたら、ミレーナのウサギを見せてあげるよ……　コ、コ、コ、幸運の白いウサギなんだ、本当の！」

野原の方を指さした。そしてすぐに建物内の廊下へ姿を消した。

バルコニーの手摺りに寄りかかって、ラウルは痛めた首筋を撫でていたが、期待を込めてミレーナを眺めると、彼女はラウルの方へ向き直って彼が何か言うのを待っていた。

「幸運のウサギねえ！　まあ、どんなヤツかはもうわかっただろう……　頭に金属片を入れてあるのを知ってたか？」

「自分でそう言ってた」

彼女は指にタバコを持って、静かに守りに入っていた。ラウルは注意深く観察した後で態度を変えた。ライターを取り出し、声の調子を和らげて、タバコの火を付けてやろうとした。

「マリファナの方がいいんだろうけどね、そうだろ……　それとももっと刺激の強い方がいいのかな？　何でも好きなものを手に入れてやるぜ」

ミレーナは紙巻きタバコを吸って何度か煙を吐き、不眠でやつれた目でラウルを斜めに見た。

「デカから？　お生憎様」

ラウルは目を落として、考え込んだ。しばらくの沈黙。すると突然、ラウルは彼女の顔が傾くほど強く平手で殴りつけ、彼女のタバコを叩き飛ばした。

「お前と何があったんだ？」さらに彼女に近づいて大声を出した。「あのかわいそうなヤツの側で何を探してるんだ！　何が目的であいつと付き合うんだ？……　ヤルためじゃないだろう。だって、それには役に立たん、役立たずだからな、気が付いてただろう……」

黙ってミレーナからの反応を待ったが、彼女は割れたカップのかけらを床から辛抱強く拾い上げることに専念していた。ラウルは言葉を続けた。

「本当のところはまだあまり知らないようだな。俺の弟は生まれたときからオツムに問題があった。髄膜炎を患って、十八のときにとても酷い事故にあった。手足を失うと言われた。が、結局はそうはならなかった」

「知ってるわ」

「知ってるのか？　なら、一体全体あいつと何をしてるんだ、何の役に立つんだ？……　あのかわいそうなヤツが何をしてくれるって言うんだ、どう喜ばせてくれるって言うんだ、乳首を舐めて、アソコを舐めるのか？　お前のベッドを暖めて、お前の汚いケツを舐めるのか？　そうなのか？　何の役に立つんだ？」ミレーナがしゃがみ込んだまま、おとなしくカップのかけらを拾い終わり、上体を起こしたので、ラウルは続けた。「いいか、お前は障害者を自分の都合に合わせて利用しているんだ、これだけでブタ箱へ入れることもできるんだぞ」

「利用なんかしてません。私はただ……」

「本当かよ！　何があったか、俺が知らないとでも思ってるのか？　わずかばかり残っているあいつの正気なところまで食いものにしやがって、恋人同士だと思わせた！　で、あのかわいそうなヤツは本当に恋してるって思い込んで、言いふらしてまでいる……」

「それがどうしたというの」ミレーナは元気なく、ほとんど声にならない声で言った。「それで困る人でもいるの。多分誰が責任を取るかが問題でしょうね。誰があの子に頭がおかしいって信じ込ませるか？　で、私たちは……　あの子が不幸になることなんて望んでない……」迷っているようで、言葉を探していた。背を向けて、割れたカップのかけらを外へ投げて、遠くを見つめていた。「ここの女たちはあの子を可愛がっていた、本当よ……　初めは私は関係を持とうとしなかったけど、こちらが怖くなるほど純粋な子だと思えてきて……　ある日の午後、具合が悪かったから下へ降りていかずに寝てたのよ。そうしたらあの子がお茶とアスピリンを持って上がってきてくれて、私は眠り込んだの。それから次の日の朝に目が覚めたら、あの子が側にいて、ベッドに座ってこっちを見てたのよ。何しているのって聞いたら、こう言ったわ。『お守りしておりました、お嬢様』向き直ってラウルの目を見た。「それだけ、他には何もないわ。信じてくれるかどうかはわかりませんがね、デカさん。でもね、これだけは言っておくわ。今でもよ、バレンティンはたったひとりの私の本当の友だちなのよ」

ラウルは真剣に聞いていたが、反応するのに少し時間がかかった。まるで目覚めの気分が悪かったかのように。

「本当なのか?」厭味を込めて呟いた。「感動的だ……　しかし、いいか、売女。あいつを手放してやってくれ、しかも今すぐだ!」

「でも、どんな風にして。私はあの子を傷つけたくない……」

「よく聞くんだぞ!　もう飽きた、もう耐えられないって言うんだ。精神障害者を恋人にすることはできないってな、そしてもうここで会いたくないって言え。わかったか?」

ミレーナは手摺りからタバコを放り投げて、再び水平線に視線を定めた。その後、目を閉じて、胸の方へ頭を垂れた。

ラウルは彼女を見つめたまま反応を待った。これで気が済んだわけではない。言いたいことを言いきれていないと感じ始める。なぜなのかと自問した。


バレンティンは鏡の前に立って考え込んだ面持ちで洗面所の閉まった蛇口を見つめていた。ボクが栓を開けなかったら、君は出てこないよ、お水ちゃん、期待しないでよ。彼は例の身体を前後に揺らす動作を始めた。蛇口を開けてはまた閉めた。すこし鏡を見て、そして突然舌を出して人をからかうような顔をつくって、鏡に映った自分に言った。

「コ、コ、コ、コンチクショウ!」

棚の上で自分の持ち物を並べ直す。安全カミソリと替え刃、歯ブラシとスーパーマンのシールを貼ったカップ、マッサージに使う小瓶、鏡の隅に貼った怪物シュレックのパンフレット、帽子掛けに掛けた競輪競技用の帽子、最後にもう一度鏡の自分を見て、微笑みながら付け加えた。

「君はバレンの小物が嫌いかい？……　違うって？……」あのコロンビア女の声をマネして「好きよ、私のボクちゃん！」

ミレーナはまだ少しケーキが残っている皿を取って、話しながら建物の奥へ後ずさりし始めた。

「歯向かっても何もいいことないわ……」廊下へ出たが、ラウルが後を追う。「身繕いはどのようにするか知ってますわね。時間を下さらないといけませんわ」

自分の部屋の前で立ち止まり、扉のドアノブに手を掛けた。彼女の向かいの部屋はナンシーの部屋で、ドアが開いていた。

「ローラ・ママが戻ってくるまでにお帰り下さい」

「ああ、他の目的で来たとは思うなよ」とラウルは蔑んだ口調で言った。「わかってるな。俺とあれをヤルか、さもなくばもっと厄介なことを引きおこすぜ。わかったか？」背を向けて廊下を通り、指で彼女を指しながら言った。「できるだけ早くあいつをここから足を洗わせることができたらすべて丸く収まるんだ」

ミレーナはドアを開けきって中に入り、汚れた服とバケツとモップを持って部屋を出る掃除婦とすれ違った。ナンシーの金切り声が向かいの部屋から聞こえてきた。「……どうしてもまた来て私を指名して欲しいの、ダーリン。お金はある？……」

掃除婦は両手が塞がっていたので、ナンシーの部屋のドアを閉めないままで、その部屋へ入ったが、ナンシーは携帯電話を耳にぴったりと付けて大声でしゃべりながらうろうろしていた。

「どうなったの？　私のエアロビクスとエステの教室、借りてくれるって約束したでしょう」

廊下の奥の所でラウルは階段を下り始めていたが、ナンシーの声で振り返った。

「マニキュアとペディキュアの練習をしてるところなのよ、もう素敵なんだから！……それで、ミレーナのこともちゃんとしてくれるって話は！……ええっ、嫌よ、まさかダメだなんて言わないでよね！　あのかわいそうな娘《こ》はすごく大変なのよ……」

ミレーナは浴室のドアの前でうなだれて立ち止まる。ラウルの脅迫のことを考えていた。蛇口から流れ出る水の音が聞こえてきて、中に入るとバレンティンの声が聞こえてきた。

「僕はここに座ってるよ」

まもなく彼は再び、いつもの金曜日のように、その女の温かくて柔らかい腹部を背中に感じ、まぶたを動かすときにまつげが彼の身体をくすぐるのを快く感じることになるだろう。ときおり、タオルを自分の首に巻いて、自分自身のバラ色と銀色の爪を鏡に映してこっそり見たりしたが、その一方で彼女の綺麗なエメラルドグリーンの爪が彼の頭を包んでいるシャンプーの泡の中で動いていた。

「強くかいて、かいて。それ好き」

「お目々を閉じて」

「もう兄ちゃんは帰ったの？」

「ええ」

バレンティンは首を震わせて腰掛けに座り、ミレーナはその側に立っている。浴室のドアが開いていて寝室の一部が見えるが、奥の廊下に通じているドアは少し開いているだけだった。

滑り落ちる泡の中からバレンティンの悪戯っぽい目が横目でミレーナを探して言った。

「気にしないで。僕らはいつもケ、ケ、ケ、喧嘩してきたんだ！……ママのお腹の中でだって喧嘩してたんだから！」

「ママのお腹の中で？　あんたって面白い子ね、バレン！　何てことを思いつくのかしら！」

顔を石鹸の泡まみれにされて、バレンティンは笑った。

「兄ちゃんがもう僕の友だちにも恋人にもなるなって頼んだろ、そうだろ」

「もうここに来ないで、私のことも探さないように。そうあんたに言うように頼まれたわ」

「でも君はそんなこと絶対に言わないよね」顔をあげて彼女を見た。「そうだろ」

「じっとしてて」

「そうだろ！」

ミレーナは黙ったまま、やさしく石鹸だらけのバレンティンの頭をかいてやっていた。

「どうしてかわかる？」バレンティンは付け加えた。「だって僕のこと大好きだからね。今日も明日もいつまでも、で、などなど」

彼女は両手を一瞬止めてから言った。

「お兄さんの言うことは聞かなきゃダメよ。あなたの世話をしてくれるのはお兄さんだけよ」

「母さんが僕を好いててくれた以上に、君は僕のことが好きなんだよ」

「私には好きな男の人がたくさんいるわよ、そうでしょう」

「了解そしてオッケー。でもそれはからくり!……そのことにはからくりがあるんだよね、知ってるよ、シ、シ、シ、知ってるよ」

彼が身体を動かしたので、彼女は乱暴に頭の位置を直した。

「大人しくしてなさい!」

「ラウルはいい人。そうは見えないけど、そうなんだ。ただね……ちょっとヒ、ヒ、ヒ、ひどいんだ。教えてあげようか?　いつも僕の恋人を取っちゃうんだ」

「えっ、本当なの。で、何人の恋人がいたの、もしよかったら教えて」

「えへへ!　いっぱい!」

彼女はのけぞって頭を後ろへそらし、目を閉じて、喉元で笑いをこらえた。バレンティンのことではほとんど笑うことはない。こらえることができるなら笑わないからだ。頭を一方へかしげたが目は閉じていたので、彼女は誰かの影に気付くことができなかった。浴室の向こうで、その部屋のドアが少し開いていたために、誰かが廊下に立ったまま覗きながら聞き耳をたてていた。

「へえ、そうなの？　いっぱいいるの？　で、どうしてお兄さんが恋人を取っちゃうって思うの？」

「だってシャブデカだもん。ラウルのようなポリ公をシャブデカって呼ぶんだよ……シャブデカか、そんな名前。知らなかった？」

「お兄さんには恋人はいないの？」

「ポリ公には恋人はいない、奥さんがいる！　ハハハ！　わかった？　わかった？……」

バレンティンは子どものように笑った。大笑いした。ミレーナもこらえきれずついに笑ってしまった。タバコの臭いただよう寂しげな笑いだった。

ラウルの顔は少し開いた廊下のドアで一部が隠されていたが、暗闇の中で見えるミレーナの指は微かな輝きを見せ、泡にまみれたバレンティンのこめかみとうなじを大切なものであるかのように優しく撫でていて、バレンティンの方は頭を下げて心を許して小声で囁いている。

「お願い、耳の後ろのここ、かいて……そう」

ミレーナは全開にした強いシャワーの下へバレンティンの頭を据えて乱暴に髪の毛をすすいだ。

「終わったわ。スーパーマーケットへ行ったら、歯磨きとヘア・コロンを買ってきてちょうだい。それに白糸と縫い針が要るの……全部覚えられる？」

「えへへ、頼まれたものを書いたリストがあるんだ！……」とバレンティンが言った。ナンシーにはマニキュア、ジェニファーにはコ、コ、コ、コンドーム、バルバラちゃんにはスベスベ・ジェルと眠剤、レベには緑色の芳香剤。で、などなど。ああ、そうだ、アリーナのためにビデオクラブで映画をひとつ借りなくちゃ」

「じゃあ私のリストも持っていって、それに私にもあの映画……ジュリア・ロバーツの『プリティー・ウーマン』を借りてきて。すごく良いらしいよ。覚えてる、あの歌、何だっけ……」

ミレーナはタオルで髪の毛を乾かしていた。裾がずれてガウンが滑り落ちると、傷のある太腿があらわになった。それをバレンティンが横目で見つめながら言った。

「君には特別プレゼントがあるよ。網タイツのパンスト！　それとも新しい脚が欲しい？　見たんだよ、海辺のキ、キ、キ、キレイな……」

「新しい脚もそんなバカなものも要らないわ、バレン。プレゼントは要らない、いいわね」

親しげにくすぐった。「だってあんたとは真面目な話はできないからね、違う？　じゃあ、お利口にしてるのよ」

バレンティンの髪の毛を引っ張って、彼の頭をタオルで包んでやって、ふたりして笑った。

ラウルの影は入り口のドアからそっと離れていった。

14

ビルヒニア・ドゥランの私設護衛人《SP》は告示通りに十日以内に解雇されることになっていて、ホセはラウルを説得して、たとえ一時の場繋ぎであっても、その職に就かせようとしたが、できなかった。キツくもなく実入りのいい仕事でこれ以上のものは見つからないぞ。当初予想していた以上に長くラウルが家に留まるのを仕方なく認めて、できるだけ早く弟から引き離して、何か仕事に就かせようと、バルセローナへ行って下院議員をしている女性の夫から了承をもらってくるように、あれこれと何度か促した。その夫である医者とはもう電話で話してあったが、本人が刑事だったこと、よって信頼できるし経験もあることを再度思い起こさせもした。

「その仕事をする許可を受けていない」とラウルは言い訳をした。「問題を起こしたくないし、今は尚更だ」

オルガもこの件では強く勧めた。ビーゴでうまく話がつけば、また呼び戻されるから、それまでの臨時の仕事だから……　で、呼び戻されなかったらどうしてくれるんだ、義理の母さんよ、一時しのぎのはずがいつまでもバカくさい街路に放り出されるはめになったら、最善策はできるだけ早く俺を追い出すってことか？　わかったよ、心配するな、早く姿を消したいなら、誰もお前を引き留めはしない。

「壁に話しかけているような口調だな」とホセが口を挟む。確かなことは、父親に同情するなどという気持ちはいかなるときもラウルの頭をよぎったことはない。しかし今朝コロンビア人の娼婦と話し、バレンティンを殴ってでもクラブから連れ戻す決心はまだつかずに呆然として、ときには自分に対して腹が立ったりしていて、車に乗り込むと数分後には、車を運転して家へ帰るか乗馬学校へ向かうしかないだろうと思っていたところが、反対方向へしかも制限速度を超えた速さで向かっている自分にラウルは突然気づく。人を威嚇することは承知の上で黒メガネをかけた。バルセローナへ行くべきだといやいやながらも気付いていることを自覚し、そのことが有刺鉄線のようになって血管と神経の中を駆け抜けて行くのを感じたが、しかし今は考えたくはなかった。むしろウィスキーの携帯用の小瓶を手に取りたかった。しかし一口しか残ってはいなかった。

一時間後にはバルメス通りのバル・ポパイのカウンターでウィスキーを前にして座っていた。狭くて暗い場所で、さびれた有様だ。壁ははげ落ちて、昔のポスターが黄色く日に焼け、瓶棚は埃まみれでクモの巣も張っていた。メガネを外してから中へ入ったが、理由は外さなければ何も見えないからだ。背の高いグラスでウィスキーを出されたが、無理やり背の低いグラスの氷なしに交換させた。彼の横に中年の客ふたりがスツールに座ってビールを飲んでいて、ひとりは丁寧に折りたたんだレインコートを肩に掛け、もうひとりは新聞を読むことに没頭していた。壁に接して置いてあるスロットマシンでは、セーターの袖を腰に巻き付けた少年が遊んでいた。新聞を読んでいる客は、面長でいけ好かない顔の同僚がかなり興奮して文句をつけていることに関心がないようだった。

「聞いてないだろ、いやな奴だな」

「二時間も聞いてるよ」

「いや、聞いていない」

「トイレに行くと言ってなかったか？　奥の左だ」

「何だ、おい、お前って奴は」面長は主張する。「新聞は好きなように書くだろうが、俺が言いたいのは爆弾をつくろうとして死んだこの男は、バスク人の多くにとっては祖国の英雄なんだ。こうして国民の記憶に永遠に残るんだ……　そうなるだろう」

「わかったよ、もう、わかった」

「しかしお前のような民主主義のバカな擁護者たちにとっては、好むも好まぬもお構いなしに、狂信だとか暴力だとか好きなことを押しつけられた事件として記憶に残るんだ」指でカウンターを叩きながら自分の言葉を強調した。

「大声を出すなよ、いいか？」もうひとりは新聞から顔を上げずに言う。「じゃあ、トイレへ行けよ、まったくもう、落ち着くかもな」

ラウルは仕方なしに聞いていたが、カウンターに肘をつき、水っぽいウィスキーの上には横顔が天地逆に映っていた。グラスの底が細くなっていて、薄まって半透明になったウィスキー越しに、ラウルは古いカウンターの油汚れと木食い虫を眺めている。

「で、どう思うんだ、哀れなイニャキが受けた卑劣な行為については？」面長は主張する。「治安警備隊について言ったことはそんなに重大なことだったのか？　相手にとっちゃ手厳しくたって、アントンよ、それだけしか言ってないんだぜ。なのにお返しがあれだからな！　違うだろ、だから。そんな権利はない……」

ラウルは一口でグラスを飲み干して、黒メガネをかけた。

気が進まない様子だったが、トイレへ行って気持ちを落ち着かせる用意をしながら、その客はスツールを降り、折りたたんだレインコートを肩の上に置いてから付け加えた。

「で、別に俺はな、バスクの肩を持っているんじゃない、右、証明する！　お前にあることを白状するけどな、シェマ……　俺の母方の五番目の苗字はバスクなんだ！　で、それを俺は自慢してるか？　言えよ、一度でも自慢したことがあったか？」

「小便してこいよ、さあ、小便」

「母方の姓がイニャキだ、一番神聖な名前だ！……」

そう言い放って、片手で股間を押さえながら、すぐにトイレへ向かった。

ラウルは空のグラスを見つめる。そのすぐ後でカウンターに硬貨数枚を置き、急ぐこともなく、同じく洗面所へ向かった。

例の客は天井を見上げて用を足していた。ラウルは中に入って、明らかに同じ目的で彼の横に立ち、横目でふさがった彼の両手を見た。突然、身をかわす猶予も与えないほどの素早さで、男はラウルの首に一撃を食らわせ、ラウルの頭を壁に数回叩き付け、荒っぽい動作でこちらを向かせて対峙し、股間に膝蹴りを入れた後で、握り拳でラウルの顔を三、四回殴りつけた。男性用トイレの床にラウルは倒れ、鼻から血が出ていた。すべては数秒の出来事で、ただスロットマシンが繰り出す金属的なチン、チンという音だけが聞こえていた。ラウルはすぐさま洗面所で両手を洗い、ドアを開けて店内へ戻り、そのまま通りへ出た。

15

「出直していただいて申しわけない」ドゥラン博士が書斎へ入ってきて、診察室へ繋がっている小さな扉を後ろ手で閉めながら言った。「どうぞ。お越しになったときは診察中で中断できなかったんです」

「構いません」とラウルが言う。

「散歩に行かれましたか？」

「まあ少しは」

「その肘掛けイスに座らせて二時間も待たせるのは失礼だと思ったのですが……」

「申し上げた通り、構いません。楽しく過ごしました」

「お座りください、さあどうぞ」

黒革のゆったりとしたフカフカの肘掛けイスが彼を包み込み、縫い目から長いため息をつきながら飲み込もうとする。失礼だと？　この由緒ある静かな書斎兼書庫には背の高い飾り棚、本が詰まった本棚、外科医の免許状や表彰状、気品のある木造家具、大きな額縁に入った暗い色合いの油絵、高い天井、自然光はあまり入らず、床には彩色された小さな石が敷き詰められていた。新しく拡張された地区にあるモダンな建物だが内部は古風な住宅だ。彼の前で、書斎机の向こうに座っている人物は白衣に身を包んで、想像していた通りの外見、つまり、有力者で、とても金持ちで、二十歳も年齢差がある若い妻をもっている感じだった。六十路近くで、上品な身のこなし、牛乳瓶の底のようなメガネをかけ、その奥の目は力強く、決断力と信念を感じさせる厳しい表情。

「フエンテスさん、お越し下さいまして感謝します」と付け加えた。「私の関心はこの件をできるだけ早く解決することなのです」

「恐れ入ります。こちらへ戻ってきてからというもの、父があなたの奥様の護衛のことをしつこく言うものですから……正確にはどのようなご用件でしょうか?」

ドゥランは彼を数秒じっと見つめて、何気ない様子で右手を机の上にある葉巻の箱の上に置いた。箱の横にある銀の写真立てには、ビルヒニア・ドゥランが白い馬に乗って頭を撫でていた。

「護衛ね、護衛ですか」彼は容姿に似合いの甘い声で言った。「もしそうお呼びになりたいのであればね」

「その件ですよね? 護衛の仕事だと……」やる気のなさが絶頂に達しているラウルが付け加えた。「もし本音で話すことをお望みでしたら、近くにいて奥様の護衛をする仕事を引き受けるにはまだ決心が付いていていません。何をしようとも、奥様次第なんですから、そうですよね?」

自分の声が、一定の高さで発せられていて、他人のように聞こえた。大したことではないが見え透いた嘘だったからだ。ヘマをしたかもしれない、気付かれるかもしれない。ドゥランは沈黙を崩さず、ラウルの言葉の中に発している以上の何かを読み取ろうとするかのように疑り深い視線を投げかけていた。

「ええ、そうでしょうとも」ついに応えた。「しかしこの仕事がどのようなことかは正確にはおわかりではないようですね。刑事さんがご存じでないとは意外ですな……　私の妻がすることを見張るのではなくて、単に側にいるだけ、もちろん守ることです」

「おそらくこちらの説明が足りなかったのです」

「確かに。しかし今そのことはさておき」葉巻の箱を開けて、ラウルに勧めたが、ラウルは首を振って断った。「お父さんはいかがですかな？」

ラウルは肩で曖昧な仕草をした。

「相変わらずです」

再びドゥラン医師は彼を数秒じっと見つめて、その間に葉巻に火を付ける用意をした。「それは良い返事だと受け取るべきでしょうな、つまり健康面は元気だと」

「いつもと同じです。クソ喰らえです」

「ああ、そうですか？　一度診察にお越し下さるように……」

「いえ、肉体的には元気です」ラウルは不機嫌に話を遮った。「まあ、父はどうしようもない世代ですからね、ご存じの通り……　人間としては干からびています」

今やドゥランは指の中で回しながら葉巻に火を付けることに専念していた。少し間があってからドゥランは中性的な声で言った。

「こちらの理解では、あなたは二年ほど家を離れていらっしゃったそうですね、フエンテスさん。私があなたのお父さんと親友だということはご存じですね。もう何年も前にあの往年の格闘家と知り合ったのですが、酷い名前のあの馬から振り落とされるずっと前のことです……　何という名前でしたか？……　ああ、そうだ、トロツキーだ。ほとんど死ぬところでしたが、奇跡的に脚を失わずに済みました……」

「その奇跡をおこされたのがあなただと聞いています、先生」

「途中で口を挟まないで下さい、頼みますよ」咳払いをして、鼻の上でメガネを調整した。「ホセは勇敢な好人物だと、非常に高く評価しています。自分の考えをしっかりと持つことができる人間です。もし言わせてもらうなら」軽く微笑んで続ける。「その息子さんが刑事になるとは思ってはいませんでしたがね……」

「この国も随分変わりましたからね」ラウルは話を合わせたが、あんたにはパンチ二発だ、と心の中で思った。両手を広げながらため息をつき、まるで肘掛けイスから立ち上がろうとするかのように、その両手を太腿の上に置いた。「いいですか、ここへ来たのは父を喜ばせるためでした。しかしその仕事には私は向いていないと言わざるをえませんね。率直に言って」

「本当ですか？」ドゥラン医師は葉巻の火がちゃんと着いたかどうかを近視メガネの側まで近づけて確認した。「で、それはなぜですか？」

ラウルは素っ気なく答えた。

「見たところ私とは縁がない」

「本当にそう思っていらっしゃるんですか？　では、ひとつお話ししましょう……　ちょうど私が探しているものかもしれないのですが」身振りでラウルの反駁を食い止めた。「待って下さい、せめて話だけは聞いて下さい。何よりも、いいですか、その監視はさほどの時間拘束はありません。実際には土曜と日曜だけの仕事です。週の残りの日は下院議員をしている家内はマドリードにおります。もちろん何かの記念行事や予測不能のことがあれば別ですがね……　あちらでは公的な護衛が付くのですが、こちらのバルセローナでは護衛を付けるのを非常に嫌がるのです、要らないと思っているのです。今は付けていますが、それは私が強制しているからです。それを彼女に言うのは本意ではありません、しかしビルヒニアは何にでも回転が速い女ですから……　個人的な護衛のことを除いてね。あなたも気付かれることでしょう、不用意なことをしでかすものですからね」さらに慇懃な口調で話していたが、突然元気になって言った。「まあ、まあ、というわけで、あなたは刑事ですからね。私を陰謀にはめていますよね。どうしてこの話に乗られたのですか？……」

「それは私がどら息子だからですよ」ラウルはほとんど乱暴と言ってもいいくらいに粗雑な言葉で話に割り込んだ。「父に聞いて下さい」

その医師はラウルの目の中に過敏になっていたり精神的に脆弱であるような兆候を見て取ろうとしたが、無駄だった。

「いずれにしても、もう刑事ではありませんね」

「休職中です」

「麻薬事件で重大な規則違反をして取り調べを受けている。違いますかな？」

「まあそんなところです。いいですか、先生、話がまとまることはないと思います。ですから、できれば……」

ドゥランは立ち上がって灰皿の中味をゴミ箱へ捨て、ラウルの言葉を遮って言った。

「興味本位でお聞きしますが……　あなたはお父さんのことをどう思っていますか?」

「どうしてそんなことを聞かれるのですか?」

「なぜかと言いますと……　あなたのお父さんのような男は称賛に値すると思いませんか?」再び座り、口に咥えた葉巻を動かしながらラウルを見た。「復讐心を持たずに政治の転換期を受け入れることができたと思いますか?　またそうすることにメリットがあったと思いますか?　名誉ある敗北を否定した、それは確かです、しかし忘却という自由を獲得した……　そう思いませんか?」

「父が忘れようと決めたことはあなたが思っていらっしゃるようなことではないんです。それとは関係ありません」

「あの有名な転換期を支持した人びとは完全に大バカ者だという意見の人はたくさんいますよ……　あなたのご意見は?」

「何のことをお話されているのかわかりません」

「そういう大バカ者のひとりと知り合いになりたくはありませんか?」

「是非にでもというわけではありません、まったく」

「あなたの目の前にいますよ」ドゥラン博士は、まるで面白い冗談を言い終えて聞いた者が大笑いするのを待っているかのように、微笑みながら相手を見つめた。ラウルは黙ったままで失礼にもあらぬ方向を見ていた。ラウルはその沈黙の責任もあらぬ方向を見ている責任も自分にあるとは思っていない。無関心あるいは無視あるいは軽蔑を見せつけている責任も自分にはない。遥か昔の連帯とかイデオロギーとか、かつて自分の父親とこの目の前の男を結びつけ、ふたりが共有していたものを何と呼ぼうが、そうしたものを尊重する気持ちとは何の関係もない。

「ひとついいですか、先生」ついに無愛想な口調で言った。「もしあなたが奥さんを護衛したいと思われるなら、どうして警備保障会社と契約して個人サービスを受けないのですか?」

ドゥランは数秒間、葉巻のこぢんまりとした灰を見つめていた。

「前のボディーガードは警備保障会社の人間でした。組合のストライキに参加してしまいまして、ビルヒニアはほとんど一カ月間も護衛なしだったんです……こんなことは二度と起こって欲しくない」横目でラウルをチラと見て、葉巻を灰皿においた。「では、最終的に、このことはもう少しじっくり考えていただけますかな……フエンテスさん、お酒はたしなまれますか?」

ラウルはもうこれ以上我慢できないという表情をして肘掛けイスから立ち上がった。

「ときどきは」

「少量ですか、大量にですか?」

「かなりな量です」

この件でこれ以上質問したら、ぶん殴るぞ。ドゥラン医師も立ち上がった。

「まだ料金などの件が……」

「何のためにですか？」

「きっと関心がおありだと思っています。よくお考えになって、明日に電話をください。お父さんも喜ばれるでしょう」片腕を垂らしたままで、書斎のドアのところまで付いてきた。「刑事さんですから、すべては規則に従って行われねばならないことを念押しする必要はありませんね」

ドアを開けた。ラウルは握手をして、玄関を横切ろうとしたが、振り返って彼をじっと見た。

「私はボディガードをする許可を得ていないのをご存じではないのですね」

「ちょうどそのことが気になっていたのです」さらに小さい声で、ほとんど共犯者同士がヒソヒソとしゃべるかのように、付け加えた。「この仕事をあなたは誰にも悟られず、極秘にやってくれることと思います」

ラウルは一瞬疑惑を感じた。ドゥランはそれに気付いて付け加えた。

「何か心配なことでもありますか？」

「自信がありません」

「もしかして、政治家たちに何か思うところでもありますかな？」

「全然、あんな奴らはクソ喰らえと思っていることを除いて」

ドゥラン医師の目は、分厚いメガネのレンズの向こうでほとんどわからなかったが、小さな虫のように一瞬震えたように思われた。

「そうですかな」と短い沈黙の後で言った。「多分下院議員の家内がどの党員なのかお知りになりたいでしょうね。それとも、重要なことではありませんか?」

「私にとってそんなことが重要ですかね?」

「もちろん。護衛が必要だということは何らかの事情があるからでしょうからね」

「ETAは殺すときに人を区別したりしませんよ」

「確かに。で、あなたは……　どの政党を支持しているのですか、フエンテスさん?」

ラウルは微笑むそぶりも見せなかった。

「私は糖尿党です」

ふたりはごく一瞬の間、見つめ合った。ここにクソッタレを餌にして生きながらえてるヤツがいる、とラウルは思った。

「失礼します、先生」

「ではまた。ご連絡をお待ちしております」

16

バレンティンの大きくて無骨な手が丁寧に動いて、ミレーナの太腿にある傷跡にクリームを塗っている。ミレーナの方はバスローブ姿で寝椅子に片方の脇を下にして横たわり、雑誌のページをめくりながら大麻タバコを根本まで吸っているところだった。

「痛かったら、ソ、ソ、ソ、そう言ってよ」

「そんなことないわよ、坊や」

バレンティンは彼女の側に座っていたが、髪は洗ったばかりでタオルを首に掛け、クリームの広口瓶を手に持っている。床にはミレーナの手が届くところに小さなトランジスタラジオがあって、そこから音楽が流れている。

「話の続きだけど、退屈じゃないかな?」とバレンティンが言う。

「いいわよ、続けて」

「それじゃあ……ラウルが付き合っていた相手はソリマール・キャンプ場、ここから近くの、そこで掃除の仕事をしていた女だった。でね、付き合っていたのはすごく短かった、好きじゃなかったんだね、すぐに飽きて捨てちゃって、忘れちゃって、で、などなど。その後、ある日、家で父さんとすごい言い争いになったんだけど、理由は母さんのことで、風船を家から持ち出したのはいつのことかって……」

ミレーナはラジオの音を小さくして話をよく聞こうとした。

「それから」とバレンティンは続ける。「ラウルは警官になる勉強をするんだって言って家を出て行った。ある日、急に、警官になるって言い出したんだ、で、家に戻ってきたときには父さんはもう乗馬学校で働いてた女とくっついてたんだ……　その女はある日仕事くれってやって来て、かわいそうに身寄りはいないんだ……　で、実はね、その女、誰のことかわかる？　キャンプ場の女だったんだよ！　オ、オ、オ、同じ女！　でも、僕は黙ってた。ただ、これだけは言ったよ。父さん、僕たちの子馬に餌をやるのだけは忘れないでって……　オルガって名前で、すごくいい女だよ。ラウルの方も何も言わなかった」

ミレーナは目を上げて、寝椅子の上で向きを変えて、憂鬱そうに彼を見つめる。

「ラッキーな女もいるのね」

「だから、君も何も言っちゃダメだよ。静かにしてて、黙れ！　しっ！　で、などなど」と言ってバレンティンは話を終えた。

ミレーナは微笑んで、長い髪の毛を手で掻き上げたが、その仕草は荒々しくもあり、慈しんでいるようでもあった。

「ええ、誰にも言わないわ」

エスパーニャ広場でルノーがグラン・ビア通りへ入って、市街地から出て南の方向へ進んでいた。

すぐさま赤信号の前で止まる。左に止まったポルシェはオープンカーで、大音量の音楽を聞かせ、運転していた男は熟年というよりは老年であるが格好が良く、黒髪だったが額の辺りだけメッシュに染めていて、スポーツウェアに身を包んで、胸ポケットにサングラスを入れ、セーターを肩から羽織っていた。信号の円い灯が青になるのを待っている間、にやけた顔で安心しきって、側に座っている女の膝を手で撫でていた。女の方が男のうなじに赤いマニキュアをした爪を立てると、男はハンドルから手を離し、ふたりは唇にキスをした。もう片方の手は今やスカートの下で蠢いている。老いぼれが忌々しいポルシェに乗っていい女を連れていることを自慢していやがる、と思っている一方で、ポケットに入れたウィスキーの小瓶を本能的に手で探ったが、空だったことを思い出した。そのカップルはまだ濃厚なキスをしていたが、信号機が青に変わったので、二台の車は発進した。ラウルの方は急にアクセルを踏んで中央へ車線変更して、わざと危険な運転をしてオープンカーの行方を遮った。一斉に罵声が続いたが、雨音を聞くかのように聞き流していた。

十分経ってもアクセルは踏んだままで百五十キロ以上とばしながら、耳に携帯電話を押し当てて「……　ああ、ようく考えたが、引き受けないよ。その通りだ、もう決めたんだ、だから電話してるんだ……」心を落ち着けて数秒黙ったが、前よりもイライラして続けた。「いや、先生、そうじゃない。違うんだ、誤解だ、俺は何も父親に逆らうためにそうするんじゃない、そんなことはもうやめたんだよ……　ちょっと、どう言えばいいんだよ！　俺はお宅の仕事には向いてないんだってば、クソッ、俺を当てにするなよ！　なあ、あんたの事情はわかってるが、俺のことも考えてくれ、いいか？」また中断して聞き耳を立てたが、直後に怒りが爆発して、堪忍袋の緒が切れた。「もういい、バカ野郎、わかるように言ってやるよ、アンタは奥さんの機嫌を取ろうとして俺にボディガードさせたいだけだろう！　それとも俺が気付いてないとでも思っているのか？　黙って聞け！　他の奴を探しな、俺はそんなバカらしいことはしないんだよ。わかるか？　何度でも言ってやるぜ、そんな仕事には他のうらバカでも探すんだな！」

電源を切って、携帯電話を助手席へ放り投げ、片手はまた空の小瓶をポケットに探していた。

コック帽を頭にかぶって、楽しげに口笛を吹きながら、バレンティンは自転車に乗ってペダルをこぎ、車道の真ん中をジグザグに進んでいく。突然目の前でアスファルトが青い海に変わって、泡が波形に縁取られた光景になった。口笛を吹くのをやめて、心を痛めたような顔をして、目は前輪を見つめたままで、潮騒を聞いている。ハンドルの前にはビニール袋に入った食料であふれかえったカゴ、その少し向こうに広がるアスファルトは車輪の下で計り知れない生ぬるい海のように、底なしの海の奈落のようだった。デシレーの身体が二つの海の間で動かずに浮かんでいる、頬を肩に付けて、目は閉じたまま、土気色の唇は半ば開いたまま、スカートとヘアーピースは波打って上にまくれ上がっていて、海草と同じようなリズムを打っている。溺死した女は腕を組んで瞑想しているように思われたが、ときおりバレンティンは彼女がゆっくりと回るのを見る。硬い身体が宙に浮かんでいて、溺死するという夢を見ているかのように、波に引かれるでもなく、行き場もなく漂っている。

ボクはそんな彼女の姿を見たくない、ボクは嫌だ。ボクが飼っている蚕のことを考えている方がいい。

路肩へ寄って、車道から離れようとペダルをこいで、駐車場がある方へ曲がる道を進んだ。自転車をあばら屋の陰に置いて、買い物をした袋を背負ってクラブへ入る。

バーのところでちょっと立ち止まるが、そこは楕円形をした石畳のダンスホールの端で、今は強烈に青く見えるが、そこにはまだデシレーの顔が仰向けに漂っている。踊っていたのに気を失って、彼が助けようと駆けつけたあの夜のように。ときには、バルを横切って買い物やクロークへ行ったりきたりするときに、あの海は彼には緑に透き通って見え、またときには赤茶けて濁っているようにも見える。いずれにしても、突然彼はそこで立ち尽くしてしまって悲しくなる。視線をあげると、シモンが冷蔵庫に食材を入れていて、ローラ・ママはメモ用紙とボールペンを持ってカウンター奥の瓶棚をチェックしている。そしてホールを渡りきって向こう側に着くと、また彼は立ち止まる。どうみても肩から滑り落ちそうになっている野菜が入っている袋を背負い直すためなのだが、実際はローラ・ママにまた彼女を見たよ、目を開けたままで瞳は緑色で氷のようだったと伝えるためだった。

「などなど。ボクは何もしてないのに彼女は現れるんだ、何もしてないのに、でも彼女が……」

「しつこいねえ、バレン」とローラ・ママは言う。「そんなこと言っていると本当に怒るよ。どうしてあの娘のことをいつまでも忘れないの？　あの娘には何もなかったんだし、マリョルカ島で働いてて、すごくうまくいってるって聞いているのよ、すごくね」

バレンティンは諦めて歩き出す。

「あそこじゃあ、きっとそうだよね」と言う。「海の底じゃあ、何でもかんでもうまくいってるはずさ」

「ナンシーに届いた絵はがきを見せてやるよ、そうすりゃあ、あの娘は生きてて幸せにやってて、随分と小金を貯め込んでるってことを納得できるよ」と彼女は言う。「さあ、いいかい、お前がそれを台所へ運ぶのを手伝ってやるよ」

玄関先の階段に座って、ホセは乗馬靴二足を磨く用意をしている。岩場の潮騒が静かな呼吸のように聞こえてくる。ハンモックの近くにある小さいテーブルに栓を抜いたワインの瓶がある。ルノーのエンジン音が家の裏に駐車しているのが聞こえた。きっと勝手口の前、青いライトバンの横だ、と彼は思った。そうして、勝手口から家に入ってくるのだろう、と独り言を言って、上体を起こし、サロンで待ち伏せすることに決めた。

しかしラウルは外からやって来た。家の外側を回って、顔は海を見ながら、砂地へ来るとゆっくりと沈着冷静な歩き方で玄関先まで辿り着き、父親が階段のところで手にブラシと靴墨を持って立っていたので、あの医者がもう電話をかけてきているんだと察した。

「どう答えを出したんだ、説明しろ」ホセは彼を咎めた。

「俺はバレンティンのことで手一杯だ、誰も気にかけちゃいないからな」

階段を上り、ワインの瓶をさっとつかんで、ハンモックに寝そべった。彼の父親は立ったまま、怒って彼をじっと見ていた。

「ドゥランと話したところだ！」

「興味ないって言っただろ」

「だからと言って、人を攻撃して、その奥さんを侮辱する必要はないだろう？　まったくどうしようもない奴だ！　一体全体どうしたっていうんだ、気でも狂ったのか？」

「わかったよ、後で詫びを入れておくよ」

「どこの恥知らずがドゥランにあんなことを言えるんだ？　どこをどうすればあんな愚かなことができるんだ？　で、何のために、あんなことをしてどうするつもりだ？……　お前一体どうなってしまったんだ？　これじゃあ、お前の頭はあの弟よりも変だと考える他ないぞ！」追い詰められて困惑したように、食い入るような目付きで彼を見つめていた。「何様のつもりだ、お前は？　正真正銘の野蛮人、サツにいる人殺し！　それ以外の何者でもない！」

ラウルはワインを瓶から直接飲んだ。父親が彼を指さして付け加えた。

「それにまだある……」

「あの医者が」ラウルが遮った。「あんたの脚を救った医者だな。で、脚以外のこともいろいろあるんだろうな。違うか？　非合法活動していたバカな時期に、いろいろと……　そうしてただの人になった。今や重要な人物、ただの民主主義者ってわけだろ？」瓶からさっと軽く一口飲んだ。「何かまだ他に恩があるのか？　あんたはいつもクズのような連中の世話になっているからな……」

「で、それがどうした?」

「結構なクズの連中か!」とラウルが呟く。「高級な売春宿と同じさ、俺はその道の通だからな。毎日の保護と安全を日割りで欲しがって、怖くて震えている…… しかし影では笑われている。いつもそんなことをされてきた! 父さん、あんたは気付いていない、あまりにも長い年月、我慢してきたからな……」父親に先んじて言った。「待て、最後まで言わせろよ! あんたの脚を治したあの医者はなあ、どうしようもないクズで、嫁さんに浮気されて業を煮やしている臆病者だ! 言っといてやるよ!」

びっくり仰天して彼を見ていたホセは、言葉が見つからなくてブツブツ言うだけだった。「何の話をしてるのか、さっぱりわからん……」前に考えていたことの糸をたぐることに決めて、再びラウルを指をさした。「いいか。教えてやろうか、この国がどうして酷い国になったのか教えてやろうか……」

「そんな話はやめてくれ、父さん、聞きたくはないよ! ろくでもない繰り言はもううんざりだ」そして小声で、自分に言い聞かせているように「この国のどこが腐ってるのか、あんたは教えようとしてるだけだ」

瓶を振ってみて、残りを飲んだ。ホセは議論を続けることをあきらめた。ラウルに背を向けて、玄関先の階段にあった靴や他の物を拾い集め始める。

「どうして戻ってきたんだ? 何が目的だ、言ってみろ」

ラウルはハンモックの上で上体を起こし、頭を下に向けて足を地面につけようとする。そして座ったままワインの瓶を見つめた。

「心配するなよ、あんたの客が逃げるようなことはしない」

「それは大丈夫だ。それに、ドゥランはお前が奥さんについて言ったことをバラしたりはしないだろう……」

「もちろん、そんなことはできっこない！」ラウルは皮肉を込めた口調になった。「了解でオーケーってバレンティンなら言うところだ」瓶を空にして、乱暴に遠くの浜辺へ投げつけて、少し同情するように父親を見て付け加えた。「俺はいない方がいいのか？」

ホセは品物の片付けを終えたが何も言わなかった。もう日が暮れていた。突然、玄関にぶら下がっている灯りが灯って、その場を明るく照らした。


サロンにいたオルガは入れたばかりのスイッチから手を離さずにいた。窓の向こうにいるふたりの男をじっと見つめていたからだ。もう片方の手で折りたたんだままの赤いテーブルクロスを胸に当てた。じっと動かず、漠然とした不安を覚えて玄関にいる父と子の成り行きを見守っていたが、一方でガラスの向こう側から、もう穏やかな口調に戻っていたラウルの声が耳に届いた。

「バレンティンが夢物語から覚めたら、俺はどこかへ行くよ。誰かがあいつを困らせるのを俺は放っておけないんだ。そして家へ連れて帰る。俺はそのためにここにいるんだ、他には何の目的もない……　いずれ、その方がいいのなら、俺は乗馬学校の方で寝泊まりしてもいい。これが初めてじゃないからな」

初めてよ、とオルガは思う。一瞬目を閉じて、思い出に浸った。すぐにテーブルクロスを両手に抱えてテーブルの方を向き、両端を持っててきぱきとそれをテーブルの上に広げた。紅い雲が一瞬窓を覆ってすぐに消えた。

17

階下から聞こえてくるダンス音楽にあわせて体を揺すりながら、バレンティンは天窓から射す鉛色の濁った光の下でクラブの二階の廊下を進む。まるで結婚式の会場を行進しているかのように気取った姿勢で、コック帽をかぶってトレイを高く掲げて持っている。クバリーブレが二つ、タバコ一箱、小袋に入った塩味のアーモンド。ある扉の前で立ち止まり、飾りノブを使ってノックをすると、ドアが開いて、女の両手がグラスとタバコと小袋を受け取る。ドアが閉まり、バレンティンは引き下がって、再びらせん階段のところまで廊下を戻り、下へ降り始める。

カウンターも楕円形のホールもすごく賑わっている。音楽の音量は最大。バルバラはひとりの客と踊っている。カウンターの端に、スツールに座った客がひとり。痩せていて、大きなダンゴ鼻に引き寄せられたかのように両目がくっついた男で、ジェニファーの甘い言葉に耳を傾ける一方で、彼女の尻を撫でている。

「気になる顔をしてますね」とジェニファーが感想を述べる。「本当に……」

「まさか」と微笑むが、客の表情は明るくはなっていない。

「ええ、マジよ!……　見つめ方に何か、わからないけど何かがあるの……　感性かしら」

ローラは、縮れた白髪で、額に暗色のメガネをかけた四十男に飲み物を出す。ローラもその男も笑顔で話している。そして数メートル先では、アリーナが金髪で立派な身なりの客としゃべっている。

「あら、そうですの？　どんなお仕事をしていらっしゃるのですか？」

「システム・アナリストです」

「まあ！　で、それはどんなことをなさるの？」とアリーナが返す。「すごくワクワクさせられちゃう感じがする！」

彼女の横で、ふたりの男がカウンターに背を向けてもたれ、そのひとりは周囲に視線を彷徨わせている。

「今はちょうど客を取っているところだろう」とひとりが言う。「他の女よりはちょっとだけ安いんだ、太腿に傷跡があるからな。でもな、不健康そうなところだけは目をつぶれ。傷のことを割り引けば、身体はなかなかのものだぜ」

「うえっ！　お前にくれてやるよ」


バレンティンはオーブンからピザを取り出して皿の上に置き、さらにその皿をトレイへ移す。先に用意してあったジャガイモと玉葱入りのふっくらしたオムレツも添える。そうしている間も、小声で鼻歌を歌い、身体でリズムを取っていたので、ピザで指を少し火傷した。調理場で働いている婆さんは食器を拭きながら、半ば蔑み、半ば哀れんでいるような視線を彼に向ける。バレンティンはすばやい動きでトレイを取って厨房を出て、狭い控えの場所を抜けてバーへ出た。

カウンターの内側にいて、ローラは飲み物の用意をしていたが、手伝っていたレベカは咳が止まらない。

白髪でサングラスを額の上の方にかけている四十男はローラにもう帰ると告げて、手を胸において友情と感謝が入り混じったような芝居がかった仕草をした。胸というよりは財布の上に手を置いているんだと、バレンティンはいつも悪意に解釈していたが、それは何と言っても、確かにこの客が金を出すのを見たことがなかったからだ。

カウンターの内側でバレンティンがナイフでピザを切り分け始め、オムレツも同じようにすると、側にいたローラ・ママは数ユーロを片手でバレンティンのポケットに入れようとした。

「これは、あんたの分だよ」

「くすぐったいよう！……」

「給料だよ」ママはポケットに金を入れる。「でもゲームセンターのカーレースで使いすぎるんじゃないよ。お父さんに渡すんだよ」

レベカは小さな瓶から錠剤を取り出して、一口水を含んでからそれを飲み込み、その後で説明書に何と書いてあるか、咳をしながら読み始めた。

「こんな小さな字じゃあ、わからないわ」

もらったばかりの金を数えて、バレンティンはポケットにしまい、レベカから説明書を取り上げた。

「見せてね！　唇の乾燥、下痢、筋肉疲労、吐き気、毛髪減少、心臓遮断、関節痛、足首炎症……」

レベカは病名の長口舌を急に遮って、説明書をバレンティンの両手からもぎ取った。

「もうやめてよ、坊や！　脅かしたいの？」

ナンシーはらせん階段を急いで降りてきて、カウンターまで来たが、気が動転していた。

「ミレーナが大変、部屋で大声で叫んでる！……」

「ほら、ご覧！」とレベカが叫ぶ。「あんな男は部屋に上げないようにって言ったのに！……」

バレンティンはもうカウンターを離れて階段の方へ走り出していた。その一方でローラは辺りを見回してシモンを探していた。

「兄さんはどこ？　すぐに来てちょうだい……」


その男はシャツの裾を手でがさつにズボンへ押し込んだところで、ズボンのチャックを上げて、ミレーナの手にあったブレザーを乱暴にひったくった。下品な風貌の男で、棒のように細長い顔、皮のリストバンドに指には大きな指輪をたくさんはめていた。ミレーナと揉み合っていたが、手の甲で彼女の顔を叩いたので、彼女はうめきながらベッドに倒れ込んだ。

「どけ！　ビタ一文払わんぞ！」大声を出しながら、ジャケットをさっと振ってから手で皺を伸ばした。「本当につまらんヤツだ、チクショウ、よがることもできないのか！　しかし、こんなブタ小屋でお前たちは何様のつもりだ、俺は騙されんぞ！」

ミレーナは逃げ出そうとしたが、男に掴《つか》まれて、もう一発殴られた。

「お前とはどうすればヤレるのか、わからんよ！　それに何か変な香草のクサイ匂いは何だ！　文句など言えた義理じゃないぞ！　途中で眠り込んでたしな、おい！　まだ、あるぞ、身体にこんな汚い傷がある娼婦を俺はいつも相手にしてるって思ってるのか？　どうなんだ？　それで俺が興奮するとでも思うのか、どうなんだ！」

「だから先に言ったでしょ、お客さん……　でも、構わないって言ったじゃないの」ミレーナはようやく言い返すことができたが、ベッドに座って立てた両膝に顔を埋め、痛めつけられた頬からは血が出ていた。「構わないって言ったでしょ……」

「嘘つけ、バカ、そんなこと言ってない」

「せめて半分払ってよ、お願いだから！……」

「でもなあ、キズ物だろ、お前、これじゃあ三倍ひどい詐欺だろ！……」

ジャケットを羽織って、ナイトテーブルに置いてあったカバのグラスを取って、一気に飲み干してから付け加えた。「ひとつ教えてやろうか？　お前の胸は小さすぎるんだ、貧弱すぎるんだよ、おい」

ドアが一気に開いてバレンティンが姿を見せ、出て行こうとする客の道をふさぎ、客の胸を軽く押して強引に後ずさりさせた。

「ちょっと待ってよ、お客さん」

「誰だ、お前は？……　オイ、オイ、兄ちゃんよ、何やってんだ！……」

「すごく小さい胸、そう言った？……」バレンティンは呟いた。

客の襟をつかんで部屋の片隅へ追いやり、壁際まで行った。一方でミレーナは浴室へこっそり逃れて、両手で片目をおさえて泣いていた。

「今言ったね、いわばボクが騙したって！……だからボクにお金を払わないって！」

「放せ、バカ」客は抵抗した。「こっちにも言わせろよ！……」

「どうかしましたか、お客さん？」表情を変えずにバレンティンが尋ねる。「あの娘が気に入らない？……お客さんは胸の小さい女の子はキ、キ、キ、気に入らない？……」

逃れることもできずに、客の男は訝しげに彼を見た。なすがままだった。

「おお、そうだよ！……胸の小さいのはな……楽しめないんだよ！」

「大きいのが好きなんだ」

客は微笑もうとした。

「そうだとも！　これはどうしようもない！　まあ、その……好みの問題だな！」

「ウウウウム。もうこの辺にツバメはいない……でも、お客さんはいつもタ、タ、タ、正しい。そう言いますよね、ね？」

前腕で客の喉を締め上げて、壁に押し当てている。振り返って、声を上げてミレーナに尋ねた。

「お客さんは店の規約に同意したんだよね、バーのサービスも料金も、などなど？」

「ええ、それでいいって」洗面所からミレーナがうめく。「私のことも前もって伝えたわ……」

「じゃあ、胸が小さいからダメなんだ」バレンティンはそう言って男と面と向かった。「傷跡はどうなの？……やっぱりダメ？」

「放してくれ、これじゃ、しゃべれない！……」

「でも、他のところはよかったんだ、ね？」

「ああ、そうだ、悪くない……」

「ウウウム。では、どうしますかね？　支払いはボクがしましょうか、お客さん？　つまりだね、代わりにボクがするんだ」

そう言っている間に、有無を言わせずに背を向けさせて、客のポケットから財布を引き出し、札を数枚抜いてベッドの上に投げ、財布はもう一度ポケットへ戻し、最終的に客から手を放して、ドアの方へ押しやった。

「お客様のお帰りです」

ミレーナは浴室から濡れたタオルを頬に当てて出てきた。客は何度も躓きながら這々の体で部屋から逃げ出したが、バレンティンは指さして言った。

「その顔が好きくない。全然嫌いですよ。帰って、そら、帰って……」

廊下に顔を出して、まだ指をさし続けると、客はさらに遠ざかる。

「ひとつ教えてもらいたいかい？」付け加えた。「消費期限が過ぎた、ザ、ザ、ザ、座薬のような顔だよ。財布も消費期限が過ぎてるしね……」

客の男が階段のところに辿り着いて、降りようとしたときに階段の途中に老人のシモンが現れて、皺くちゃの無表情な顔を見せた。

「ねえ、シモン、この人もう帰るよ」とバレンティンが言った。「かなり急いでいるよ」

シモンは客の脇を捕まえて、一緒に階段を降りるように急かし、何やらぶつくさ言って追い立てた。

「酒の飲み方を知らないんだ、まったく。あの娘は大丈夫か？」

「まあ……　前より悪いとは言えないね」バレンティンが悲しそうに応えた。「あの娘の具合は皆知ってるからね」

首を振って考え込み、再び部屋に入って、大股で浴室へ向かった。ミレーナはベッドの端に座っていて、顔の片方にケガをしていた。バレンティンは手当てをしようとして浴室からガーゼ、バンドエイドと消毒液を持ち出し、女の前にしゃがみ込んで、そっとやさしく彼女の頬からタオルを取り去った。

「見せてごらん……　すごく痛い？　恐くないよ、もうボクがソ、ソ、ソ、側にいるからね」

頬の傷にヨード液を塗ってやると、彼女はヒリヒリと痛むと訴えた。

「本当にありがとう、ボクちゃん……　痛い！……」

「この二週間で二度目だね、ミレーナ」

「私は誰も騙してないよね、バレン、いつも先にちゃんと言ってる。なのに、いざ見せるともうダメ……　でも、心配しないでね、坊や。大丈夫」

片手でバレンティンの髪の毛を愛情を込めてくしゃくしゃにすると、バレンティンは彼女にバンドエイドを貼った。

「これで終わり。コーヒー飲む？　ホットミルクに、コ、コ、コ、コニャック入れたのは？……」

「少しだけ眠りたいの……　あなたはお家に帰って、バレン。ローラ・ママに私は具合が悪いって言っといて、いい？」

このようにしゃべっている間も、ベッドの上にばらまかれたユーロ紙幣をかき集めて数え、ナイトテーブルの引き出しから取り出したボロボロの通帳の間に挟み、そこに何やら鉛筆で書き込んだ。ベッドの下から取り出した皮のバッグに、数枚の紙幣を丸めてしまい込み、再び同じ場所へ戻した。残りの金はナイトテーブルの引き出しに通帳と一緒にしまった。これらすべてをさっさと済ませる。無駄のない動きで、ほとんど目を閉じたまま、まるでバレンティンのいる前で、彼が見守る中で、千回も同じことをやってきた様子だった。

「本当に何も要らない？」とバレンティンが言う。「今日はほとんど何も食べてないよ……　サンドイッチつくって上げようか、すごくカリッカリに焼いたベーコン入りで、好きだよね？」

「お腹減ってないの」

「唇と歯のキスは好きかなあ？」

「何て？」

「唇と歯のキス、デシレーがしてくれたキスだよ」

「一体、何のことを言っているの、ボクちゃん？　もう出てって、お願い……　あなたの兄さんが怒り出すわよ」

「いけ好かない兄ちゃんだ」

これ以上できないくらいやさしくミレーナにキスをして、ドアの方へ行く。ドアを開けて、その場で振り返って、微笑みながら、部屋を出る前に、いくらか力を入れて繰り返した。

「イ、イ、イ、いけ好かなああああい」

ひとりになったミレーナはナイトテーブルの引き出しから麻薬の包みとマリファナを出して、テーブルの上でトランプカードを使って一回分を取り分ける。そうしてから灯りを消して、乱れたベッドで脇を下にして横になり、身体を丸めて、目を閉じた。

しばらくしてから、ナイトテーブルの上にある縁飾りのある写真から、目に恐れと悲しみをたたえて、内気に微笑む少女が今一度抜け出てくる。日々の孤独と手繰り寄せられない距離を乗り越えて、上からミレーナを見下ろしている。まるで、ベッドの端で恐怖から身を守ろうと丸くなって、夢の世界へ入りこむことができずにもがいているミレーナが沈んでいくのを知っているかのように。階下からかすかにバーで流している音楽が聞こえてくる。部屋の暗闇の中で、まるでドアが静かに開いたかのように、得体の知れない音がして、聞こえている音楽の音が大きくなったので、ミレーナは顔をあげて上体を起こし、まずは自分の娘の写真を見て、それから辺りを見回した。なぜなら、入り口に立ち止まっている誰かの影が見えたように思ったからだ。

「あなたなの?……」

影は、いや何であってもいいのだが、少し動いたように思われた。ミレーナはまるで誰なのか気付いたかのように、そしてひどく驚いて、言った。

「弟さんのことで来たのなら、少し前に帰りましたよ……」

誰も応えなかった。とてもゆっくりと、写真を見ながら、娘のことを心配しながら、ミレーナは再び身体をベッドに預けていった。

18

数日間、朝の七時半にはもうホセは乗馬学校に来ていて、アフメドの助けを借りて、馬具の用意をしたり、馬場に水をまいたり、馬に蹄鉄を打ったりしていた。九時頃になるとオルガが自転車でやって来て、カゴに入れた食事と魔法瓶に入れたコーヒーをもってくる。イナゴマメの木の下に小さなテーブルを用意して、そこで朝食を取った。

「昨日の夜に探しに行ったんだけど、ひとりで帰ってきたわ」とオルガが言う。

「それは知らなかった」ホセはアフメドをじっと見ていた。彼は厩舎の前でパンをかじりながら子馬にブラシをかけていたのだが、立ったまま眠りかけていたからである。

「起きろ、アフメド、馬に噛まれるぞ」

アフメドは眠そうな目を開けて、狂ったようにブラシをかけ出した。

「いい奴だ」とホセは微笑む。

「あんたはもう眠ってたから」コーヒーをつぎ足して、オルガが話を続ける。「私にラウルが話してくれたのも今朝だった。無理矢理カウンターから引きずり出して、車のところに連れて行って、そのままクラブの前で一時間も話し込んでいたんだって……　でも、どうしようもなかったって。この娘は僕の恋人なんだ、もう話すことなんかない、そう言って、半狂乱になって、最後はいつもの意味不明なことを言い放って終わったそうよ。わかるでしょ、誰かが海で溺れたかとか、パレスチナで死にたいとか、まあこんな調子…… つまり、とんでもないことを言い始めたわけ。ラウルは話をそらすために狂ったようになっているだけだって怒ったそうだけど、逆に追い払われそうになったって。もう少しで殴り合いになるところだったそうよ」

ホセはトーストにきれいにバターを塗ることだけに全神経を集中させていた。

「できれば会いたいんだがな」

「人の話を茶化すんじゃないわよ」

「ラウルはどこにいる?」

「まるで悩んでる人みたいに浜辺を散歩してるのを見たわ」

「じっくりと考えてくれることを期待しよう」

「どうもバレンティンが言うにはね、一晩中側についてあげなきゃいけなくて、見守ってやっているんだって。見守ってやるなんて! あの子が見守るだなんて、何を見守るって言うのさ」

「俺が思うに、あいつは自分のしていることをちゃんとわかっている」思慮深げにホセが言う。「俺は心配していない。好きなことをやってるのなら、させておけばいい…… 本当に心配なのはラウルの方なんだ」

「そうかしら」オルガは思いを巡らす。「何を考えているのであれ、彼はちゃんと考えているわ。あんたはいつも野蛮人のようだ、中味のないヤツだって、彼のことを見てきたけど……」

「おい、そこまで悪く思っちゃいないさ」

「で、お決まりの通り、いつものやり方は物ごとに乱暴に片を付けること。でも今度の件ではどうも思い切った判断をする決心がつかないみたい、どうすればいいのかわからないというところかな」

「あいつは弟を守りたいんだ、いつもそうしてきた。守らなくちゃならんのは」まるでこのことに疲れきっているかのように、ホセは溜息をついた。「あいつ自身だっていうのにな」

ふたりともしばらくは無言だった。オルガは泡だらけの水が子馬の光り輝く背の上から滑り落ち、アフメドの浅黒くて毛の少ない腕がブラシをのろく動かしているのを見ていた。私たちのことを嘲笑っているんじゃないと彼女は思った。あの子はあんな風にグズなところがあるだけだ。ホセはもう少しコーヒーを飲んでから立ち上がって、少し辛そうに左の脚を引きずった。オルガはテーブルを片付け出して、言った。

「あんた、息子のラウルにひとつ尋ねてみる気はあるかしら」

ホセは振り返ってオルガを見た。

「尋ねるって何をだ?」

オルガは目を逸らした。

「逮捕した者を拷問にかけたことがあるかどうか」

ホセは今度は力を入れて悪い方の脚の位置を少し変えた。

「拷問にかける？……　それがどうかしたのか？」
「そう、拷問のこと」
「あいつの仕事は取り調べじゃないと思う」そうするように命じられない限り、昨日も今日もこれからも、取り調べをすることはないとホセは思ったが、そう思っていながらもオルガに背を向けて、足を引きずりながらアフメドの方へ向かっていた。「どうした、腕白小僧！　手首でも痛めたのか？」

早朝になると、一度店を閉めて灯りも消して、どこかの隙間から漏れるごく微かな音楽の調べも聞こえなくなって、ロリータ・クラブの正面はかつて街道沿いの簡易ホテルだった頃のありふれた地味な雰囲気を取り戻す。月はというと火が消えた後で人を寄せ付けない灰色になっていた。建物の裏でトラのような縞模様のネコが壊れ放題の非常階段を昇っている。ミレーナの部屋だけが唯一窓に灯りがついていた。

バレンティンがミレーナの許しを得て彼女の部屋に泊まれる夜、彼が泊まりたい理由は彼女を監視して大切に守りたいという気持ちだけだというが、オルガにはそれはバカげた口実で危険な戯言《たわごと》にしか映らない。しかし、理由としては他にも、とりわけ、無意識に繰り返されたパロディを通してしかうまく表せなかった感情があった。それは夢を見ている中での世話、やさしい気遣い、視線や言葉や寝相や肌の触れあいなどを無邪気な芝居にしたものであるが、あの障害者はまるで初夜の儀式のように思いきり情熱を込めてそれを演じ、テレビの番組や借りてきたビデオ、ナンシーが書き取らせる手紙、あるいはスゴロクのボードのようないつも身近にあるもののように、娼婦の花嫁が偶然に伴侶の代用品と認めて同意した一連の行為でもあった。仕事仲間にも同じように週に一日だけミレーナの部屋に泊まるのが許される日があるが、その日の夜はいつも彼が泊まるために選んだ夜だった。

「ゲームするか、エ、エ、エ、映画を見る?」バレンティンが尋ねる。

「お家へ帰る方がいいよ、ボクちゃん」

「ボクがいるのがイヤなの?」

「いて欲しいし、いて欲しくない」

「よし!」

「大きな声出さないで。シモンが部屋を変えたので、ちょうどこの上の階で寝てるのよ」

「シモンは友だちだよ」

バレンティンは灰皿の中味を便器に捨てて戻ってきて、それを小型の丸テーブルに置き、寝椅子にどっぷりと身を沈めて、彼女の側に座った。その丸テーブルには食べ物が残っている紙皿二つ、リンゴひとつ、グラスとコカコーラの瓶があった。ミレーナはタバコを吸いながら、音のでないテレビに映った日本のモノクロ映画の雨のシーンを見ていた。ガウンの胸のところを直して、なかなかやって来そうにない眠気が来ているようなマネをして瞬きをする。モイスチャークリームを塗って、顔を土色の仮面のようにパックをする。上唇が少し腫れていて、頬にはバンドエイドを貼っている。沈黙の後で、付け加えた。

「お兄さんが来たわよ……」

「どうして知ってるの?」

「その辺りにいたわ、私が眠ってる間に……　この前も夜にここに入って来たわ」

「嘘だ!」

「来たと言ってるでしょ。私を見ていたけど、何も言わなかった」

「あり得ないよ」とバレンティンが言う。「ずっとボクと一緒にいたんだから、下で、カウンターのところ。ボクの側から離れなかったよ、ずっと説教してて、小さい頃からの癖なんだ……　どうしてもボクを家に連れて帰りたいんだって!」

「ケンカしたの?」

「ウウウウム」

「どっちなの、バレン」

「僕の方が力が強い……」

「それは聞いてないわ。ケンカしたの?」

「ウウウウム。まあ、まあ」

ミレーナが仮面のようなパックをするのはマリファナの煙から顔を守るのが口実になっている。

「それは良くないわ」と大きな声を出して考えていた。「どうして一緒に帰らなかったの?」

「もう言わないで!　誰も何もボクを君から引き離すことなんてできないんだ!　絶対に!」

「心配だわ……」

「何のこと？　ボクが見張ってること知らないの？　ラウルはここには来ていない。本当に。確かだよ」ろれつが回らなくなって舌を押さえつけて、残りの言葉は区切って発音した。「ユ、メ、ダ、ヨ、ミ、レ、ナ、ユ、メ、ダ、ヨ！」

バレンティンは跳び上がるように立ち上がった。タンスの横の壁に掛けられたカレンダーの金曜日の枠内に、血管が浮き出た彼の手が素早く鉛筆でバツ印を書き入れた。これまでの金曜日もすべて印が書き込まれていた。

「わかる？」と言って「今日は約束の日だ、だから今晩は泊まれるんだ……　フ、フ、フ、フリエタとのことを話して上げるよ。聞いてね」

「でもちょっとの間だけよ。こっちへ来て、はい、鏡を持って」

「了解そしてオーケー」

再び彼女の横に座って、彼女の前で手鏡を持って、フリエタのことを話し始めた。話が途切れたときに、階下から聞こえるディスコのリズムのようなブン、ブンという音は、単調でほとんどメロディになっていないが、彼の心臓の鼓動と重なる。ミレーナは厳しい面持ちで鏡を覗き込み、ときどき鏡の位置を修正して、ティッシュペーパーで顔に塗ったクリームを拭っていた。ゆっくりとバレンティンは頭を彼女の膝へ持っていったが、手鏡を高く持ち上げて、話すことはやめなかった。

「……　家に帰る前に、父さんが新しい藁をやるのを忘れないようにって言ったんだ……　だから、ちょうど藁をやるために馬小屋に入ろうとしてたんだけど、フリエタは下唇を動かして、ボクに入るなって言ったんだ。とっても賢くって、とってもやさしい雌馬だったけど、ボクとしか話をしないんだ、他の誰ともしない。ブラシを腹にかけてやるといつも、了解そしてオーケーって言うんだ。ボク大好き。でも、あの日は入るなって言ったんだ、バレンティン、入らないで！　ボクは構わずに入ったんだ、片目を押さえながらね……　こんな風にね、ほら」空いている片手で片方の目を覆い隠して見せたが、もう一方の手で支えている鏡には、どことなくインディオの風貌が残る、とても若い女の顔と自分自身を尋問している黒い両目が現れた。「でね、ふたりが一緒にいるのをボク見ちゃったんだ」とバレンティンが付け加えた。「馬小屋からボクが取り除かなくっちゃいけなかった藁の上でね……　でもボクはヒ、ヒ、ヒ、引き離すことできなかったんだ、だってじっとしたまま動かなかったんだもん、もう抱き合ったままで、ボクにはひとりの人間にしか見えなかった。ボクはもう絶句してクッキーのようになってた！　それに彼女はボクを見ようとしなかった、顔を隠して、スカートとセーターを脱いで、などなど。男の方はボクを見たけど、その目が蛇みたいだった……すぐに出て行け、うせろって目で合図してきたんで、了解、兄ちゃん、でも藁は自分で代えてね、いい？　そう言ったんだ」

「で、彼はどうしたの？」

「ええっと、どうしたのかなあ。藁を代えた！」

「藁を代えた」

「汚れた藁を取り除いて、キレイなのを入れたんだ。それをした」

鏡と一緒に手を下ろして、円卓のリンゴを取って、頭は温かい太腿に預けたままで、ミレーナにリンゴを渡したが、ミレーナはこれで肌の手入れを終えることにした。

「自分にしかわからない秘密から始めないでよ」微笑みながら彼女はブツブツ言って、彼の方に身体を重ねて、彼の頭を守るような仕草で抱きしめて、頭を揺さぶり、緑の爪を彼の髪の毛に絡ませて、彼の瞳に向かって悲しみを含んだ声をかけた。「私にはそんなことしないでね、愛しい人、私にはそんなこと……」

私の胸を触るこの両手はじっとしたまま。私の身体を愛撫するこの小さな目は閉じたまま、キスをするこの口は小さな男の子のようで、きれいな話し方をするがろれつが回らない。きっとまったく違う、彼の兄さんが私たちふたりだけでここでしていると勝手に想像していることとはまったく違う、寝椅子にもたれてるって言うけど、もちろん刑事なんかはもっと汚いことを想像する……もしふたりがしていることを見たら、あの大きな口を開けて、分厚い唇でからかうように、急に笑い出すだろうとミレーナは思った。そしてなかなか理解できないだろう、これとまったく同じ顔で、同じように整った、ただ端のところの皺はちょっと嫌な感じがする口で……

この同じ肉厚の唇で、おそらくはもうひとりの唇かもしれないが、今バレンティンは彼女の乳首をくすぐっていて、彼女は天井を見ながら、するがままにさせている。この緊張して硬くなった唇は、彼女も良く知っている唇だが、同時にまた別人の唇であるのかもしれない。そしてついに眠気が打ち勝つのを感じ、手からリンゴの芯が落ちるとき、身体が彼の上にゆっくりと重なっていくのを感じた。

彼は彼女の目をすぐ近くから見ていて、急に、欲望というよりもある思いつきに突き動かされて、絶頂の喘ぎ声と身体の動きをかなり下手に真似た行動を取って、彼自身の兄ややさしくて丁重な扱いをしてくれる他の客がするだろうことを想像して、セックスしている真似をした。シミュレーションはパロディや冗談とは少し違っていて、遊びではあるが、しかしまた秘めた熱望でもある。挨拶のキスで始まり、睦言や囁き、これは言い始めるときにだけろれつが回らないと漏れてしまうもので、しかしすぐに力を込めてオーガズムを真似て、急に驚いたような幸せな顔をして、彼女の目の中に合格のサインを探す。そしてこのときにミレーナは夢の入り口でちょっと立ち止まり、彼に微笑みかけて、脚を広げ、喜びの軽いため息とともに受け入れる仕草をする。

「良かった?……　何かそんな感じ?」バレンティンはネコのように喉を鳴らした。

ミレーナが頷くと、彼は付け加えた。

「オルガが一度言ったことがあるんだけど、ボクは幸せなんだって、だってすべての血液が頭にあるから……　どういう意味なんだろう?」

「とても頭が良くって、いい人だってことよ」

「いつまでもボクの彼女でいるって約束して。ナ、ナ、ナ、何があってもだよ!　いつまでもだよ!」

「約束するわ」

「それに笑わないでね」

「笑わないわよ、ボクちゃん。私、眠っちゃう……」

静かな爆発が車を吹き飛ばして、投げ飛ばされた車が空中で回転した。ビルバオ［スペイン北東部バスク地方ビスカヤ県の県都］の海岸近くで起きた事故で、地面にたたきつけられて鉄クズになった塊は炎に包まれた。音もなくスローモーションになった映像が消えると同時にラウルは突然ベッドから上体を起こした。汗まみれになって茫然としていた。夢だったのかもしれないが、その次は二日酔いが襲ってきて、しかしそれでもまだタイヤが燃えるときの悪臭とガソリンの刺激臭が感じ取れた。

数秒の間、波の砕ける音を聞きながら座ったままでいて、その後立ち上がり、裸足で開いた窓へ向かって歩く。書き物机から引き出した天板に両手を置いたまま、暗い青色の海を見つめ続けた。それを確かめるために出向く必要はない、自分のベッドで眠らなかったんだ、と独りごちた。カモメが波の上をスレスレに飛ぶさまを見つめ、瞳の中にカモメを捕らえたが、すぐに見えなくなった。霞がかった水平線と白っぽい空を見ていたが、何も見てなかった。空の方が彼を見ていたのであり、円を描いて飛ぶカモメの方が彼を見ていた。いや、波でさえも高い大きな塊になった泡を連れて、彼を見ていたのである。

19

バレンティンはピザをオーブンへ入れて、その後ロスキーリャ〔リング状のパウンドケーキ〕をもう一皿テーブルへ運んだ。テーブルではヤスミーナとレベカがスッピンのままナイトガウン姿でティーポットから紅茶を注いでいる。ヤスミーナは手鏡で自分の口唇ヘルペスの様子を調べる。バレンティンはテーブルからカップや皿を下げて、もう既に台所を後にしていた他の女たちがとった遅い朝食の後片付けをする。バルバラはロスキーリャをかじりながら奥の戸口から姿を消し、ジェニファーはテーブルの一角でタバコを吸いながらボールに入ったサヤインゲンの皮を剥いている。バレンティンは忘れないように小さな声で復唱している。

「マッシュルームと芝エビ、それに極細パスタ……」

「トマトソースは私からのお願いね、坊や」とジェニファーが言う。

「スーパーへ行くつもりなの、バレン?」とヤスミーナが声をかける。

「後でね」

ジェニファーから叱られながらマリファナ・タバコを受け取って、レベカは言う。

「バレン、ボクちゃん、ハンドクリームを買ってくるのを覚えてるかしら?」

「リップ・バルサムが薬局にあるかどうか確かめてよ」とヤスミーナが付け加える。

「何を買うのよ!」と言うレベカ。「それは麻薬だよ、ヤスミ!」

「違うわよ! 唇がかさつく人が使うの…… あんたにとっては何でも麻薬になるんだから、レベカ。ちゃんと聞いてきてね、ボクちゃん」

「ボク、聞いてみる」とバレンティンは応える。

そのすぐ後で彼は元気にペダルを漕いで、自転車に乗って国道を走っていた。頭には白いコック帽をかぶり、背中には小さなリュックを背負っていた。横を追い抜いていく自動車の運転手たちに挨拶をし、ときどき、陽気に口笛を吹きながら、踊っているかのようにジグザグ運転をした。

ショッピングセンターCRYSS《クリス》は国道脇に開拓された地域にあって、一五〇〇平方キロメートルもの広さがあるが、バレンティンにとっては一メートル半ほどの場所だけが大切だった。彼が座る席があり、画面では自動車がスピードを出して追跡し合っているテレビゲームのコンソールが占める空間のことである。しかしまず最初にするのはいつも買い物である。さもないと頼まれたものが記憶から飛んでしまうからだ。スーパーの陳列棚を駆けめぐって、押しているカートがどんどんと食料で一杯になる。チーズ、ビスケット、牛乳、マーマレード、ヨーグルト…… 彼は容器に書いてある消費期限に注目する。ヨーグルトのひとつに目がとまり、素早く後ろを向き、誰かを捜しながら叫ぶ。

「ちょっとお、キ、キ、キ、期限切れてまああす!……」

しかし近くに誰もいない。レジを通るときに死ぬかもしれない危険があることを彼は伝える。あそこに期限切れのヨーグルトがあるよ、お姉さん、期限が切れてもう二カ月経ってるよ。まあ、バレン、何も見逃さないのね、と若いレジ係の女が言う。だって、誰かが毒殺されるかもしれないんだから。もちろん、片付けるように知らせるから、安心してちょうだい。その後で薬局へ行き、そこで女性の店員がアテンドしてくれている間に、彼は頭の中で買い物リストを見直す。スキンクリーム、脱臭剤、睡眠薬、コンドーム、アスピリン、生理用ナプキン。ぽってりした血色の良い女性の客が順番を待っていて、彼を不思議そうに見ている。バレンティンは何かを思い出そうとしているのだ。

「おりものだ」と言う。「二箱。ニ、ニ、ニ、臭わないタイプ」

「何って言ったの?」女の店員が尋ねる。彼女はバレンティンのことを良く知っているのである。

「おりものシート。臭わないタイプ。テレビでそう言ってたよ!」

女の店員は順番を待つ女性客と微笑み合うが、バレンティンの方は、人目を引く白いフレームのサングラスが気になっている。

五分後にはレディースの服飾店のショーウィンドウの前に立ちつくし、網タイツをはいた三本の脚を見ている。店の中へ入り、脚のひとつを取って、筋肉の張り具合を確かめてみる。店長の女性はびっくり仰天して、急いで彼のもとへ駆け寄り、そんなことしてはダメだと言う。

「もう、何やってんの! これは売り物じゃないよ!……」

「左足なの、それとも右足?」と尋ねるバレンティンは、どうしても売ってもらいたがっているかのように、その脚を胸に強く抱える。

「左足でも右足でもないよ!」肌の色つやがよくて、肩のラインがエレガントなブロンドの女店長が叫ぶ。「陳列用で売り物じゃないの！」

「ド、ド、ド、どうしてダメなの？」

「放しなさい！」

買い物カゴを持った女性がふたりショーウィンドウの前で立ち止まって、ガラス越しに店内の光景を見守っている。コック帽をかぶった男と女性の店員が黒い網タイツをはいた女性の脚を奪い合って、それぞれが自分の側に引っ張り合っている光景。

「売り物じゃないって！　ちょっと、やめて、やめて！」金切り声で叫ぶ女性店長がついに脚を取り戻して、威圧的な態度になった。とても怒っていたが、その変わった愚鈍な客にそれ以上口汚くののしるのはやめようと、ドアを指し示すだけだった。


クラブへ戻って、台所で買った物をひろげている間に、ローラ・ママに例の事件を語ると、ママは機嫌よく笑って注意した。

「あらまあ、ボクちゃん！　女の子に脚をプレゼントするのは良いアイデアよね！　でもね、いい、女の子は自分の脚で何とかやっているからね、アハハハハ、でしょう？」

声のきれいな彼女がたてる笑い声は喉のところで言葉ともつれてしまい、それがバレンティンには素敵に思えていたが、バレンティンはローラの真っ白でしっかりとした歯並びが見える口もとから目を離せないでいる。話しながらローラが笑うとその歯並びが見えるが、バレンティンはいつもバラ色の新鮮で良い香りのする果物をかじるシーンを思い浮かべてしまうのである。

「オレンジとマンダリンを買うの忘れた、ローラ・ママ」

20

正午少し前にラウルはルノーに乗って土埃をあげながら乗馬学校に着いた。車から降りて、タバコに火をつけ、辺りを見まわした。アフメドは厩舎の裏で水を入れたバケツを運んでいて、ホセはイナゴマメの木の下で撒水ホースの調整をしながら、素焼きの水入れの前においてある折りたたみイスに座った客と話していた。手前の馬場の側でオルガは鞍の座席部分を太い木の幹でできた柵の上において、若いカップルにそのセールスポイントを説明していた。

「とても快適です。革とスエードの組み合わせ。ほらね……」

ラウルが来たのを知って、彼の最悪の風体に気付き、オルガは再び思った。どうして戻ってきたの？どうして？「鐙は裏打ちされています……　ちょっと失礼します」

ラウルはじろじろと目で様子をうかがっていたが、オルガが側に来た。

「まだ居場所がわからないの？」

「今日手伝いに来ると俺に言ってたんだ」とラウルが言う。「一緒に仕事しようってな。昨日の夜に約束したんだ」

「で、それを信じたわけね」オルガはホセがいる方へ身体を向けると、ホセもふたりを見ていた。同時に、前に座っている男に畑から引き抜いたタマネギの束を見せていた。ラウルもホセの視線に気付いた。

「何を考えてやがるんだ、クソッ」と呟く。「もうどうでもいいのかね、低能児の息子が日夜好き勝手に行動しているっていうのに、何か起きないかって心配しないのかね？」

「父さんがどんな人か知ってるでしょ。何にも増して人間の自由を大切にする……」

「戯言だ」ラウルは相手の言葉を遮って、腕時計を見ながら疲れた表情をにじませた。「今行っても無駄よ。夕方にならないと店を開けないから」とオルガが言う。「ここに居て、お昼を一緒に食べていったら？　さあ、そうしなさいよ」

再びホセがいる方へ身体を向けて数歩進んだが、オルガがそうしたのは息子がお昼を食べていくと伝える気持ちになっていたからである。ラウルはオルガの尻へ目をやった。彼女はその視線を咎めるかのように、ゆっくりと向き直った。しかし、ラウルはもう車へ乗り込んでエンジンをかけていた。

「まだ閉まってるって言ったでしょ」オルガは言い張った。「何をするつもり？　力ずくで連れて帰るの？」

「そうしたいのはそっちじゃないか、どんなことをしてでも連れて帰りたいのは」

「あんたが家に帰ってくるまでは、そう思ってた気がする。でも、今でもそうなのかどうか、わからない」

「何時に開くんだ？」

「五時、だと思う。どうするの、それまで……　家へ帰って、あの子が戻ってくるのを待つ方がいいわ。冷蔵庫に食べ物はあるから……」

「一緒に来てくれ。話がある……　独りで食べるのはいやなんだ」

言葉を続けようとしたが、やめた。ハンドルを握る手がこわばったまま、じっと彼女を見据えると、オルガはラウルの目がかげっているのがわかり、それは困惑している兆候だと理解した。彼女はさっと下を向いて、しばらく沈黙を守る。

「今はダメ」オルガの最終的な結論がこれだった。「お昼ご飯の後なら、多分行けると思うけど……」

ラウルはアクセルを踏んで、埃っぽい道を戻っていった。

21

嘘をついた。ひとりで食事をするのは慣れている。むしろその方が好きだ。どれくらいの年月、ひとりで食事をしてきたのかを誰も知らないんだろうと思う。数え切れないほどの食事を、誰も座っていないテーブルについて、ひとりで座ってとってきたのを誰も知らない。でも、そんなこと誰が興味を持つのか。ポテトサラダと手羽先のフライド・チキンに、コルクは開いているがほとんど飲んでいないワイン一瓶を持って、玄関先の日陰に吊したハンモックに寝そべる。岩場に当たって砕ける波のざわめきは午後になると容赦なくリズムを早めた。砂丘の向こうではいつも眺めずにはいられない地平線がある。疑問を投げかけても答えてくれない、何となくそんな雰囲気がある。綱渡り芸人のいないピンと張った綱、上にも下にも、青い空にも紫色の海にも、確かめられるイメージは何もない、しかしそんな綱でもある一点で夢の塊を支えている、子どもの頃から頭の中でうなり声をたてている夢を支えているのだ。

五時まで、来ないだろうとはわかっていたが、オルガを待つことにした。五時までとは、つまりクラブが店を開ける時刻までということだ。もしかするとバレンティンも来るかもしれないとラウルは思った。いつものありがたくない、彼なりのやり方で登場するのだろう、どの瞬間にやって来ても不思議ではない、きっと、シャツを着替えるためだけであっても……　しかし鉢合わせしたって構わない、勿論だ、誰が来ようと、弟であれ義母であれ、構わない。情が絡むこのふたりは、ラウルにとっていつも血の中で絡まり合っている。いかなる場合でも同じ目的を持って行動する必要がラウルにはあった。以前の職場から戻ってきたことを知らせる、事情を理解させる、あるがままの自分を受け入れさせる、すべてが再び昔と同じように元へ戻るべきだとわからせること。

しかし、ふたりのどちらも現れなかった。ハンモックに揺られて、しばらくうとうとしたら、陽が傾いて西日が頭を照らしていて、急に目を開けるとまぶしさに目が眩んだ。今こそひとりなんだ。今まで以上に機嫌が悪くなって怒りを覚えるべきところだが、感じていたのは不思議な空虚さだった。そして少し後で、国道を車で走りながら、突然、腑に落ちた——あまりに急だったので血の中で何かが変化したのかとさえ思ったが、つきつめて考えない方がいい不可解な命令だが、それに従えとゆっくりと打つ波を感じた——バレンティンにあそこでしているバカなことをやめさせて、家に閉じ込めて自分の限られた知能に見合った存在となるようにさせるためには、すべきことは彼との口論をやめて、真剣にあのミレーナというコロンビア女と向き合って、脅してでも、無論そうする必要があればだが、彼女にあのような関係をすっぱり断ち切らせるように強いることだ。まったくもって恥知らずで、人をバカにしているあの関係は、異常で、唾棄すべきで、嫌悪感を催させる……彼女を救い出すこともしなければならない、勿論だ。なぜなら、バレンティンが危ない居候をして、夜毎繰り返される笑いと嘘の交錯、人生の中で考えられなかったコース・アウト、ほとんど一年になる、誰が悪いのか？　声がしわがれた、目つきの卑しいあの少女のような娼婦に決まっている。オルガのことは、今になって気づいたが、何てこった！　誘っても来なかったのは助かった。いったい俺は何を考えていたんだ？　女は皆、娼婦だということを忘れでもしたのか？

クラブの前にドリンク類を配達するワゴン車が来ていて、運転手とシモンがビールやソフトドリンクのケースを運んでいる。駐車場にはまだ他の車はなくて、排気量の多いバイクが一台あるだけだった。シモンはルノーが駐車したのを見て挨拶しようとしたが、降りてきたラウルはシモンを気にも留めなかった。

「ここはね、小さい店なんですよ」とローラ・ママは言う。「一番多い時でも女の数は十二人だった。今は七人よ、家族みたいなものよ……」

「いや」とラウルは言葉を遮った。「いや、股間を熱くしてもらうために来たんじゃないんだ。間違えるなよ、ママさん」

「わかっておりますとも。来るべき事情があって来られて、で、ついでに店からのおごりで一杯。それでお越しになった」ローラは布巾でカウンターを拭きながら、ウィンクをした。「違いまして？」

カウンターの端、壁に向かってカーブしたところに落ち着いて、ラウルは車のキーを手の中でもてあそんでいる。表情はまだ用心しているようでもあり、困惑しているようでもあったが、しかし声は力強かった。

「まったく違う。自分の飲み代は自分で払う」

「それじゃあ、他のデカさんたちとは違うのね」

「保証するよ」

「どっちにしても、店からサービスしますわ。何を飲まれますか?」

聞いていなかった。ぐるりと周りを見渡して、奥のテーブルに客と座っているミレーナの背中を見据えた。

「ここへ来るように言ってくれ」

「私がですか? 私はあの娘に何も言いませんよ。あのお客がテーブルへ招いただけですから」

店は開けたばかりで、客はふたりだけだった。もうひとりの客はカウンターでアリーナとしゃべっていた。音楽はこの時間ではまだ大きくはなくて、穏やかな感じである。ミレーナが着ている服は肩紐がとても細くて、腰の下まで背中が丸見えになっていた。彼女がイスの背に掛けた色あせたバッグには青い文字で〈エアー・フランス〉と書かれている。

「では、何にされますか?」

「お勧めは何だ?」

「水です」と嫌味を込めてローラは言った。「炭酸入りと炭酸抜きがあります」

ラウルは眉をつり上げはしたが、疲れていて、退屈している様子だった。

「炭酸入り、それにマッチもだ」

「まあ! ご機嫌がよろしいのか、それとも本当に店を爆破して、私を路頭に迷わせたいのでしょうかね?」

「ウィスキー、ストレイトで」

ローラが背を向けて棚からボトルを取ろうとすると、ラウルはもう一度ミレーナの背中を見ながら言った。

「だから今朝何か買うのを忘れたと言って、もう一度スーパーへ行ったのか」

「私にはそう言ってました。オレンジとマンダリンのことです」大きなグラスに気前よくなみなみとついだウィスキーを出して、付け加えた。「あなたの弟さんは買い物にうるさい人でね。きっとカーレース・ゲームをしに行ったと思うんだけど。ゲーム機で遊ぶのが好きでしてね」

「そりゃそうさ」皮肉っぽくラウルが言う。「義務遂行に忠実な男で、しつこい奴だよな。買い物の金をあんたからちょろまかしてはいないか?」

「そんなことは一度もありません」

「残念だ」間をおいてから続ける。「出て行ってから随分経つのか?」

「いいえ、でもきっと女の子たちから頼まれている買い物があるでしょうから、少し遅くなるかもしれません……　女の子を誰か横につけましょうか?」

ミレーナのむき出しの背中、片手で長い髪の毛を片方に寄せるときに見せる子どもっぽいうなじ。そのとき彼の視線を感じているかのように、その女は振り返って、横目でチラと彼を見た。すぐに客の方へ向き直って再び接客する。その笑っている、目が飛び出た醜男は、えらくご執心の様子でテーブル越しに彼女の方へ身体を乗り出している。バイクで飛び回っている行商人で、がっしりとした体格、革のジャンパーに派手なハンチング、赤毛でうなじに大きな瘤があり、弁髪のように髪の毛を後ろに束ね、物知りぶった冗談好きな風情の男である。テーブルの上には太鼓腹のように膨らんだコニャックのグラスが二つとメガネとライダー用の手袋があり、手袋はミレーナが試しにはめてみて楽しんでいた。

らせん階段をゆっくりと下りてきたのはジェニファーとレベカで、ひとりは手鏡を手に持って口紅を塗って唇を直している。もうひとりはスカートのズレを直しながらあくびをしていた。アリーナはローラ・ママにドライマティーニとジントニックを依頼して、客をテーブルへ案内していた。

ラウルはそのウィスキーを試しに飲んでみて、気むずかしい顔でグラスを見つめていた。

「ひとつ教えてくれ。女衒《ぜげん》の仕事にはアレをやりには来ていない連中にこうしたバカげたサービスをするのも含まれているのか？」

ローラはもう飲み物の準備を始めていたが、その手を休めて、彼と面と向かった。

「もう一度説明させていただきます、フエンテスさん。この店は、私がオーナーではありませんが、それはもう言いましたよね、全国接客クラブ業者協会にも登録されています。ですから、こうして完璧に合法的な場所なのです、それに、私の仕事もそうです。半年前にオーナーが音楽バー兼簡易ホテルの許可を申請しました。そうして女の子たちも合法的にここに寝泊まりしているんだし、通りや国道の路肩に駐めた車で眠るよりも、設備もいいし、ずっと安全ですわ……　部屋代はどんな下宿屋でもするように払ってもらっていますし、あの娘たちは売り上げの一パーセントを受け取っているし、ご馳走にあずかるのも、部屋へ戻ってベッドでネコと一緒に寝るのも彼女らの自由です。おわかりいただけましたか？」

「ほう、ちょっといいか、俺を誰だと思ってるんだ、安物のウィスキーを押しつけても大丈夫なあのギャング連中のひとりだというのか？　こんなボロ小屋、明日にだって閉店させることもできるんだぜ……　ビールを出せ」

「はい、怒らないでくださいよ」ローラが言う。「女の子のことではかわいそうだと思う気持ちもありますよ……　とくにミレーナのことです。あの娘にはどうすればいいのかわからないんです。バレンティンがいなければ、ベッドから起きてこない日が何日もあるんですから」

「どうして売り飛ばさないんだ？」からかっているような雰囲気でラウルが言った。「祖国へ帰るチケットなら俺が払ってやるし、機内で楽しむために大人のオモチャもプレゼントしてやるぜ……」

「あなたにはかわいそうだと思う気持ちがないんですか！」彼の前にビールを置いて、ホールを横切るヤスミーナを見た。「ヤスミーナ！　ちょっと来て、これをアリーナのテーブルへ持っていってちょうだい」カウンターの上でジントニック二つを押し出した。「で、あんたはどうするの。友だちに私も喉が乾いたって言いなよ……」

「ママ、もう言ったわよ」ラウルを見て、微笑んで「でも彼はアリーナの客なの。私はどうすればいいのかしら、ポッチャリが好きだと客が言えばねぇ……」

飲み物をそれぞれの手にひとつずつ持って、尻を振って持っていった。新しい客が入って来て、カウンターのもう一方の端に座ると、ジェニファーとレベカがすっと側に寄っていった。赤い服の肩紐がミレーナの腕に滑り落ちた。ラウルは目を背けてタバコに火を付けた。「あまりお元気そうには見えませんわね」とローラが言った。「お身体は大丈夫なんですか？」

「もう一杯ビールをくれ、そして黙れ」

ローラは来たばかりの客の接待をする準備に移ったが、その前にラウルともう一度顔を合わせた。

「あなたは信じてないみたいだけど、ここでは法律に触れるようなことは何もしていません。もうひとつ言っておきます。他の誰も私がしているような世話はしてくれないですよ。読み書きができない女も多いので、誰かが手続きを代わってやらなきゃなりません。例えば、家族へ送る為替とかね……」

「皆が自分の意志でここにいるように思わせようとしていないか？」

「ちゃんと正式の書類をもっています」

「偽物だ。どうしてそんなに俺をからかうんだ、姉さんよ？」空のビール瓶を前に出した。「聞こえなかったのか？　もう一本だ、そしてあの娼婦を呼べ」

「もう少しお待ちいただけますか？　一度におふたりからでは……」

ラウルは二本目のビール瓶を持ってミレーナの居るテーブルへ向かった。背後から回り込むようにして彼女に顔をつきつけて、ライダーの存在は無視した。上体を傾けて、両手をテーブルに付けて、言った。

「話があるんだ」

ミレーナはドレスの肩紐を直した。

「今はダメですわ……」

「今だ」

ライダーはからかうような顔をしてラウルを見た。そんなに必死になるなよ。

「我慢ならん！　俺は今何をしてる？　喜んでるか、頭に来ているか……　だってな、我慢がならないんだぞ、本当に。この女は俺と一緒にいるのがわからないのか？」

「グラスとその我慢とやらを持って、立ち去れ」

目を伏せて、ミレーナは客に耳打ちした。

「この人が言うようにした方がいいですよ。刑事ですから」

「グラスの残りはカウンターで飲んでもらおうか」とラウルが言った。「それは俺のおごりだ。さあ、ケツを動かせ」

客は手袋をはめることから始めて立ち上がった。のろまなヤツ。

「ええ、知らなかったもので……　困っていたのはマナーのことで、上品さがその、へへへ。最近はマナーが悪くなりましたなあ……だろ、別嬪さん？　また後でね」

自分のコニャックを持って、マドリードの下町っ子の特徴を隠した歩き方でカウンターへ向かった。ミレーナはラウルに、今のことを咎めている振りをして、怖い目付きで睨んだ。が、実際は彼女の心の中には怒りというよりは好奇心と感動の方が多かったのである。あきらめた態度でイスの背に掛けたバッグから恋愛沙汰ばかりのゴシップ雑誌を取り出して、中を開けた。

「あんたの方はどうだ、あばずれ？　この前の説明では不充分だったか？」ラウルは彼女の前に座ったが、彼女は雑誌から目を上げようとはしない。ラウルはその雑誌を彼女からさっと取り上げた。「聞こえないのか?」

ミレーナはローズ・ピンクと銀色のマニキュアを塗った自分の爪を見つめている。数秒してから応えたが、とても小さな声でしかも眠そうだった。

「ええ、聞こえています。私のせいじゃないし……　できることはしています」

「嘘だ」

「信じてくれないのなら」苛立って、自分の気持ちを抑えられずに、目を閉じて辛抱するという作戦に出た。「あなたは私の言うことをまともに取り合ってくれないし、聞こうともしてないし、そうじゃなければ、私という人間をわかってくれるつもりもない……　私もあの子のことが、ときどきね」

「そんなことでやり返してるつもりか、クソッタレ。あいつはわかりやすいヤツだ、話し方も俺が教えたんだ」少し間があって「あいつが知っていることは全部俺が教えた、この世でひとり歩きできるのも、誰も信じるなってことも俺が教えたんだ」

「でも私のような女の扱いは教えてなかったのね」微笑んで付け加えた。「そうでしょう?」

ラウルは少し間を置いて応えた。

「まあいい、どうだ、お前のオツムは覚えてないということか?　俺の弟は脳性麻痺で生まれた、つまり……　障害者だ。娼婦がこんな男に何を求めてるんだ、金を巻き上げることでないならな?」

「一度もお金を要求したことなんてないし、くれもしなかった」

「しなかっただと？　それならなあ、どうしてあいつがベッドに入ることを許すんだ？」

ミレーナは嫌悪感を剥き出しにして考え込んでいた。

「私たちは週に一日、順番制でそうしてるのよ」ついに口を開いた。「そして順番制で料理もするし、私が当番のときはいつも手伝ってもらってるけど……　ときどき、そんな夜にはね、寝るだけで泊まってもいいかって聞くの。いつもそうさせてるわけじゃないけど」数秒黙ってから、続けた。「これ以上何が知りたいの」

「知りたいのは、そうさせる代わりにどんな見返りを期待してるのかだ」

「あの子に理屈は通じない」

「どんな娼婦なんだ、お前は？　空っぽの頭を振ってみることもできないのか？」

ミレーナは両手でグラスを握りしめて、目は伏せたままだった。ごくたまに青い瞳をあげたが、そうするのは辺りを見回すためで、相手を見るためではなかった。

「いつになったらあなたたちみたいな人はわかってくれるのかしら、私たち娼婦だって一日二十四時間ずっと娼婦のままでいるんじゃないってことを」そしてラウルが言い返す前に言った。「お願いだから、ここでいざこざ起こすのはやめて……　頼むから！　またどこか他の所へ移されたくないのよ」

結局のところそれが本音なのだろうと彼は思った。タバコに火を付けて、その女を細かく観察した。顔、従順そうで陰気な瞳、生気のない唇、グラスを握っている両手の軽い震え、グロテスクなほど派手な爪。作戦を変えて、ラウルはタバコとライターを差し出した。

「いいか。危ない橋を渡って故国《くに》へ帰りたくはないよな？　俺がその件は何とかする……」

「ええ、知ってるわ」今度は目を上げて、用心深い目付きで彼を見返した。「でも、私の娘のことはどうなるの、向こうのコロンビアにいる。子どもにも保護ってあるの？　言ってくれたようにしても、二度と生きた娘には会えないわ」

「考え過ぎだと思うな」また沈黙。「いくつなんだ、その娘？　十六、十八？……」

「二十一」

「嘘だろ。ここへ来て何年になる？」

「八カ月」

「その前は？」

「これって何、尋問なの？」

「まったく違う。尋問ならもっと活気のある方が好きなんだ……　こういったプチ・クラブは今まで何件、経験してるんだ？」

「それは重要なことなの？　三つか四つ、覚えてないわ」

「覚えてないか。コロンビアからおまえを連れ出したのは誰だ？」

「まだあるの」怒ってプリプリして肩をすくめた。「誰か男の人」

「誰だ？」

「あなたが知らない人。ナンシーも同じ人が連れてきた。《留め金》のひとり。あいつらはそう呼ばれてる」

「贋の契約書を持って。夢のような話を聞かされて、それを鵜呑みにした。それとも、何が待ってるのか知ってて来たのか？」

「どちらでも、好きなように考えて。ウェイトレスとして働くために来たのよ……　ナンシーはベビーシッター。そう聞かされていたわ。私たちのパスポートも取ってくれて、飛行機のチケットもくれて、まとまったお金も、こちらで稼ぐお金の前金だって……」

「そして借金を引き受ける証書にサインをした。だいたいのヤリ口は知っている」

「まだ払ってもらってないのが半分、かそれくらい……って、バレンティンの口癖みたい。いろんな種類の書類にサインしたわ、ビザ、契約書、借金、嫌なもの全部。支払い約束なんて為替手形みたいなもの……　来る数日前になって、やっぱりやめようとしたんだけど、もうできなかった。もう遅かった。引き返す道はない、そう言われたの、そして、気をつけろよ、我々は娘と母親の居場所をちゃんと知っているんだからな、って……　で、こうなったの」グラスから一口飲んで、ささやくように付け加えた。「スペインへ連れてこられてから起きたことをすべて話したら……　あなたには想像も付かないでしょうね」

ミレーナはカウンターで話している若者ふたりに視線を留めて、イスを少し動かして片側へ回し、脚を組んだり、解《ほど》いたりした。きっと若造の気を引こうとしているんだとラウルは思った。しかしラウルは間違っていた。それが目的ではなかったのだ。

「どこから来た？」

「ペレイラ近くの小さな村、ドス・ケブラーダス」

「両親は？　家族は？」

尋問の矢継ぎ早の口調はいつもより格好をつけていて、自信ありげに感じさせたが、そのすぐ後で、急に知りたくなって、結婚してるのかと尋ねると、彼女は首を振って否定した。でも娘がいると言った、祖母と一緒に村にいると。

「これで全部よ」と付け加えた。「それからバレンティンを大事に思っているわ」

「ああ、もちろん」無神論者の不躾な視線が身体へ、胸へ、か弱い肩へ、そして浅黒い肌の組んだ脚へ注がれた。「教えてやろうか？　お前のような賢い娘が騙されるとは俺には信じがたいんだ」

「私の契約はバーで働くこと。で、ここはバー……　それとも違う？」諦めきった口調に皮肉を込めて付け加えた。

ラウルは腹が立って彼女から目を逸らした。ほんの一瞬の間、彼は彼女の脚を見ないようにするというバカげた努力をした。もしくは、せめて脚を見ていることを彼女に悟らせないようにする。ヤスミーナが、音量を上げていた音楽に合わせて、テーブルに近づいてきた。客の数が増えてきて、雰囲気は活気づいた。

「ローラ・ママが何か飲むかって」ヤスミーナがミレーナに言った。「あんたの分は一切がこのお客持ちだって、さあ」

ラウルは身振りで俺のおごりだとわからせた。ミレーナはグラス・カバを注文した。

「それにバレンティンが焼いたリングケーキを少し」ヤスミーナがもう行ってしまうところでミレーナが付け足した。

「それから少し音量を下げてくれないかな」とラウルが言って、ミレーナの方を向いた。「こんな騒音をよくもまあ我慢できるもんだ。俺にはわからん。ここから外へ出たことはないのか？　外でお前に会うことはできるのか？」

「何のために？」

ラウルは答えなかった。まだわからなかったからだ。本当に、何のためだろう。

「わかったわ」ミレーナは話しを元に戻して言った。「バレンティンと話してみる。でも彼の人生を私が指図できるわけでもない。彼にはこだわりがあるから……　溺れ死んだ女への執着、例えばね」

「溺れ死んだ女？」とラウルが言う。

「デシレー。彼はそんな風に呼んでるわ」

「デシレーって誰だ？」

「ここで働いてた女。私の友だちだった」

「どうかしたのか？」

「連れて行かれてしまったの。バレンティンが言うには、マリョルカ島の近くで溺れて死んじゃったって。彼はそう思い込んでる……　私たちはそれからの彼女のことは何も知らないけど、死んじゃあいないの。確かよ。パルマで働いているらしい」

「見たのか？　お前たちがあいつの空っぽの頭をありもしない話でいっぱいにしたんだろ……」

「実はある日何かを見つけて読んじゃったの」ミレーナはラウルの言葉を遮って、まるで謎の話をしようとしているかのように、声をひそめた。「不思議な出来事、新聞の切り抜きで、台所にあったの。船から身を投げたある女に関する記事。バレンティンの頭の中ではぴんと来てしまったの、それはここで働いていた女で、デシレーのことだって……　私たちは事件を調べてみたのよ」

「どうして？」

「だってそうする方がいいでしょう。どこまで調べても誰も傷つけないわ」

ヤスミーナはテーブルの上にカバのグラスと小皿に取り分けたリングケーキを置いて、立ち去った。ミレーナはリングケーキを取って、食べ始めた。ラウルはちょっと考え込んでいたが、彼女から目を逸らすことはしなかった。

「お前の友だちのナンシーがもうすぐ恋人とコロンビアへ戻ることは知ってるよ」

「叔父さんよ。恋人って叔父さんのこと、父方のね……　ナンシーに約束してたんだって、借金を片付けて、コロンビアへ連れて帰るって」

「バレンティンも俺に言ってたな、ナンシーはお前にとって姉さんのようだから、一緒に帰りたいんだって」

「私があの子に言ったのは、私がいつまでも一緒にいるわけにはいかないんだとわかってもらうため、いつかいなくなることに慣れてもらうため……　でも信じなかった」

「それはいい考えだ。お前が故国へ逃げる、そのことを言ってるんだ」

「それほどいいこともないわ。ひどい考えよ」

「お前は逃げることができると俺はまだ思っている。ここにはお前を日夜監視している奴は誰もいない」

「シモンはそのためにいるんだけど、まったく必要じゃない。私は絶対にここから逃げないわ……　もう説明したでしょ、逃げると娘が殺される、それか娘が誘拐されて売り飛ばされるから。そんなことができるのよ、これは絶対に確か！　だって私は一度逃げようとして、捕まえられたからね……　バレンティンは私の星形の傷跡のことまだ話してない？　大金を巻き上げられたわ……　見たい？　あなたは気に入らないでしょうね、でもまあいい、だって……」彼女はスカートの端をつかんで、ゆっくりと、彼を見つめたままで「どうせあなたは私を気に入ることはないんだからね……　まったく」

店の緑色の灯りの下で、傷跡は太腿にしがみついたトカゲのように見えた。

「娼婦ごときにそんなことをさせるとは理解できんがな」視線を外して言ったが、ラウルは無関心なように見せておく計算をちゃんとしてあった。「商品は良好な状態に保つのが普通だろう、たくさんの金を稼ぐためにはな。俺の考えだがね」

「あいつらはそうじゃなかった。自分で付けた傷よ。捕まえられたとき、ショーウインドーに自分からぶつかっていったの。アリカンテの雑貨屋の中だった……　逃げるよりもむしろすべてを終わりにしたかった、そうなのよ。当時はまだ何かやりたい気持ちがあった、何でもいい、自殺でさえもね。

今ではもう何もする気が起こらない……」

浮かんでくる気持ちを振り払うかのように、ラウルはイスの中で姿勢を変えてみると、彼女が手にしているビールを急に飲みたくなった。彼女の手からひったくって一気に飲み干してから、また考え込んだ。それは運の悪い星を持つことだ、と言いそうになった。しかし、口にしたのはこうだった。

「そんなに醜くはない」

「あなたの目はそんなこと言ってなかったわよ……　バレンティンだけがたったひとり別の見方をした人」

いつまでこんなヤツの戯言をお前は聞き続けるつもりなんだ？　と自分に言った。聞きたい質問は何だ？　どんな風にしてバレンティンとお前はやったんだ、それが質問か？　娼婦が自分の仕事をしている、それがすべてだ、こいつにもうあれこれ言わせるのはやめろ。

「フム。別の見方をした」大きな声で言った。「だからなんだろうな、あいつにそんなにもやさしいのは。だからあいつを喜ばせたいんだな……　で、それと引き替えに、あいつはお前に何を与えてくれるんだ、ひどい身障者のあいつが。ちっ、それがまだわからないところなんだよ！」

「もうそのことは話したわ」

「いや、まだ肝心なことは何も聞いちゃいないと思う！」

「じゃあ、教えましょうか……　バレンティンは私がコロンビアからやって来てから、私が持っているものでたったひとつの幸福の源なの。彼はね……　どう説明すればいいのかわからないわ……　彼は本当に信じてる、恋していることが世界で一番ステキなことだって、そうでしょ？　私がただ言えることは、私の全生涯の中で彼ほど優しくて、心の広い人には会ったことがない」

ラウルは彼女を見つめたままで、もう一本タバコに火を付ける。すぐにふんっと鼻をならして乱暴に言った。

「結構な話だね、俺はあんたに会えて嬉しいよ、しかしな、俺が望んでいることは、お前があいつをすぐにでも追い払うことなんだ！　たったの一回きりであいつが逃げ出すようにしろ！　ここはあいつが居るような場所じゃない！……」声を落として、威嚇するように彼女に指を指した。「いいか、俺にあんまり気乗りしない酷いことをさせるなよ」

「私のことをサツに垂れ込むつもりつもり？」

「そうできれば最高だな」タバコの煙の向こうにいる彼女をじっと見た。「まあいい。どうすればいいかは自分で考えろ、しかし俺はバレンティンを家に置いておきたい。あいつを捨てて、他の異教徒でも探せ……　あいつの目を覚まさせるんだ、地獄にでも送ってやれ、あいつに、お前はひどい精神異常者だ、欠陥人間だって言ってやれ。とどのつまりが、それが事実なんだ」

「でも、もう言ってみたけど、ダメだったのよ。何のために、ふたりでよってたかって彼を傷つけなくちゃいけないの？　少し待ってちょうだい、何とか考えるから……」

彼女の手がテーブルの上でラウルの手を探したが、ラウルはさっと手を引っ込めて、再び怒りを爆発させた。

「お前は一体何が望みなんだ、言ってみろ」

「私とセックスして。そのために私たちはここにいるのよ、違う？」グラスを唇へ近づけ、悲しみの仮面は無表情なままだが、瞳には皮肉っぽい煌めきがのぞいていた。「半時間三十ユーロ、一時間五十ユーロ……」

「うるさい！」再び時計を見た。「あいつの前で麻薬をやってるのか？　お前がバレンティンを台無しにしたんだから、俺はお前のその幸福とやらを引き裂いてやる」

「どうしてそんなことを言うの？　私とバレンティンはきれいなままよ、他の人とは違うのよ、もう言ったのに……」

「他の人とは違う、クソ喰らえ！　他の人とは違う、他の人とは違う、一体全体、他の人とは違うとは何を意味してるんだ、リングケーキを食べながら、ピアノの上で、バスタブの中で、お前たちがしていることか！」

「そうなのね、私たちが何をしているのかを心配しているのね」と彼女が言う。「じゃあ、違うわよ、あなたが思っているようなことはないわ、何も。私は……」言葉を探しながら、彼女は迷っている。「私はときどきこの感情は一体何って自分で自分に尋ねるのよ……　他の人とは違って私を抱こうともしない男の人は私に対して何を感じているのか。彼は努力して、想像しようとしてるの、カップルの愛とはどういうものかをね……　私たちのように、ほんの短いやさしいひとときで、愛を経験できたら、愛ってどのようなものになるのかしら、あなたは私の言うことをわかってくれてるわよね？　彼が私に触れるあのやり方……目の不自由な人がそれがどんなものかと知るために物をなでるのと同じ……」

再び、しばらくの間があって、ラウルは一瞬引き込まれてじっと聞き入っていたが、すぐに反論に移って、守りに入った。

「そうかい」イスから不意に立ち上がる。「つくり話は他のヤツにしてくれ」

「待って」と言うミレーナ。「異教徒でも探せって言ったわね。あの言葉、理解できない。どうしてそんなことを言ったの?」

「もう帰るぞ、クソッタレ」

「あなたの弟さんからは一銭たりとももらっていません、誓います。彼は私を助けたいだけなのに、私が絶対に受け取らないのよ」

「いいか、あいつが金を貯めているのはお前のためなんだ、聞いてなかったか?」ポケットから紙幣を数枚取り出して、テーブルの上に投げた。「支払いだ、釣りは取っとけ」

両手をテーブルに付けて前屈みになり、ミレーナを上から見おろして、別れの言葉の代わりに、付け加えようとした。これでお前と例の話はもう終わったと思うなよ、あばずれ、しかし最後の瞬間に肉厚で下品な口の中で言葉を押しとどめた。俺が目であいつの服を脱がせたいんだとあいつは思ってるかな、地獄落ちの女め、そんな考えがさっとよぎった。しかしながら、ただそれだけが理由ではないということも直感していた。他の何かが突然そのような態度を取るのを阻んでいる、自身の根無し草の感情から芽吹いた不思議な衝動、自分をここまで連れてこさせた激怒とないまぜになった何か、バレンティンにとっての善悪とラウル自身にとっての善悪が一致していない中でラウルが感じる何か、そして数秒の間、ラウルに何も言えなくさせた何か。それだけ困惑していたラウルは素っ気なくしわがれた声で言う方を選んだ。

「じゃあ、またな」

22

「フルデントで笑顔に！」

ショッピングセンターでチラシ配りをしている金髪の少女がローラースケートをはいて軽やかに滑ってきてバレンティンの周りに円を描くと、バレンティンは背中の小さなリュックを背負い直して、食料をいれた袋でいっぱいになった自転車の前カゴを整理した。片足を地面に付けてもう片方はペダルに乗せたままのバレンティンは、スーパー前のロータリーでローラースケートをはいて彼の前でコマのように回る魅力的なこの美少女を呆気にとられてじっと見ていた。少女は白く短いプリーツスカートに丈《たけ》の短いTシャツを着て、張りのある太腿を見せて、蜘蛛の形をしたピアスをヘソにしていた。

「どう、バレンティン！　店のロリータたちとはうまくいっている？」チラシを持った手を伸ばしてきた。「ほら、十パーセント、ディスカウントしてくれるよ！　フルデントで笑顔に！」

ローラースケートの少女の動きと颯爽とひるがえるスカートをすっかり気に入って、彼は手を叩いた。

「キレイだよ！」

「これからどこへ行くの、バレン？　北京までのラリーに誘ってくれない？」

「ダメなんだ、今日は助手席にデシレーがいるんだ。船で行くよりは車の方がいいよね、ずっといい、そう思わない?」

「もちろん。私もすぐに帰るけどまた戻ってくるから。じゃあ、サヨナラ。スピード出し過ぎ注意よ、ね?」

「ああっ、そこ、そこ見て、黒い蜘蛛がいる!」彼女のヘソを指さして、急に不安になった。「噛まれるよ!」

「これは噛まないのよ、バレン、いい蜘蛛だから! サヨナラ!」

少女はスケートをしながら遠ざかり、買い物カートを押しているおばさんや通行人や石のように固まっている見物人の間を縫っていったが、バレンティンは後ろを付いてロータリーの反対側まで行った。蜘蛛はいい子でも噛むよ、と下を向いてぶつぶつ言った。

ゲームセンターがある場所では、機械のチンチンなる音に加えて、卓上のサッカーゲーム盤、卓球のテーブル、スロットマシンなど、いろいろなゲーム機を取り囲む若者の叫び声が響いていた。飲み物を飲みながらときどき人が立ち止まってテレビを見る場所にも金切り声がしていた。そのすぐ近くに大賞金パリ北京間ラリーという名前が付けられたゲーム機があって、光をチカチカさせて、恐れを知らぬレーサーの到来を持ち侘びていた。そのレーサーは自転車を機械の横にもたせかけて、画面の前に座り、スリットに硬貨を数枚入れて、力の限りハンドルを握った。

デシレー、一緒に行くかい? ほら、ボクの隣に座って目を閉じて、ボクがここから救い出してあげるよ…… 背を丸めて緊張し、漠然と何かに気分を害した表情、緊張した手つき、まるで仇討ちでもするような気持ちになって正確にボタンを指示通りに押す。高速道路の地獄のように激しい交通量の中、この世には存在しない銀色の自動車を恐る恐る発進させた。道路は迷路のようになっていて、目も眩むようなアーチ付きカーブがあるかと思えば、予期せぬ車線変更をしてくる車もあり、軽率な運転をする、ほとんど人殺しのようなレーサーもいる。

「安全ベルトを締めろ、デシ！　行くぞお！」

彼の頭の回りには、いつもの騒々しい電子音に加えて、ああだ、こうだと取りざたする声や画面を見て怯えた者が出す金切り声といった他の騒音もある。近くの飲食店のテレビが大音量で座談会の模様を流していたが、参加しているのは『コラソン』誌のジャーナリストに加えて、ミニスカートをはいた胸の大きな女性の有名人で、やたらと化粧が濃くて顔は犬に似ていた。飲食店の小さなカウンターには、おつまみや飲み物を楽しんでいる二組の熟年夫婦がスツールに腰掛けて、ポカンと口を開けて番組を見ていた。テレビモニターはカウンター脇の棚の上に置かれ、高いところにあった。ちょうどその下に頭のハゲた、ワインのように赤い大きな鼻をした男がいて、赤ワインのグラスを前に、思い詰めたように、新聞のクロスワードパズルを解くことに専念していた。テレビの座談会のヒステリックな声でさえもその男の注意を引くことはできず、同じくわずか数メートルのところで恐ろしいアジアの高速道路を走っている、競輪競技用の帽子をかぶった恐れを知らぬ亡霊のようなレーサー、われらのバレンティンの注意を引くこともできなかった。

「……あなたはジャーナリストと言っても下品なゴシップネタばかり。だってあなたは他の仕事にはつけないんだからね」侮辱された有名人女性が声を限りに叫んでいた。「あなたは大嘘つきで、いけ好かない陰口好きで、あなたの雑誌は言うまでもないわ！　いかがわしさのてんこ盛り、それがあなたの雑誌よ！」

「認めた方がいいわ、こいつらは腐った肉を喰らうハイエナだから」仲間が金切り声をあげた。

「つまり、あなたが子どもを堕ろしたというのは、あなたの元彼が言ったことでね、何度でも好きなだけ否定すればいいですよ、こっちはそれを録音してあるんだから」

「ここでの話は」多分男性キャスターらしい声が間に入った。「つまり『コラソン』誌よりもひどい雑誌を読んでいる人もいるということですね」

「そんなに失礼なことを言う必要はないでしょ！」

「この人は冗談好きなホモですから、緑色した犬よりも珍しい、みんな知っているわよ！」

「静かに、静かに」と司会がたしなめる。「ここで問題のテーマは……」

「私が緑色の犬だって？　じゃあこれはどう言うつもりかね、妹の聾唖の旦那といっしょにバスタブに入ってる写真を撮られましたね！　言いたいこと、おわかりですか？　どこへ行ってもね……」

「先ほど言いかけましたが、今日取り上げる問題のテーマはですね……」司会は大きな口に歯を剥き出しにして微笑みながら繰り返した。

「……どこへ行っても、我々ジャーナリストのお陰ですよ！」

「もう侮辱するのはやめなさい、あなた、侮辱しかしてないわよ。このマヌケは私たちのことを不愉快女って呼んだのよ!」

バレンティンはぞっとするほど危険な車線変更をした後でアクセルを踏んだが、もうちょっとで建設現場にあるロードローラーとぶつかって大破するところだった。今は狭い山間の道をスピードを出して進んでいるが、そのとき、山の高いところから巨大な岩が滑り出して、転がりながら落ちてきて道路の真ん中で止まった。先行車二台はぶつかって爆発したが、彼は奇跡的に衝突を避けることができた。数キロメートル先へ行ったところで、急に緑のゾウが出てきて、彼のフロントガラスの前を横切った。

「結婚の危機はまったくなし、結婚の危機なんかにはまったく直面しておりません」

「夫婦の危機というんであって、結婚の危機ではないですよ、マリベルさん、字も読めないのですか、あなたは字も読めない……」

「テレビをご覧の皆さん、ただ今、論争をお届けしております」司会はこのように告げて、職業的な勝ち誇ったような微笑みを見せた。

「ねえ、もうウンザリよ」もうひとりの有名人女性がある女性ジャーナリストへ投げつけるように言った。

「テーブルの上にパンティがあったなんてでっちあげはやめてよね、でっちあげはね、しないでよ」

「耳を貸すなよ、デシレー」とバレンティンは言った。「しっかりつかまって、アクセルを踏み切るぞ!」

「皆さん、聞こえましたか?　この女は夢の国にでもいると思ってますね!　スペイン人全員が見ているテレビに出ているんですがね！」

「で、あなたはどうして他人の私生活に入りこむのですか？」

「他人の私生活に？　勘弁してくれよ！　あなたの私生活がまったくもってマルベーリャ［スペイン・アンダルシア地方に属する地中海沿岸の保養地］の恥だからですよ」

「反論あり！　反論あり！」

「あなたに言っておくわ、よく聞いて！　もう一度でも、私が伯爵とベッドを共にしてお金をもらったと書いたなら、あなたの卵巣に蹴りを入れるくらいのことはするからね、いいね！」

「あなたは彼とディープキスしてたよね、彼とディープキスを、スペイン全土が見たんだから！」

「ここまでよ！　私はこの娘を母親から自由にしてやっただけ！……」

「しかしあなたは自分が何様だと思ってるんですか？　脅迫して復讐しないでくださいよ！　だってね……」

「ご覧の通り、活発な様相を呈しております！」司会が割り込んで、テレビの視聴者に向かって悪戯っぽい視線を送った。

「ここでCMを入れます！」キャスターが大喜びで微笑んでいた。ちょうどその頃、バレンティンはクラクションを鳴らした。そうしたのは、ダイナマイトを積んだトラックが本能的に人を殺したいのか執拗に道をふさぐからで、その危険をうまくかわしてトラックを追い越したところ、瞬間的に画面が変わって、泥ばかりが目立つ大きな揚子江と風にそよぐ白金のような広大な水田の間に、どこまでも続く直線道路が現れた。自分でつくった免許証しか持っていないレーサーであるバレンティンは、憂鬱そうな目をしていたが、夢を見ているようで、案外落ち着いていて、柔らかく半ば閉じられている彼の目は、路線上にある光も、木々も、花々もどこまでが本物なのかを確かめようとするかのように、風景をあちらこちら見ていた。そして橋とトンネルが出てきた。

その場所は無慈悲にも騒音がひどくてブンブンとうなっているようだったが、あるトンネルの出口のところで、突然黄色い稲妻が地平線を引っ掻いたかと思うと、黄金のような雨が降り出した。

「ちょっと、音量を下げてもらえませんか?」クロスワードパズルをやっていた客が鉛筆を指に挟んだままで、手をあげて、バーテンダーに合図をした……済みませんが、これは誰も耐えられないでしょう。

バーテンダーは、他の客が釘付けになって、牛のような表情で、飲んだり、おつまみを口へ運んだりしているのを見ながらグラスを拭き続けて、元気のない声で応えた。

「別にいいじゃないですか、この番組はお嫌いですか?」

テレビの機械は側面の棚に置いてあって、その客の頭の上にあったので、音量を下げるにはもう一度手をあげるだけでよかった。男は自分でボリュームを下げながら言った。

「嫌いか、だって? こんなくだらない番組は放送禁止にすべきだ。このチャンネルのボスのクソ野郎とその親類縁者に腹が立ってるんだ」

彼の一番近いところにいる視聴者はスツールに腰掛けたまま、彼に顔を向けて、怒りの形相で睨んだ。

「クソ野郎はあんただよ」

「あんたと話してるんじゃない」

「皆さんお上品なインテリさんをご覧下さい！　お気に召さないそうです！　ならば、我慢してここにいるか、出て行くかですな！」

「あんたこそ出て行け」

客はスツールから降りて、彼に近づいた。

「やめてよ、ラファ」と妻が注意した。「挑発してるだけよ」

「では、そうですね、楽しくパーティーを続けるとしましょうか」とバーテンダーが言った。

「夫の言う通りですわ。どんな権利があってテレビを消したがるのですか？　恥知らず！　さあ、どうなの、自分の家からも放り出されるがいい！」

「話にならん、何様のつもりだ！」もう一組の夫婦連れの旦那が割り込んできた。「ここは公共の施設だ、で、テレビがあれば、じゃあ見るさ。どうした、権利の範囲内だ」

「己の非を認めなさい」最初に意見を言った旦那と奥さんが同時に声を合わせて言った。

「私に何か文句でもあるんですか、皆さん？」クロスワードパズルを解いていたハゲが控えめに言った。「私には静かにワインを二、三杯飲んで、あなたたちがそんなにも好きなこのクズ番組を我慢する必要もなく、自分のことを考える権利もないのですか？」

「我々の好きなものがあなたにとっては何だっていいでしょう？」憤慨して二番目の奥さんがスツー

ルから跳び降りた。「私たちが好きなものをクズだというあなたは一体何様ですか、この変人！　皆さん、聞こえましたか？」他の人たちを見ながら付け加えた。「では、考える人間は耐え難い人物でも恥知らずな人間でもないと言うのですか？」

「それに酔っぱらいよ」ともうひとりの奥さんが言った。「そうですとも、奥さん、あなたのおっしゃる通り、耐え難い、恥知らずな酔っぱらいです！」

「まあまあ、少し冷静になって」とバーテンダーが言ったが、誰も耳を貸してはいない。

議論はドンドンと沸騰して、ついにクロスワードパズルの男は再び手をあげて、テレビを切ってしまった。

「何をしてるんだ、バカ野郎」最初の旦那が叫んだ。

「バカなヤツほど我を通そうとするもんだ！」ともうひとりの旦那が脅迫するような態度で言うと、もう既にその奥さんはハゲ男と面と向かっており、突然、侮辱の言葉を吐きながらバッグで頭を殴りつけた。もうひとりの奥さんも自分のバッグで加勢し始めて、男はスツールに座ったままでよろめいて、両手で頭を守っていたが、ふたりの旦那たちも加わって、激怒の化身となったヒステリックな女性たちは大声で侮辱し始めた。彼女らのひとりは新聞をズタズタに破り、もうひとりはボールペンを取り上げようと必死になった。バーテンダーはカウンターから出てきて、うまく彼らを引き離すことができたが、騒ぎはハゲ男が帰るまで終わらなかった。ハゲた男はあんなに殴られたにも拘わらず、お辞儀をして帰ったので皆を驚かせた。私はすぐ変な人だってわかったわよ、と夫人のひとりが言った。障害者ですかね、ともうひとりの夫人が言って、再びテレビのスイッチを入れた。

計画された言葉の暴力も、同じくらいに暴力的な計画外の波及効果も、きっちりとバレンティンの耳には届いていた。しかし、彼は茫然としていたが幸福だった。デシレーの希望に添うことができたし、ゲームの中ではあるが、終わりのない自身の逃亡計画のことを考えるだけでよくて、銀の自動車を運転しながら、日の当たる牧場と明るく輝く豪華な風景の中を通る高速道路を走っていた。テレビの内と外で繰り広げられた、激しい騒音と悲惨な言動は、彼の耳の中では、解読不可能で理屈臭い法典と同じように、ただ流れていっただけである。唯一、座談会に出ていたホモの有名人の口から自分の名前がボンヤリと聞こえたように思ったときを除いて。

「スペイン全土が知ってるさ、あなたが関係をもった相手はやさ男の闘牛士、タマひとつのホセリンだ」

「そうだとも」ともうひとりのジャーナリストが念を押す。「あなたは薬局で金色のイボ付きコンドームを山ほど買っている姿を見られてるんですよ！　誰のためだったんですか？　あなたのホセリンのためでないならね」

「ボクのためじゃないね」とバレンティンは呟いてから、急にびっくりする。「クラブのあの娘たちのためだ」そう思ったことが一瞬の不注意を引きおこして、彼の車は対向車線を走るレーシングカーとぶつかった、すると即座に、星の形に大爆発を起こし、その後で画面は急に暗くなった。失敗してあきらめたバレンティンはゲーム機ににこやかにあかんべをして見せて、上体を起こして立ち上がり、自転車を持って、その場所から外へ出て、サドルに跨って、楽しそうにペダルをこいで国道の方へ走っていった。

23

バックミラーはいつもと同じ、二日酔いの後のひげを剃っていない頬、苦虫を噛みつぶしたような唇と蛇のような目を映し返していた。たったひとつだけ変わったなと思ったことは、物ごとを解決する際の自分なりのやり方で、あまり無茶はしなくなったような気がするのだが、それも嘆きの種だ。なぜ、あの売春婦に出し抜けに二、三発平手打ちを喰らわさなかったのか？　そうすることで人がどれだけ疲弊するのかもわからせる必要があるのだ。車のグローブボックスから酒の瓶を取り出して、どれだけ残っているかを見た。ほとんど残っていない。

さほどクラブから離れてはいない路肩に車を駐めて、エンジンはかけたまま、シッツ［バルセローナ近郊の町］へ行くことを、シッツにある知り合いの老人がやっているバルへ行くことを考え始めた。ちょうどそのとき、バックミラーを通して、バレンティンが自分の自転車に乗って国道の真ん中でペダルをこぎ、駐車場のある地域へ入るために道を曲がったのが見えた。その瞬間に助手席に置いてあった携帯電話が鳴ったので手に取った。オルガかなと思った。でなければ、他の誰が俺にかけてくるというのか？

「はい……」

「どう」オルガの声ではなかった。「調子はどう？」

「マリアか？……どこにいるんだ？」

「バルセローナよ。出て来られない？　重要なことがあるの」

バレンティンはクラブの前で自転車から降りて、壁に自転車をもたせかけて、ちょっと跳び上がって、楽しそうに両足を合わせて、すぐさま買い物袋を取り出し始めた途端に、パニックになった。

「聞いてるの？」とマリアは言った。「来ることはできるの、できないの？」

「今か？」

「そう。今よ。お願い」

数秒間黙ったままで、バレンティンが最終的に買い物袋すべてを背負うことができるかどうかを見守っていると、そのとき、シモンがクラブから出てきて、彼に手を貸した。

「何かあったのか？……」ラウルは言った。

「来るの、来ないの？」

「どこにいる？」

「今、この瞬間はレアル広場に面したテラス」

「悪い場所じゃない」と遮って、考え込んだ。瓶に残った酒を飲み干し、瓶を窓から投げ捨てて、車を発進させた。二十分後にディアゴナル通りから町へ入った。

「いつこっちへ着いたんだ？」

「昨日」というマリア。

「目的は。俺に会いに来たんじゃない、と思うがね」

「そうとも言えるし、そうでもない……　お邪魔かしら?」

広場の回廊の下に出してあるテーブルについて座っていた。マリアは彼をじっと見ながら、タバコの煙で自分を隠していた。服装はミニスカートに、身体にフィットしたブラウス。ラウルは彼女の巻き毛の頭越しに見える安い簡易ホテルの、ドアにある粗末な看板をじっと観察していた。ウェイターがテーブルにビール二つを置いて、下がったところで、ラウルは瓶のひとつを取った。

「まだ何とも言えないな」

「落ち着いて聞いて」とマリアが言った。「仕事のことよ……　いい、身の回りは大丈夫?」

「何の仕事だ?」

「ネルソン・マスエラがバルセローナにいることはわかっているんだけど、まだ会えないの」

「それで?」

「あなたと接触を持つだろうと思っているの」

「何のために?　もう俺はあいつの役には立たない」

瓶から直接飲みながら、マリアの肢体を思い出していた。

「あなたと契約したんでしょ、違う?」彼女は言った。「この男はあなたのことを信用していた」

「それがどうした?」少し間があって、子どもっぽいくぼみのある彼女の膝へ視線をはわせた。「俺を信用している連中はごまんといる。あいつは電話はかけてこないだろう。時間のムダだぜ」

「そうじゃないと期待してるんだけど……」

マリアは脚を組んだ。すると、すぐさま脚を組むミレーナを思い出した。ホールの端にある自分のイスに座って、タバコの煙が煙たくて半ば閉じた目で、ミレーナはカウンターにいる客に微笑みかけていた。ところで、マリアがスカートをはいているのは珍しいことだった。彼女の小さい足は、健康そうなバラ色で爪にペディキュアもしていて、盛り上がった足の甲で白いストラップが交差するハイヒールをはいている。今度は彼が親しげに微笑む作戦をとった。

「元気そうだな、ロマス刑事。俺がいない人生は楽しそうだな」

彼女は目に悲しさの影を宿して彼を見た。

「あなたは逆に元気なさそうじゃない。相当前から元気じゃないけどね」

「まあ、俺のモットーはご存じの通り。いつも悪から最悪へ……　俺の処分のことで変化はないか？　結果待ちの状態だ、覚えているか？」

「もうすぐ呼び出すことになるわ、多分。どんな処分をするかはわからない。でも、あの男、トリスタンはもう回復しない。重傷のままよ」

「元気になるだろう、心配要らん」彼の荒々しい目は微笑んで見せたことが嘘だと伝えている。にも拘らず、平静さを装って付け加えた。「あのクソッタレの息子たちは命を七つ持っている。お前も俺もひとつなのにな」

マリアはビール瓶の近くにある彼の手をじっくりと見た。

「調子はどうなの?」彼女はこだわった。

「何が?」

「強制的な休暇のこと」

ラウルは肩をすくめた。彼女は舌を鳴らして、それから言った。

「これから起きることが気にならないの? もっと反省してると思ってた」

「いつになったらわかるんだ? これから起きることなど関心がなくなった、他の問題があるんでね……とても特殊な弟がとても特殊な心配をさせてるんだ、もう知ってるよな」一気にビールを飲み干して、瓶を逆さまにして振った。「おい、以前のように言い合うのなら、もう少し強い酒が必要だぜ」

彼女の方へ身体を傾けて、愛情を込めて手を彼女の膝の上に置いた。マリアは自分の手をその上に重ねて、小声で話しかけた。

「どうしてあなたは自分のことをもっと真剣に考えようとしないの、ラウル?」

彼の顔がさらに近づいてくるのを見て、不健康な息と彼のシャツからただようすえた匂いを感じた。辛そうに閉じていく彼のまぶたと歪んだ彼の唇が、辛い打ち明け話、本当に彼を疲れさせている何かの告白話の前奏曲となっているようだった。しかし聞こえてきたのはこれだった。

「教えてやろうか、可愛いマリアちゃん」唇のゆがみは微笑みに変わった。「お前が何を言いたいのか俺はわからんのだ」黙ったままでしばらく彼女を見つめ、付け加えた。「おい、どこに泊まってるんだ」

「あそこよ」とマリアは言って、背後の簡易ホテルを指さした。

「ほう。俺のことを心配してくれていたなら、荷物にウォッカ一瓶くらいは入っているだろうな」
「今は仕事です。差し上げられるのは水だけ……」
「そんなことないだろ」

ジャケットの側の床に脱ぎ捨てられたストラップ付きのハイヒールと目が合う度に、ラウルは攻撃を強めた。まるで薄暗い部屋の中で白っぽく青ざめた輝きが彼に不思議な魅力を感じさせているかのように、まるで数分前まで靴を履いていた盛り上がった足の甲が靴に残した亡霊のような不遜さが、もっと興奮した、さらに絶望した別の激しさの中にある、別の世界の別の足を思い浮かべさせているかのように。一方で、マリアはナイトテーブルの上にうつぶせになって、乱れていないベッドの側で、快感と苦痛の間で判断が付かず、目を閉じて脅すようなセックスに耐えている。スカートをまくり上げただけで、服も脱がず、まるでラウルの力強さと野獣性によって意表を突かれたかのように。うめき声を上げながらも、何とかして仰向けになろうと試みるが、テーブルにしっかりと押さえつけられて、抵抗もできない。彼のセックスには虚偽の性欲と計画的な暴力、密かな復讐を内に隠した見せかけの性的飢餓を伴っていた。それは相手を、そして自分をも傷つけたいという欲望に他ならなかった。

終わってから、マリアの髪に顔を埋めるラウルを見て、もう彼の方へ向き直っていたマリアは、涙を流して悲しみながらも、彼を理解しようと努めた。打ちのめされたように垂れているラウルの頭を両手で持ち上げて、マリアは彼の目を探した。

24

三週間経ってもラウルはバレンティンのことと娼婦との恋愛沙汰を自分のやり方で解決する決断ができないでいた。あの幻影からどうすれば目を覚まさせることができるのか？　無理やりそうしたところで、かわいそうな間抜けの弟に、おそらくは残った彼の人生において、自分は不幸で役に立たない人間だと感じさせることしかできない。父親は同じ問題を随分と考えたことがあって、ラウルが不意に親元へ帰ってきたことを機会にもう一度考えようともしたのだが、今ではその話題が出ても聞く気もなくしていたし、それどころか、ほとんど一日中オルガとアフメドと一緒に乗馬学校で忙しくしているので、話題にする機会さえラウルに与えなかった。家で夕食を取るときも、ラウルが同席する——いつもそうするとは限らない——ときは、ホセは好んで仕事の話をした。ときおり、オルガがバレンティンのことを話題にしても、ただ嘆くだけで、口喧嘩も厭わず話をするほどの気力はなかった。オルガが愚痴を言ってしまうのは、バレンティンのせいで家事のあれこれがしょっちゅうちぐはぐになったり、うっかりしてミスを引きおこしたりして、家庭全体の正常な物ごとの流れが乱れてしまうからである。原因はバレンティンの気まぐれな生活リズムと異常に偏った好き嫌いにあった。シャツは胸のところが青いこと、帽子は白いコック帽、自分の部屋ではどんな小物であっても配置と場所が決まっている。で、ホセの方は愚痴を真剣に聞いてやり、理解を示して、そしてあいつのことでは辛抱が肝心だよと諫めるのである。ラウルは逆にオルガにひどく腹を立てて、バレンティンを甘やかしすぎだ、あの娼婦のアジトから持って帰ってくるガラクタのことは見て見ぬふりをしている、とふたりを責める。そうして父子の口論が始まり、大抵はひどく激しい言い争いになる。しかしホセは意図的に言い争いを長引かせない。当時のバレンティンに行動の自由を許していたことだけは、彼が何らかの大損害を被るかもしれないにもかかわらず、議論の的にはならなかった。彼は知恵遅れなのだろうが、彼が感じている一塊の幸せは周囲から見てどんなに不都合で好ましくはなくとも、また長くは続かなくとも、誰も彼から奪うことはできないだろう。

「今あいつが感じている幸せは詐欺なんだ、まやかしの幸せなんだよ」とラウルは自説を述べる。「あいつにとってはそうじゃない」彼の父親は反論して、限界はあってもバレンティンはさほど無防備じゃないぞと主張する。確かに障害児だ、と苦しそうに認め、精神薄弱児、もしそう言いたかったら、欠陥児童でもいい、しかしあいつの冴えた心がいつもどこかに存在を主張している。お前があいつに腹を立てて、あいつが言うことやることをからかっても構わん。あいつがときどき繰り返す決まった言葉があるな、響きがいいからか、口にするのが好きなのかわからんが、それも笑えばいい、そうしたいのなら。しかしだ、あいつにとってはあの言葉が趣味であり、規則なんだ。あいつの性格を支えている規律なんだ。俺たち以上にお前はあの言葉を信じてやれ。

一気に解決すべきなんだ、もう一度ラウルは独りで自分に言い聞かせた、どんなひどい結末が待ち構えているかはわからない。しょっちゅう酒のボトルがそのことを明白に、また容易に思えるような力になってくれている。しかし朝遅く起きてきて、いつも二日酔いの頭で考えると、明らかなことともう一歩だと思われることがある。あの娼婦の歯を痛めてひどく醜い女にすることや麻薬所持で告発すること、あるいは一時的にバレンティンを身障者の施設へ入れること。考えられたどんな解決も、翌日に今一度、ラジカセで幸せな『ハネムーン』という耐え難い時代遅れの歌を聞いている推定恋煩いの打ち崩しがたい幸福な微笑みを見ると、その瞬間に色褪せてしまうのだった。

家の裏側で、正午近くの高く昇った太陽の下、ルノーは前へ後ろへと動かされ、とてもまともな運転とは言えず、ひどいことこの上ない。突飛な操作はあれこれ何度も繰り返されて、その間にクラクションも鳴らす。それはラウルが、ジャケットを肩に掛けて、シャツの袖口も留めずに、両手にコーヒーカップを持って、台所のドアのところに姿を見せるまで続いた。

運転席に座ったバレンティンは前進の操作をしては子どものように幸せな顔で微笑む。キーを回してエンジンを止めて、もう一度キーを回して、エンジンを再び動かす、初めの操作をして、次に二番目。車の移動距離はせいぜい四、五メートルだ。

「見たかい！」大声で叫ぶ。「見て、見て、ほら今度はバック！」

ラウルは車の方へ近づき、ドアを開けて、サイドブレーキを引き、キーを抜く。

「もういいだろ。降りろ」

「いつかボクに車をくれる約束をしてくれたらね……」

まだハンドルにしがみついたままで、まるでそのことに人生のすべてがあるかのようだった。

「いい子にしてたらな」と言うラウル。「何のことを言ってるかわかるよな」

再び台所へ向かうとバレンティンは車から降りて、ぶつくさ文句を言いながら後を付いていく。

「ああ、やれやれ、知ってるよ。もちろんだよ……」

「それなら！」ラウルが大声を出す。「あの娼婦はお前の頭を食いものにしてるのにお前がそれに気付いていない！　しかしお前は自分が何だと思っているんだ、巨根男なのか、それとも何だ?」

「まあ、スーパーマンじゃないよね?　そうなりたいけど」

「お前は傷つけられているんだ……」

「まあああああた同じ話か」とバレンティンは口調を真似る。「いいか、そんなことしてるとお前はお荷物でつまらんヤツで失敗作、などなど、になるぞ。どうしてもうちょっとじっくりと蚕を観察しないんだ、チビ?　どうしてだ?」

「もうデタラメを言っている。俺は辛いよ、若造」背を向けて、台所へ入った。「お前に言ったように、近々俺はお前の恋人を抱きに行く、覚えてるか?　セックスしに行くんだよ、そうすれば目が覚めるかどうかだ。あいつはただの娼婦だということをお前に理解させるためにだ!」

「それが何かは知ってるよ!　兄ちゃんよりも知っているよ!」バレンティンも大声を出して、すぐにマンガのような顔になった。「でも、ダメだ……兄ちゃんは触っちゃダメ!　ボクの担当なんだ……セ、セ、セ、世話してるんだ。約束したんだよ!　聞いてよ……」

「聞くことなんか何もない」

テーブルの前に立ち尽くして、弟には背を向けて、ラウルはもう一杯コーヒーを入れる用意をしていたが、突然コーヒーメーカーが床に落ちた。バレンティンが握った包丁をラウルの首に当てて脅したのだ。

「待て！……　包丁を捨てろ！　捨てるんだ、バレンティン！」

「キ、キ、キ、聞いてって言ってる……」

「包丁を捨てるのが先だ！」

バレンティンが包丁を持つ手を緩めたので、当てた刃の感触はゆっくりと薄らいでいった。

「その方がいい」ラウルは、痛めた首筋をなでている間に、弟の激高が治まる様子を見守った。「まあ、いいか、俺はお前に約束なんてしていない、しかし聞いたことは覚えておく……　本音を言っていいのなら、俺はお前の女が気にくわないんだ」

バレンティンは包丁を手放した。

「ご馳走してあげてもいいよ、ワンプレート料理とか、マルガリータ［テキーラ・ベースのカクテル］とか、グラス・カバとか、などなど、そうしたらあの娘に小銭を稼がせてやったことになるんだ、だってあの娘はかなりなお金が要るんだ。でもダメ……」

「俺はあいつに一銭も稼がせるつもりはない！」

「……　あの娘と二階へ行くのは。彼女の部屋へ行くなんてもちろんダメ！　他の女を選べばいい、もっといいと思う女を。ナンシーはどう、彼女の友だちだけど、裸になったら同じだよ！　値段も同じだし、マニキュアしてくれるよ」次のアイデアを充分に考えてから、付け加えた。「ツ、ツ、ツ、付けましょう。ツ、ツ、ツ、付けてあげましょう！［スペインでコンドーム使用促進キャンペーンを行ったときの標語］でも、あの娘にはダメ！」突然、意気消沈して考え込む。「もちろん、そうしたければ、彼女を選んで上へ上がるんだよね、わかってるよ……　でも、甘い言葉で騙すのかもしれないよね、それはダメだ！　だって、兄ちゃんは……」秘密を暴露するかのように、目が笑っている。「あの娘が待っている青の王子様じゃない、違うんだ」そして声を落として「違うんだ、ラウル兄ちゃん、違うってこと、わかるかい……」

ラウルは兄弟としてバレンティンの頬を拳で殴った。

「で、お前がそうなのか。お前があの女が待っていたバカげた青の王子様なんだ。そう思ってるんだな？　しかしなんてバカげたことがお前に起きるんだ！」

「あんたはボクの兄さんで、ボクには良くしてくれた。でもあの娘にはそうじゃない」食い下がるバレンティン。「じゃないですね、彼女にはよくしてあげてない、それはよく知ってるよね」競輪競技用の帽子を目深にかぶって出て行く用意をした。「言っとくよ、もしボクたちが結婚したら、一緒に住む許可はもらうからね……」

「しかし何てこと言ってるんだ！　お前は思ってた以上に頭がおかしいぞ、バレン」

「へえ、アリガト、どうもアリガト。じゃあ今はサヨナラ。仕事がたくさんあるんだよね」

ラウルは彼の後をついて行ったが、台所の敷居から、彼が身軽に自転車に跨って、とても元気よくペダルをこいで遠ざかるのを見ていた。しかし、もう少し先へ行ったところで、オリーブの老木に辿り着く前に、自転車を止めて、ペダルから足を離さずに、ただ前輪をあちこちへ動かしてバランスを取り、顔をこちらに向けて、大声で言った。

「いいね！　付けましょう、付けてあげましょう！　でも彼女にはダメ！」

自分の自転車に乗ってペダルをこいでいると、突然バレンティンは国道のアスファルトに沈んでいく恐怖に襲われた。車輪の下でアスファルトが滑り出す。不意に現れた流れの速い水のように、汲めども尽きぬ暗い海が目の前で口を開けるように。そうして頭に浮かんだのは、絶対に目的地へ到着できないという思いだった。スーパーマーケットであれ、郵便局であれ、一番好きなゲーム機であれ、行き着くことはできないのだ。

数日間、突然包み込まれたその意識からデシレーを追い払うには——その意識はときどきコントロール不能になり、クラブやそこに寝泊まりしている女たちの周りで、自分の仕事となっている日常の決まり切った行動という凪いだ水面のような単純作業をするときでも、うまく制御できない——休みの時間に彼女らと共有した楽しかった瞬間を思い起こして意図的にそのことに没頭することにした。楽しい思い出は、とりわけ、台所でしゃべってばかりいた朝、彼女らの部屋で過ごしたあの日やこの日の午後、そんなときは昼寝の後に紅茶やヨーグルトの注文がきて、彼女らはドアを開けたまま大声で話しているかと思えば、服を着替えて化粧をしながら冗談を言い合ったり、口紅や安物の装身具の貸し借りをして、階下のバーへ降りて客を取る前のおめかしをする時間だった。彼女らは常にバレンティンをからかったり、彼を話題にして冗談を言ったりしているわけではないし、彼女らから常に自分が役に立つ必要な人物、約束を守って最も能率の良い人間だと思われているわけでもない。しかし傷つけようとしてからかわれたことはないし、ましてや知らないところで陰口をたたかれたことなどない。予見できないような大失態をしてしまったときに呆然となるのを彼女らは笑って許してくれた。

ジェニファーから聞いた話では、今朝、掃除婦のエミリアがジェニファーに伝えたそうだが、先日、エミリアがモップでホールを磨いていると、バレンティンがバーへ入ってくるのが見えて、バレンティンはスーパーの袋をいっぱい持っていて、袋のひとつから買ってきたばかりの大きな木のスプーンの柄やいくつかの台所用具が飛び出していた。袋がいっぱいで、バレンティンも台所へ運ぶのに苦労していて、ジェニファーによれば、そのスプーンが袋から落ちたのに、バレンティンは気づかなかったが、エミリアはそれを見て彼に言った、何か落ちたよって。ジェニファーの話では、バレンティンがへばっているのを見て、エミリアがスプーンを拾ってやったんだけど、バレンはケーブルのところを横切るときにいつもするようにホールの端で立ち止まって、エミリアに、ボクじゃない、そのスプーンは落ちたわけじゃないから、誰も触らないにようにって言ったんだって。あの子がはっきりとそこに残したのに、とエミリアは言ってるんだけど、デシレーの魂が海の底から上がってきて外へ出たいのかもしれないから、捕まる木が欲しいときに必要だからね。

アリーナが自分の両手の長い爪を憂鬱そうに見ている一方で、ナンシーがマニキュアを塗っていた。レベカはアリーナに言う。それ以上伸ばさないようにしないと、男のアソコが驚いてしまうわよ。

バルバラのところへ行って、防臭剤を返してって言ってちょうだい、バレン、お願いよ。見て、ひどい靴擦れができちゃった、バンドエイド持っている、ボクちゃん？　私の手紙に貼る切手持ってる？　アスピリンある？　洗濯機から私の服を取り出して、屋上に干してきて、シャワーの口を直してくれない？　お願いや注文だらけのところに音楽のスイッチを入れると、自転車に乗ってペダルをこいで買い物に行くときの歌になる。ソーセージ、ベーコン、シリアル、マーマレード、タンポン、コンドーム、チーズ、紅茶、超しっとり効果長時間持続型シークレット・ジェル、ピカピカ満点、などなど、でバルバラにはアブラぎとぎとでむかつくあのパン、どうしてすごく美味しいリングケーキの方を好きにならないのかわからないな。こうした委託販売で、しょっちゅう寝室へ出たり入ったりを繰り返していると、ときには予想外なことに驚くこともある。突然その気になってしまった個人的な快楽の場面に遭遇したり、トイレですすり泣いていたり、部屋の暗い片隅で悲しげに裸の背中を丸めて座っていたりするが、身寄りから遠く離れて孤独だと感じる寄るべなさに不安を覚えるのは誰しも覚えがあるし、ときおり、思いもよらぬときでさえ起こるものである。

もう五時に近い時刻だが、ナンシーはまだ着替えの途中で、シーツの上にトランプのカードがばらまかれたままのベッドに座って、ヤスミーナの爪に紫のエナメルを塗っている。急にマニキュアの筆を止めて、ヤスミーナを悲しげに見つめた。もう着替えは終わっていたがまだアクビをしているヤスミーナは憂鬱そうにしているナンシーを笑って、じっとしていることができない。それを怒ったナンシーが相手の顔めがけて枕を投げつけ、足の裏に紫色の落書きをした。

レベカが自分の部屋の浴室に裸足で咳をしながら入り、顔をゆがめてシロップを飲んだ。鏡の自分を見ても気に入らず、舌を出してアカンベーをする。ブラジャーの中で乳房の位置を整えて、時計を見て少し早いが唇に口紅を塗る。ジェニファーがパンティーしかはいていない姿で、タオルで髪の毛を拭きながら入ってきて、ヘアリンス貸してと頼み、レベカに小言を言う。もう、嫌な咳をしてるわね、喉は痛くないの？　重曹を水に入れてうがいをしなさい、バレンティンに言えば台所から持ってきてくれるよ。今はダメよ、私のボクちゃんはナイトテーブルの電球を取り替えてくれてるんだから。

五時近くにミレーナはベッドの端に座って靴を履き、ドアのそばにいるバレンティンはズボンの裾に競輪選手用のクリップをつけてから、小さなリュックを背中に背負うと、ミレーナが立ち上がって、ナンシーが書いてくれた買い物リストを彼に渡す。バルバラの声で、スーパーへ行くなら先に私のところへ寄ってちょうだい、痔が出たのよ。そうしてバレンティンは座り込んだミレーナに両腕を回して、床から彼女を立ち上がらせて、頬に大きな音をたててキスをする、すると彼女は再び彼に言う、お兄さんと話をするって約束してね、だってあなたにとってどうすることがいいのかはお兄さんがよく知ってるんだから、ね？　そう言いながらも手で彼を押して、寝室から連れ出す。廊下に出ると、開いたバルコニーの横で、ブルーのカツラをつけ、肩には金色にきらめく青銅の粉をふったアリーナが爪にヤスリをかけながら仲間を待っていた。

バルバラの部屋のドアも開いていて、彼女はまだ部屋着でベッドに仰向けに寝てヘアーカーラーを巻いたまま、寝ぼけてゴロゴロしていて、おそらくまどろみの中で昔のダンサーの恋人を思い出していたのだろう、というのも微笑んでいるように見えたからだが、すぐに顔の表情が曇って、手の甲を口へ持っていって噛んだ、ということは眠っていないということで、もう一方の手をゆっくりと股間へ持っていってため息をつく、切なげで、その手は部屋着の布地の上から太腿の間をかき回した。まあ、何をしたいのかはわかっているから、痔を直す軟膏だね、起こさずに音を立てないようにドアを閉める方がいい。

ミレーナの部屋へは何かと理由をつけて顔を出す。タバコの「マリブ」持ってこようか？　マルボロでしょ。そう、モルボロ。欲しい？　ううん、タバコの巻き紙の束の方を持ってきて。それから、お兄さんとうまくやるのよ、いい？

そして夜になると、その同じ廊下では、もうドアは閉められていて、この世とは思えない水中のような灯りの下で、カバのボトルとグラス二つ、彼がプレゼントでつくったリングケーキを入れたトレイを手にして高く持ち上げて再び進んでいく。ヤスミの部屋の前で立ち止まって、憂鬱な顔つきで皆知っている彼女の金切り声にドアの手前で一瞬聞き耳をたてて——ウウウウン、恥知らずのメス豚みたい——そうして笑いをこらえながらそっとドアをノックする。

その後少ししてから空のトレイを持って、バーから聞こえてくる音楽のリズムに合わせて身体を揺すりながら厨房へ入り、トレイを置いて、コック帽をかぶり、麺棒を取って、ピザのタネをこね始めるが、足は踊るのをやめていない。バレンティンが開いた窓に少しだけ顔を出すと、友だちのように見慣れた夜を豪快に引き裂くように遠くで稲妻が走る。今日は雨のピザをつくろうか、鼻歌を歌う。

汗をかくほど精を出す。雨のピザだ。

「そろそろお家へ帰る時間になるわよ、バレン」とローラ・ママがカウンターの奥から彼の横を通り過ぎる際に彼の髪の毛をくしゃくしゃにしながら言う。

「もう？」

切り分けたピザを皿に取り終えたばかりで、太った六十路男の太い山形の眉とヒキガエルのような顔に魅入られて見つめている。その男はナンシーが落とそうとしているのだが、ご馳走させようとムダ話をし過ぎてバレンティンは気分が悪くなっている。

「お客さん、口を何かに使いませんか？」とバレンティンが言った。

「機会があればしゃべるくらいだ！　まあこの娘ほどじゃないがね」と客は応えて、前立腺に違和感を覚えながらナンシーに微笑みかけた。「今のところは口ではそれしかしないね」

男は余計な口出しをされたように感じて、分厚い唇を使って嫌な顔をし、ハバナ産の葉巻を口の端からもう一方の端へ移動させた。アリーナも加わって、自分の色恋話をナンシーの話に添えて、何とか一杯のお酒をご馳走してもらおうとした。音楽は目一杯の音量で鳴っていた。バルバラは背の低い金髪男の肩に軽く頭を預けて、男と一緒にホールで踊っている。その一方で、飲み物を注意深くトレイに載せたバレンティンが、咥えた葉巻を少しもじっとさせていない大きな口にびっくりして目が離せないでいる。

「その口はどうなってるの、お客さん?」強い口調で尋ねた。「どうしてそんなに口が動くの?」

「今しゃべっているからだ、バカ者」

「ウウウウン。しゃべるのにそれほど口を動かす必要はありません」とても納得した様子でバレンティンが言い、唇を硬くして続けた。「ボクを見てご覧。ミ、テ、ゴ、ラ、ン、お客さん、ボクのク、チ、ボクのク、チ」

バレンティンのおどけ顔に呆気にとられて、その客はバレンティンのことを誰だこいつはと尋ねるようにナンシーを見たが、見られたナンシーの方は大笑い。アリーナは男の立派な二重顎をなでている。

「気にしないで、お客さん、この子は喉が乾いてるのよ! 私のようにね!」

「バレン、もう帰りなさい」とローラ・ママが強く言った。「真夜中よ」

「もう?」

「そう」

ミレーナはあるテーブルについて、座ってタバコを吸いながら、上着を肩に羽織って、手にグラスを持って彼女に近づいてきたハゲ頭の若者に微笑みかける。

その男と二言三言交わすとタバコの火を灰皿で消して、長い髪の毛をなでつけながら立ち上がり、客を後ろに従えてらせん階段へ向かった。ミレーナは黒いストッキング、サイドにスリットの入ったスカートをはいていた。

25

ルノーがクラブの前に駐まっている。小雨が降り始めた。運転席に座ってエンジンを止め、ヘッドライトも消して、ラウルはじっとしている。入り口の横にもたせかけられたバレンティンの自転車を見ながら、吸い終えたタバコの最後の煙を口から吐いた。吸い殻を投げてポケット瓶のウィスキーを何口か飲む。表情は優れず、髪の毛は長く伸びたままだった。フード付きのレインコートが助手席の背に広げて掛けてある。車から降りようと姿勢を整えたときに携帯電話が鳴った。

「電話すべきじゃないんだけどね、厄介者さん」声は沈んだ海の底から聞こえてくるかのように波打っていた。「聞こえる?……　寝てるの?……」

「いや」

「トリスタンのことよ。進展があったの……」

「何か知らんが、どうでもいい」

「あんたに伝えるべきことよ、もう病院から連れ出されている、でもね……」

「マリア、どうでもいいよ」

「……　どんな様子か知らない方がいいわね。あの子は一生涯ずっと植物人間だから」

「運が悪いんだ」少し間をおいた。「俺のことでは何を知ってる?」

「ボスは記録を集めようとできっこないことをやってるわ。でもことはうまくいってない。最悪になるんじゃないの。トリスタン一家は訴えなかったけど、それでも私は安心できない。むしろ逆に不安になるわ。好きなように処理したいのかもしれない、わかるわよね……　だから電話したの、用心してもらうためにね。他には用事はないの、そんなことありっこない」

「一番年上の奴を殴ったときも、去年のことだ、訴えることはしなかった」

「証人がいなかったからよ。でも今度は違う。何か企んでるって言ってるのよ」

「オーケー。落ち着けよ」

「充分に気をつけて。聞いてるの？……　あの連中のやり方はあんたも知ってるでしょ」

「知らせてくれてありがとう、秘密諜報員さん」努めて優しい声になるような口調で言って、携帯電話を切る前に、もう頭の中にはおぞましい光景が現れていたが、早口で付け加えた。

「お前はいい女だよ」

「私はバカな女よ、バカだから仕方がないの……　気をつけて、鈍感男さん」

雨足が強くなって車のボンネットを打つ雨が、ミレーナの部屋の窓ガラスも叩いていた。ミレーナはベッドの側にうずくまり、誰かの前で裸になったところだ。相手は誰でも構わない。黒いストッキングは片方だけ脱いだが、もう一方は傷跡を隠すためにはいたままだ。男の手がそのストッキングをはいた方の太腿に触れると、彼女はゆっくりと用心深く身体の向きを変え、男の手をとってもう一方の太腿のおそらくは興奮した素肌全体へ運び、そうするときも誰であってもその男に対してきっと微笑みを絶やさず、半時間か一時間全部か——いや、金か好み次第で、同意すればもっと長い時間かもしれない——その時間を提供するんだとラウルは思う。その前にナイトテーブルの引き出しに愛おしい自分の中にいる女の子をしまい込むんだ、と。そんなことを想像してみたが、それも彼女は避けることができず、望んでいることでもない。彼女の裸体を思い浮かべた。絨毯の上で浴室へ向かってゆっくりと歩く姿、小さなお尻ににこやかに悪戯っぽく二度ウィンクしてみせて、薄暗がりの中で身を委ねながら、傷ついた微笑みが一瞬ぼんやりと見える。危険を感じた腰やエメラルドグリーンの爪をした手で狡猾な駆け引きをして、傷跡には僅かであっても触れさせないようにして、見ることさえ許さない、忌まわしい落書きのような傷跡が、誰であろうと、獲物を追い払うことがないように注意する彼女を想像した。不幸な娼婦は仕事をしながらも、ただそれだけを考えている、つまり寝返りを打たないのだ。ラウルは車の中で、まだ手に携帯電話を持ったまま静かにじっとしていた。クラブの入り口の灯りを見ながら、バレンティンがそこから出てきて、身体を丸めて雨を避け、ゴミ袋二つを運ぶのを見る。彼は競輪競技用の帽子をかぶってないし、ズボンの裾のところをクリップで留めてもいない。ただ、フード代わりにポリ袋を頭にかぶっているだけだ。彼に合図するためにクラクションを鳴らそうとしたが、何かがそれをさせないように邪魔をしていた。その間に、彼がコンテナーにゴミ袋を捨てて、素早く自分の自転車に乗るのが見えた。バレンティンは力を入れてペダルをこぎながら国道の方向へ立ち去り、見えなくなったが、その後もラウルはかなりの間ハンドルの前で静かに座ったままで、雨が落書きをしているフロントガラス越しに前を見ていた。突然車のキーを抜いて、レインコートをつかみ、車から降りた。

レインコートを肩に掛けてクラブへ入り、カウンターへ向かって、その湾曲した端に落ち着く。ローラがすぐに駆けつけた。

「たった今帰ったところよ」警戒した眼差しを向けながら言った。「会わなかった？」

「小グラスに氷抜きで」彼女を見ずにラウルは言った。

「でも何を飲むの？」

「ウォッカかジン、どっちでも同じさ」

「会ったの、それとも会わなかったの？」

ラウルから返事はなかったが、背後の棚から酒瓶を取るためにローラは後ろを向いて、横目で彼を注意深く観察していた。ラウルは少し間を置いてから、視線をその場に遊ばせて、ミレーナがいないことを確認した。ジェニファーとナンシーはふたりの小男の接客をしている。浅黒い胸をはだけて、バルバラは奥のテーブルにいる客に色目を使っている。アリーナはジントニックをそれぞれの手にひとつずつ持ってらせん階段を昇っているところで、彼女のファンが角氷を入れたグラスで彼女の臀部をこすりながら冷やしているので、笑い転げている。

「ボトルはそこへ置いておいてくれ」最初の一口を飲んだ後でラウルは文句を付けた。

「それはこの店のやり方じゃないのよ」ローラは首を振った。「居ないって言ってるでしょ。一分前に寝に帰るように言ったんだから」酒瓶はまだ手に持ったままだったが、ローラはラウルをおもねった目つきでじっと見た。「それとも今夜はあの子のことで来たんじゃないのかしら?」

「一杯飲みに来ただけだ、クソ婆」

「そうですか、お楽しみは人それぞれですね……」

「くそっ!」襲いかからんがばかりに頭を下げて呟いた。「ここのママはお節介を焼く他にやることはないのかよ!」

「もちろんですとも」

グラスに酒をついで、ボトルを彼の前に置き、他の客をアテンドするためにいなくなった。ラウルの近くで高いスツールに座って、こうすると脚を見せつけることができるからだが、ジェニファーは肩を落とした白子の若者を誘っていたが、逆にこのように訊かれた。

「最中にビデオを見てもいいのかな?」男は黒いケースを赤いジャケットのポケットから取り出した。

「何の最中?」とジェニファーが言う。

「アレしてる最中」

「何のビデオ?」

「アラスカでアザラシを捕獲する映画だよ」

「もう、失礼ね、やめてよ! だって部屋のテレビは壊れてるんだから」

「じゃあ、またにしよう」

ラウルはカウンターに肘をついて動かず、グラスから目を逸らさなかった。向こうではナンシーが他の客から誘いを受けるように仕向けていたが、十分後にはその客をあきらめて、ラウルの近くまで移動して、姿を見せた。

「ご機嫌いかが?」

ラウルは聞こえないふりをした。グラスの酒を飲み干して、ガックリと頭を垂れた。軽蔑しているようなしかめ面をして、ナンシーはあきらめて離れていった。


雨は止んでいた。バレンティンは力一杯ペダルをこいで家の裏に着き、自転車から降りて台所のドアから中に入った。家は暗くて、嵐の後だったので荒れた潮騒を除けば、静まりかえっていた。かぶっていたポリ袋を頭から外して、もう遅いことはわかっていたので、父親もオルガも起こさないように注意深い足取りで進んだ。実際は、バレンティンは起きてくれる方が嬉しかったのだ。というのも、少し遅かったとはいえ、今夜は家に帰ってきたのだということを、心の底では彼らに知らせたかったからだ。こうして、口を大きく開けて微笑みながら、卵を踏んでいるかのように歩いて、小声で鼻歌を歌いながら進んだ。

「やあ。僕はここにいるよおおお……　やあ、家族の皆さん、こんばんは……　バレンティンは絶対に家では寝ませんなんて言わないでね。やあああああ……」

ラウルの部屋の前を通るときは立ち止まって、音もたてずにドアを開けて、顔をのぞかせて微笑み、灯りを付けた。

「やあ、ラウル！　ここにいるよおおおおお……！」

ベッドが使われていないのを見て、少しの間ベッドを見つめていたが、微笑みは消えていた。ううううううん。考え込んだ様子で、灯りを消し、ドアを閉めて自分の部屋までうつむいて歩いた。


カウンターには彼とほろ酔い客がいるだけで、この客はナンシーに寄りかかってサイコロ遊びをしながら、彼女の耳もとで何やら囁いていた。アリシア夫人のリクエストで緩やかなメロディーが聞こえていたが、これは閉店を知らせる前奏曲だった。レベカは汗かきの男性とホールで踊っていて、ジェニファーはあるテーブルについて、座って靴を脱ぎ、足をマッサージしていた。ラウルは肩越しにもう一度、自分の脊髄の中でとぐろを巻いているようにときどき感じるあのらせん階段を見た。塊になったタバコの煙と綿のような灯りの中でヘトヘトになったジェニファーが靴を手に持ってイスから立ち上がり、ノロノロと階段を上っていくのをラウルは見て取った。他の女たちはもういなかった。シモンがカウンターの裏でグラスを拭いていたが、ローラはラウルと視線を合わせた。ウォッカの瓶を取って、規定量をラウルのグラスに注いだ。

「閉めますよ。最後は店につけときますから。後で邪魔者扱いされたって言ってもらうためにね」

ラウルが肘を立てて、咎める視線を避ける様子を注意深く見つめ、おどけた声をわざと出して付け加えた。

「いつまでこんなことを我慢しなくちゃいけないのかしら？」そしてもっとやさしい、ほとんど共犯者のような口調で言った。「もう降りてきませんよ」

「そんなこと誰が尋ねた」

「今日は日が悪かったようで、体調が良くないのよ……　降りてはこないわ」

ラウルはローラを見ることさえしなかった。グラスの酒を飲み干して、ポケットから金を取り出し、カウンターの上に投げつけて、出口の方へ向かって行った。

26

次の日の朝、目が覚めるとすぐに、バレンティンはラジカセのスイッチを入れて、ベッドに座ったまま、ズボンを引き寄せて、ポケットの中身をぶちまけ、昨晩もらったチップを注意深く数えることに集中した。その後で靴箱から貯金箱のウサギを取り出して、細心の注意を払って、入念に、儀式を執り行うかのように、ウサギの微笑んでいる口もとに硬貨をひとつひとつ入れていきながら、彼の大好きな歌を、グロリア・ラソの声を真似ながら、口ずさんだ。綿密に、間をおきながら、敬虔な面持ちで、硬貨ひとつひとつがウサギの腹の中でチャリンと音をたてるのを待ってから、次の硬貨を入れた。ことが済むとウサギを靴箱へ再びしまい、靴箱を棚へ戻して一気に立ち上がり、髭を剃ってから急いでシャワーを浴びて、格子柄の上着を着た。その上着は、オルガがアイロンをかけてきれいにして、替えの下着と一緒にテーブルの上に置いていてくれていたものだ。少し時間がかかるのが鏡の前で競輪競技用の帽子をかぶることだ。ひさしが真っ直ぐで額のところにあるのを好み、ひさしを回してうなじへ持っていくのも片方の耳へ傾けるのも好まず、つまりは帽子で気を引くのが嫌だったのだ。棚のラジカセの電源を切ると彼は寝室から出て行った。

廊下でラウルの部屋のドアを開け、顔を覗かせた。彼はまだ眠っていて、うつぶせで、シーツの乱れもなく、シャツを着たまま、ズボンと靴もはいたまま、片方の足がベッドからはみ出して垂れ下がり、手には酒のポケット瓶を持ったままだった。バレンティンは口に渇きを覚え、兄弟としてある悲しみを感じた。それにまだ二重顎じゃない！ ラウルを眺めてバレンティンは嘆く。音をたてずに中へ入り、はみ出した足をあげて、寝床へ戻し、靴を脱がせて、酒の瓶を取り上げ、起こさないように苦労しながら、できる範囲でパジャマを着せてやった。少しの間だけ側にいて、枕に沈んだ荒れた横顔を見つめていたが、すぐに扉を閉めて出て行った。

漠然とした違和感に包まれたまま、台所にあるコーヒーメーカーのスイッチを入れた。オルガが用意したハムとチーズのサンドイッチがアルミホイルに包まれてテーブルの上にあり、鉛筆書きのメモが側に置いてあった。乗馬学校で待っているから、お昼を一緒に食べましょう。あなたのお父さんが話したがっています。ビオレータもあなたがいないのを寂しがっているし、アフメドも同じです。強情張らずに姿を見せてちょうだい！ あなたを大切に思っているオルガより。

「またいつかね、オルガちゃん」と大きな声で言った。「またいつかね」

間もなくして、元気に自転車のペダルをこいで、国道を進んだ。灰色の空の下、片手はハンドルを、もう一方の手は半分食べたサンドイッチを握りしめていた。小雨が降り始めていた。一台の車が追い抜いて、クラクションを鳴らしながら離れていった。指に付いたらなめたくなるようなマーマレード、今日はそれをつくろう、と彼は思う。煮たカボチャのピューレにチョコレートを小さく割る。デシレーがいたら気に入ってくれただろうなあ。雲間から太陽が一瞬顔を出し、瞬きを一回するくらいの間だけ、国道の路肩で網タイツに包まれた足を組んで、スーツケースの上に座ったデシレーが、透明の傘をさしてヒッチハイクしている姿が思い浮かんだ。惑わさないでよ、デシ、君がどこにいるかはよく知ってるよ。もう少し先へ行ったところで、亡霊のような娼婦が路肩に再び現れて、今度は立っていて、両手を腰に当てて微笑みかけてきたが、彼女だとは認めなかった。国道のこの辺りは、ミニスカートをはいて、髪の毛を緑や青や黄色やいろいろな色に染めた女性が標識のように立っているところで、聞き慣れない言葉を話し、どこから来たのか誰も知らないが、バスから降りてきた乗客や、山辺から海辺へ行こうとして猛スピードでやってくる車を命がけで避けながら、国道を渡る人びとに声をかけている。バレンティンはときおり、自転車を止めてしばらく彼女たちを見ていたが、何か恐ろしいことが彼女らを襲うのではないかという予感を感じていた。

正午にミレーナはバルコニーへ出て、床のところで身体を丸め、壁に背中を寄せて、ベッドカバーを肩に掛け、立てた膝の上にコーヒーのカップを置いた。しっかりと前方を見つめ、手摺りを通して殺風景な開墾地と灌木の茂みを見ていたが、そこは例のウサギがよく徘徊していた場所だったからだ。しかしもう数日前から姿を現していない。少し後でヤスミーナが少し日を浴びようとやって来て、タオルを敷いた上に寝そべり、お腹と長い脚をさらしていたが、空は雲のベールに包まれたままで晴れる気配もないようだったので、立ち上がってミレーナの部屋へ戻った。そこではジェニファー、ナンシー、バルバラ、アリーナが集まってスゴロクのようなゲームをしていた。

皆がいつもミレーナの部屋に集まるのは、バルコニーに一番近いからで、晴れた日にはバルコニーに出てゲームをするのである。小型の円卓の周りに座るか横になって、髪はボサボサで部屋着のまま、中には頭にタオルを巻いたままの者もいて、カフェ・オ・レに揚げパンをつけて食べながら、サイコロ壺を狂ったように振って、出たサイコロの目に大声を上げながら、ヒステリックな金切り声でゲームの勝負をしていた。今日はミレーナがベッドに横になる方を選んだのだが、コーヒーカップを持って、スゴロクだけでなく他のどんなゲームを提案されても、ゲームには無頓着だった…… この中の誰だったか？ 一度言ったことがあった。バレンと似ている、でも外見だけだけどね。一体何を考えてこのようなバカげたことを言おうとしたのだろうか。実際は同じ顔で同じ身体なんだから。しかしバレンティンは外見だけじゃなくて、人当たりもいいし、しっかりしてるし、穏和だし、双子の兄よりも逆境と厳しい運命を受け入れている。ラウルの歩き方、お酒に向かってカウンターで丸めた背中、悲しみをたたえたまぶた、彼の沈黙、ミレーナはそれらをただ見つめることしかなかった。そんなことをベッドに横たわって漠然と考えていた。その間にも四人の同僚の女が喜んで突然叫ぶ声が聞こえる。サイコロの壷を振って、偶然の幸運を喜び、サイコロの偶然を越えた興奮と期待に身を委ねて、勝っている幸運な女のためだけでなく、負けている残りの三人の女のためにも、まるで何か重要なことが議論されているかのようだった。勝利は全員が祝い、敗北もまたそうだった。そして勝敗が決まるとミレーナは立ち上がって、シーツに身を包み、部屋を出て裏のバルコニーへ向かうのだった。

遊びに夢中になっていたので、同僚の女たちは気付きもしなかった。

夕方になって激しく雨が降り始めたちょうどそのとき、ルノーがバックで入ってきて茅葺きの家の中に駐車した。車体の半分が外に出たままだったのは、奥にバイクが置いてあったからだ。にわか雨は茎と枝でできた茅葺きのもろい天井に染み込んで、エンジンカバーとフロントガラスをつよく叩いていたが、ラウルは運転席に座ったまま、強迫観念にとりつかれたように、クラブのドアに目が釘付けになっていた。ここにいて、雨がガラスの上を柔らかくとめどない波になって滑り落ちるのを見ていることもできるだろう。気持ちを落ち着ければ良い考えが浮かぶかもしれないし、もう少しマシな別の日に延ばすこともできるだろう。そのようにラウルは考えた。車で国道まで近づいて慰めを探すこともできるだろう。路肩に駐まっていれば、透明のビニール傘をさしてやって来て、車に乗り込んで助手席に座り、いきなり股間に手を伸ばす見知らぬ女を待つこともできるだろう……そんなことを考えたが、さほど長くはなかった。車のキーを抜いて、後部座席からフード付きの黒いレインコートをつかんで車を降りると、自動でドアがロックされ、レインコートを肩に羽織ってクラブまで走った。五時を少し過ぎたところだった。ドリンク類を配達するワゴン車が入り口の前に止まった。

「スーパーマーケットへ行ったわよ」とローラがカウンターの奥から伝えた。「それからテレビゲームをすると思うけど……濡れるわよって言ったけど、聞かなかった」

カウンターに肘をついて、いつもの隅に座って、ラウルはレインコートをスツールの上に置き、ウォッカを頼んだ。

「随分前のことか?」

「二時間くらい。遅くなることはないわよ」

他には言葉を交わさず、ローラはウォッカを出して、ボトルを彼の前に置き、カウンターの反対側の端へ移動して、配達係と受け渡し通知書を確認した。店内はほとんど無人で、客がいたのはカウンターにひとりともうひとりはテーブルにいたが、客の膝の上に座っていたジェニファーは控えめに笑っていた。ナンシーはそのふたりにワンプレート料理二皿を運んで、一緒に座り込んだ。シモンは肩に瓶のケースを担いで、厨房へ通じる磨りガラスのドアの奥に消えていった。そのとき、背後では、ミレーナがらせん階段を降りてきたところで、ラウルがカウンターにいるのを見て、最下段のステップのところで立ち止まった。白いブラウスに青いスカートをはいていた。歯でくわえた留め金を使って、うなじへもっていった両手で髪の毛を束ねながら、数秒の間、彼を見つめていた。

彼女の視線に気付いたかのように、ラウルは顔を向けて、今度は彼女を見た。が、そのときにはナンシーが音楽に合わせて腰を振り、ミレーナの方へ歩いて行って、彼女の手をつかんだ。

「めまいはもう治まったの?」

ミレーナはあきらめた風情で頷いた。ナンシーは彼女をホールへ誘い、腰と腰を合わせて、頬をくっつけ、とてもゆっくりと踊り始めた。ふたりはときどきこの踊りをした。ローラ・ママは気に入らなかった。しっかりと抱き合っているので、男たちはどう思うだろうかという不安があったからだ。ナンシーは目を閉じて、夢を見ているかのような表情で踊ったが、ミレーナの目は友だちの肩越しには何も見ず、いつものように眠れない悲しさにも拘らず、ある種の不安を隠しきれなかった。カウンターに背を向けて肘を置き、ラウルはふたりの女性が頬と頬をつけて踊り回るのを見つめていた。彼女らから視線を逸らさずに、後ろ手でカウンターの上のグラスを探して、口へ持っていった。その後はミレーナの目が彼を見つけるのを待っていた。

突然、ミレーナがナンシーの腕から逃れて、階段を上っていなくなってしまった。ローラはそれを見て、ボールペンを止めたが、配達係が支えている書類にサインをし、目と無言の仕草でナンシーに問いただすと、ナンシーは彼女はめまいがしているんだと言っている仕草をした。

ラウルは再びカウンターに向かい、ボトルを取ってもう一度グラスについで、暗い表情でグラスを見ていた。そして、最初の一口を飲むまでに、二分もの長い時間を費やした。突然、グラスを握りしめると、タバコとレインコートをスツールの上に置いたままで、ラウルはカウンターを離れた。立ち去りながら、肩越しにローラにこう言った。

「弟が帰ってきたら、俺は上にいるから来るように」

「上に？　でも……」警戒信号が彼女の目にさっと浮かんだ。「上のどこ？」

「あいつが良く知っている」

グラスを手に持ってホールを横切り、らせん階段に辿り着き、彼は急がずに昇っていった。

部屋の薄明かりの中で、壁にもたれていたミレーナは、入り口のドアから目を離さなかった。階下からバーの音楽がかすかに届く。ドアが開いてラウルが入ってくると、ミレーナは後ずさりしようとしたが、壁がそれを阻む。ラウルは彼女から三メートルのところに立っていて、彼女も彼の目をしっかりと見ざるを得ず、もうわかっていることを彼の目の中に読み取ろうとしているかのようだった。こういう瞬間が避けられないことは、ずっとわかっていた。すべては彼がじっくりと考えた末に確固たる一歩を踏み出したことを示していて、彼の目には冷淡な光しか宿っていないことは疑う余地もない。しかしながら、その冷たい視線には、初めてふたりが対面したときから、出会うといつも感じられたある種の曖昧さが今も潜み続けていた。彼女は今はっきりそのことを感じ取った。欲望に動かされている、確かに、それは彼の顔に書いてある。しかしその欲望を隠して、自分でも信じようとし、彼女にも信じさせようと望んだことは、娼婦と寝るのは、バレンティンが彼女を一度に何から何まで非難することになるという唯一の目的のためであると。

「もうすぐ弟さんが戻ってくるわ……」と彼女は呟く。

「わかってる」

ふたりはお互いの目を見つめ合う他ないのだ。ミレーナは次のように言うことにした。

「で、だから私としたいのね」

ラウルは答えるのに数秒かかった。

「ああ」

「ただそれが理由。バレンティンに見せるために……　彼が私を見る」

「あんたが俺としているところを見せるためだ、そうだ」再び数秒かかって付け加えた。「あんたの正体を見せるためだ。娼婦という正体をだ」

今度は彼女が目を閉じて、少し無理をしてこう言った。

「それなら何度でも見てるわ……」

「俺が相手じゃなかった」もう一歩近づいて立ち止まった。「こっちへ来い」

ミレーナはナイトテーブルの方へ少し逃げたが、背中は壁についたままで、目も閉じたまま。目は閉じたままでなければ、理解できることもあっただろうに。ラウルの視線は今や残酷なものあるいは復讐を狙っているものではなくて、もっと奥底からの押さえがたい感情的な命令に突き動かされていた。彼自身でさえ予見してなかった、抑制がきかない何かに。

「何のためにこんな風に彼を傷つけるの……」ミレーナは呟いた。「子どものような人よ。私が帰るように言うから、いいでしょ、もう戻らないようにって……」

「そうするにはもう遅い。三十分で三十ユーロ……」

「体調が悪いの……」

「……一時間で五十。そう言ったな」手をズボンのポケットに突っ込んで、ベッドの上に紙幣を投げた。「受け取れ」

「今日はダメなの……ダメ、今日はダメ……」

「こっちへ来い」

ミレーナは動かなかった。それはいつ終わるともしれない長い時間に思われたが、実際には一分間にも満たなかった。そうした後でついに目を開けて、彼の側まで来て立ち止まった。

「もっと近くだ」ラウルが言うとミレーナは従う。「それを脱げ」

ブラウスははだけたが、両腕は身体に沿って延ばしたままだった。再び目を閉じると彼が次のように言うのが聞こえた。

「全部だ」

27

配達のワゴン車がクラブの前の空き地を降り続く雨の中で戻って行ったちょうどそのとき、バレンティンが帰ってきて、自転車から降りた。前のカゴから買い物をしたポリ袋を取り出して、頭から合成樹脂の帽子を脱いだとき、粗末な家の軒下に駐めてあるルノーに目を留めた。それをじっと見ていたが、やがてクラブの中へ入った。クロークからシモンは彼が入ってくるのを見て合図をしたが、彼はそのことに気が付かなかった。

ローラは彼を見るなりカウンターの奥から飛び出した。他に客がふたりいてビールを飲んで笑いながら大声でしゃべっていたが、一緒にいたヤスミーナとレベカもまたバレンティンがやって来たことに気が付き、互いに注意し合うように視線を交わした。

「すごい雨!」と彼は叫ぶ。「ア、ア、ア、雨合羽、忘れちゃった!」

彼は頭部を除いてずぶ濡れだった。買い物のポリ袋をカウンターの端に置いて、ラウルのレインコートが脚の長いスツールに置いてあるのに目を留めた。ローラは彼の傍へやってきて、いくつかのポリ袋を中へ運ぼうとした。

「それを頂戴。ひどく濡れてるわよ」

彼はラウルのレインコートを手に取って、辺りを見回した。

「どこにいるの?……」

「大丈夫」とローラは声の調子を整えてから言った。「これからどうするか、よく聞いてね……まず、この袋を全部台所へ持って行くの、いい? さあ、一緒においで。今日は仕事がかなりあるのよ、ね? 大きなパーティーよ。アマチュアの競輪選手チームが何かのお祝いをするんだって……もうすぐ来るわ」

彼女はポリ袋を二つ取って、バレンティンについてくるように促したが、彼はナンシーの側で立ちつくしたままで、ナンシーが目を背けたことから何かあったと直感し、手にしたラウルのレインコートを初めて見るような眼差しで再び見つめた。

「あの娘と一緒にいるの?……」

「でもすぐに降りてくるから」そう言ってヤスミーナは彼と腕を組んだ。「ちょっと来て、ボクちゃん」彼を台所へ通じる磨りガラスが入っているドアの方へ連れて行こうとした。「レモンケーキのレシピを見せてくれるって言ってたでしょう、覚えてる? 台所へ行きましょう」

バレンティンは身体を押し返して、バカな顔つきをして微笑んだ。

「ああ、そうだったね、レモンのパイケーキ」ヤスミーナから身体を引き離して、ローラからポリ袋を奪い、独りでドアの方へ向かった。「レインコートを忘れたんだね、でもいいよ、タ、タ、タ、大したことない……　降りてくるまでボクが台所で預かっといてやるよ」

ドアを押して、背後に姿を消した。ローラ・ママは再びカウンターの内側に戻ってため息をつき、女たちはかける言葉も見つからずに互いに見つめ合った。数分後には、大喜びした若い競輪選手が八人も来て、取っ手のついた、ニッケルでメッキされた巨大な優勝カップでカバを飲んでは大喜びし始めた。八人もの若い競輪選手たちの接待と機嫌を取るのに忙しくしていたので、女たちは誰も気づかなかった、バレンティンが脇を締めたまま、ラウルの黒いレインコートを引きずって、奥の古い階段をこっそりと上っていくのを。一端、上階へ着くと、ドアのところにたどり着くまでに、うめき声が聞こえてきたが、この声は演技ではないことがわかった。バルバラのびっくりした豚のような金切り声ではない、アリーナの声でもない、早く終わらせようとあからさまな演技をしてリズムを早めるのでもない、アリーナやナンシーの止めどなく喉から声を出すやり方でもない、このふたりはおぼれ死にそうな声に思えるのだが、今聞こえているのはリズムが違っていて、心の奥底から発し、安らかで長く続いている、自分ではコントロールできない痙攣がやむとひとつ呼吸をする、またそれが次の行為へと繋がっていって、そこでは激しさと優しさが混在している。覚えている限りで、彼女が後から話してくれたことのある、どんなに心地よかったときでさえも、まともに扱ってくれて気前が良いと彼女が大切にしていた客が、同意のもとに時間延長して部屋に留まったときでさえも、バレンティンはこんなに動揺したことはなかった、今聞こえているうめき声は確かにミレーナの喉から聞こえていたのだった。

ドアの前を通過して足を止めることなく、片手で片目を覆い隠し、もう一方の目がかすむのを感じながら、そのまま進んでバルコニーへ出た。雨はタイルの上に、立て付けの悪い錆びた非常階段の上に、激しい音をたてて降り続いていた。今、元へ戻る、つまり台所へ戻ることは、ローラ・ママと女たちに説明できないことを説明することを意味する、だから一分だけ考えて、非常階段を伝って泥だらけの地面へ降りて、密かに建物の周囲を回って、クラブの入り口近くで、自分の自転車の前にじっと立って、動かなくなった。まだレインコートを引きずっていることに気が付いて、再びそれに目をやった。どうしてそれを持ってきたのか、何の役に立つのか、と自問するかのように、改めてどうすればいいのかわからなくなった。そうして機械的にそれを羽織り、フードを頭にかぶり、前へ後ろへと上半身を軽く揺すり始めた。両手をポケットの奥へ深く入れて、ルノーのキーを取り出して、ぼんやりと見つめる。そうしてから首を回して、軒下の車に目を留め、そこへゆっくりと進み、ドアを開け、運転席に座った。少しの間、じっとしたまま、荒屋の屋根を伝って落ちる雨がフロントガラスを滑べっていくのを見ていた。巨大なバイクはもう後ろにいないし、操作は簡単に思われたし、その上どしゃ降りの雨がおさまっていた。ロボットのような顔の目が不意に光り、バレンティンはイグニッション・キーを差し込み、エンジンをかけると車はとてもゆっくりと駐車場を離れて、国道へ通じる小道を滑るように動いていった。痙攣するかのように速度を変えながら、エンジンを唸らせてブルンブルンと音をたてさせ、亀のように鈍く、不確かな進路を続け、バレンティンは国道を進んだが、路肩に沿いながら南の方角へ向かい、声を出して自分を励ました。ブルウウウン！　ブルウウウン！　二百メートル先のカーブが始まるところで、エンストが起きて車が止まってしまい、道路脇の排水溝に乗り上げてひどく傾いた。ハンドルの上で腕を組み、運転手はフードをかぶったままの頭をハンドルに預けて顔を隠した。力強いバイクのエンジン音が背後から近づいてくるのが聞こえ、バックファイアーを起こしながら速度を落としてきたが、無意識ではそのことをありがたく感じていた。なぜならば、聞きたくないのに、未だにバレンティンの心を苛む別の声が聞こえていたのをその騒音がかき消してくれたからだ。

数日後、この出来事に触れながら、ヤスミーナは思い出していた。自分の部屋に戻ろうとしていたちょうどそのときに、もしバルコニーに忘れていたタオルを取りに出ていたら、すべてを目撃していたことになる。しかし実際に目撃したであろう人物がいたのである。景色を灰色の不鮮明なものにしていた雨のカーテンを越えた向こう、海を背にして曲がっているカーブの中間地点で、路肩に乗り上げて傾いて止まっている青いルノーに背後から近づいた排気量の大きなバイクに乗っていたのはフード付きのアノラックを着たふたりの男だった。背中が丸く湾曲した忌むべきふたりの男は一秒の数分の一くらいの僅かな間、車の運転手側へ近づき、バイク後方に乗っていた男がピストルを持った腕を伸ばし、おそらくは銃声も一発、爆竹のような乾いた、しかしさほど強くない銃声を聞いたに違いない。バイクは全速力で逃走しただろう、というのもルノーのクラクションが鳴り始めたからで、ヤスミーナならきっと彼がハンドルの上に倒れて顔でクラクションを押したからだと言っただろう。聞く者をひどく不安にさせ、いつまでも鳴り終わらないクラクションの音は彼女が確かに聞いたからである。

そしてまたラウルにもその音は聞こえていた。遠く離れていたから弱々しい音だったが、彼には瞬時に何の音かがわかった。クラクションが鳴り続けるのでベッドから飛び起きて、急いで窓を開けた。ミレーナも同じように驚いて目を覚まし、ラウルのうなじと背中にただならぬことを感じ取った。ラウルは窓から外に顔を出して雨の中を探っていたが、それでもミレーナはあえて何も言わず、そのまま起き上がることもしなかった。ラウルが判別できたルノーは国道のカーブしている区間の向こう側に止まっていて、手前には山積みの廃棄物とウサギがいる原野が広がっているだけだった。それからラウルは急いで服を着て、何があったのと囁く彼女の怯えた声も聞かずに、一分も経たぬうちに雨の中の原野を、クラブから国道へ向かって彼は一直線に走っていた。カーブの辺りまで来て、ずぶ濡れになって息も絶え絶え排水溝に乗り上げて傾いた車にたどり着いた。

窓ガラスは粉々になっていて、二発の弾痕跡があり、バレンティンの頭と腕はハンドルの上にあった。まるで眠っているかのようだった。荒々しくドアを開けて彼を外へ引き出すと、クラクションは鳴りやんだ。腕にバレンティンを抱えてアスファルトに跪き、血だらけになったこめかみを調べ、その傷が致命傷となったことを知った。バレンティンは瞬きをして何かに焦点を合わせようとしていた。頬にはガラスの破片が突き刺さっている。最後の力を振り絞って、いらだった拳で、ラウルを引き留めようとするかのように、彼のシャツを握ろうとし、血の海になった片目を覆い隠そうとするかのようにふるえながらもう一方の手をあげる。しかしそれは叶わず、手を下ろして、がっくりと顔を傾けた。

ラウルは彼を胸に強く抱いて、揺すった。二台の車が少し追い越してから止まって、運転手のひとりが傘をさして急いで駆けつけてきたが、現場を見て何をすべきかわからずに立ちつくした。もうひとりはあえて近づくこともせずに、携帯電話で連絡をとった。間もなく地方警察のパトロールカーが到着してふたりの刑事が降りてきても、ラウルはまだ自分の弟の血だらけになった顔を気が狂ったように揺すり続けていた。刑事たちが遺体を収容するには力づくでふたりを引き離す他なかった。

28

二日後に診療所から霊柩車が来て、顔は覆われ、頭を堅く包帯で巻かれた遺体を返してきた。ポリ袋にバレンティンの衣服と靴、黒いレインコートと故人の持ち物数点が入れられていた。彼の父親は海の近くにあるその地区の小さな墓地に墓をつくってやりたいと願った。その意志は固く、ラウルにもオルガにも相談せず、適切にことを進め、数時間で手続きを済ませ、その後は急に呆然となり、押し黙ったまま、オルガにさえも何も話さなくなった。事件があったその夜、警察が最初に行ういつもの取り調べに対して息子が取った態度を見つめているときだけ、彼の陰鬱な好奇心が垣間見られた。事件があったその夜に調書を作成する任務でやってきた地方警察の若い私服警部に対して、相手を軽蔑した様子のラウルは、質問にろくに答えもしなかった。翌日、物腰が穏和で疲れた声のトリーアス警視から訪問を受けたときには、さらに攻撃的で愚かな行動に出た。職務と給料を停止するという、ラウルに関わる処分を知っていた警視は、彼の態度は警察への恨みによるものだとして辛抱強く接したが、ラウルがこの事件と何か関係があるのではないかと踏んでいることは見て取れた。

「バカげた俺の懲戒処分にはあんたも裁判所のぼんくら共も関心を持つようなことはこれぽっちもないぜ」ラウルはこう応えた。「弟に起きたことも関係ない」

「いや、その点はまだ確かではないんだよ。今のところではね」と警視は自分がじっくり考えるタイプであることを強調して言った。警視はアル中の変人と言い争うだけの元気は持ち合わせていなかったが、いずれ遅かれ早かれこの男には厳しい態度で臨む必要があることはわかっていた。できれば父親の方と話したかったのだが、それだけの気力も準備もさらになさそうに見えた。「とてもショックを受けていることはよくわかる。だから、明日にでも、葬儀を終えてから、話す方が良いだろう。それにこちらはある調書を待っているからな」

「なら何のために来たんだ、お悔やみを言うためか？」

「ああ、それもある」

「じゃあもうお引き取り願おうか」と呟くラウルの顔は石の仮面のようで、警視を前にして何も目に入っていなかった。


埋葬に先立つ二日間、クラブは店を閉めた。手書きの知らせをドアに張って、七日から開店することを告げていたが、理由は一切書いてなかった。六日の月曜日はときおり小雨が降ったが、にこやかな春ののどかさがあって、雨の輝く縦線が周囲を洗い流して空気を透き通らせていた。澄み切って風のある朝はクラブから国道を走る車がよく見え、正午少し前に、ナンシーとジェニファーはもうバルコニーに出ていて、葬列が通るのを待っていた。後からヤスミーナ、バルバラ、レベカとアリーナが加わったが、ナイトガウンを着たままの女もいれば、バスローブ姿の女もいて、カフェ・オ・レのマグカップとシリアルを入れたボールをもって朝食をそこで食べようとしている女もいた。ローラ・ママは台所に残ってマンサニーリャ［カミツレのハーブティー］を入れ、ミレーナは独りにして欲しいと希望した。霊柩車があの忌まわしいカーブのところに姿を見せたとき、女たちは腕組みをして、黙ったまま揃って前へ進んだが、もっとよく見たいからそうするのか、バレンティンの側に少しでも近づきたいからなのか、聞かれたところで答えることはできなかっただろう。

花輪をつけた霊柩車の後を追って別の黒い車と地方警察のパトロールカーが続いた。国道の交通量はこの時間帯には多いので、運転している者は葬列を気にも留めていないようだった。ナンシーは、ジェニファーの説明によれば、ミレーナと一緒に二日間泣き続けたらしいが、今彼女を一番悲しませていることは、また戻ってくる霊柩車も流れに合わせてものすごい速度を出していて、故人を大切に思っていないことだった。数人が歩道に立ち止まって葬列が通りすぎるのを見ていたが、その中に年寄りのシモンがいて、ベレー帽を手にして顎をあげていた。レベカはバルコニーから彼を見つけて、指で仲間の女たちに教えた。ほら、シモン爺よ、きっと十字を切ったんだよ！　見てくれほど意地悪じゃないんだよ、とジェニファーが口を挟む。名前入りの花輪を用意したり、後でバレンティンの自転車を家まで返しにいったりって、あの爺以外の誰がしてくれる？　きっとね、そそくさとその場を離れる前に、ラウルに何かご愁傷様なんてぶつぶつ言ったと思うけど、それもね、そうなのよ、ラウルと目を合わせられないからなのよね、とジェニファーは思った。

そうだ、一体誰が今この男の目を見ることができるだろうか？

バルコニーの十メートル上方で、裸足でベッドカバーに身を包んで、ミレーナはゆっくりと屋上の端へ近づいていったが、葬列があまりに速く通り過ぎたので、彼女には友人にさよならを、感謝と詫びが入り交じった感情を言葉にする時間がなかった。風で彼女の髪が顔のところで乱れ、一方背後では物干しに干してあるシーツが鞭打つような音をたてる。悲しみで景色を曇らせている目を少し開けて、指で唇に触れてみて、微かな表情で思い出に浸ったまま、遠ざかる葬列に投げキスをした。

「明白なことの中にいかに嘘が多いのかを知っておくべきだろうね」とトリーアス警視は言った。

「からかうなよ」とラウルは不平を漏らした。「俺はわきまえてしゃべってるよ」

「それはわかるが、間違っている。弾道学の調書は疑う余地がない。ピストルは去年、アンドアインで市会議員を撃ったのと同じものだ。口径もピストルもＥＴＡが使っているものだ」

ラウルは客間の肘掛けイスに座ってそれまで頁をめくっていた新聞を投げ捨て、足下に置いてあったワインのボトルを手探りで取って、物わかりが良く間に入ってやろうと努めている警視を蔑んで見つめた。無線パトロールカーに乗ってやって来た警視は、別荘の裏でバレンティンの自転車と治安警察に封印されたルノーの側に立って待っていた。警視と一緒にやって来たのは地方警察の巡査部長で、背の高い白髪の男で黒メガネをかけていたが、制服を着ていてもラウルには誰だかわかった。あのクラブで何回か夜に見かけたことがあって、同じ穴の狢《むじな》だとピンと来ていたが、ローラ・ママと親しげに話したり、レベカとヤスミーナと何か小声で話していたり、麻薬の売人じゃないかとラウルがいつも疑っていた男だった。ふたりの役人は客間の中央で立ったままで、イスに座るのを断っていた。父親のホセはテーブルについて夕食をとろうとしているところで、オルガはその側に立ち、片手をホセの肩に置いていた。夫の言うとおりに、オルガは埋葬の光景が掲載されていた別の新聞をホセの手から受け取ったが、警視に対して前代未聞の態度をとるラウルのことをハラハラしながら見守っていた。

「その調書は疑問の余地がないのか？」

「その通りだ」

「しかし俺には納得がいかない」

「殺す相手を間違えたということだ、わかり切ったことだな」と警視は言う。「一連の殺人事件はすべて誤解が……」

「俺には納得がいかないと言ってるだろ！　それに口径などクソほど大したことじゃない」ラウルはワインを瓶から口飲みした後、手に持って語りかけるかのように瓶を見つめた。「殺《や》った奴を俺は知っている、それになぜ殺《や》ったかもだ……　俺を狙っていた、それは確かだ！　弟を身代わりにするなんて誰が思いつくんだ？」

「その通りだ、取り違えたんだな」トリーアス警視は繰り返す。「しかしその取り違えを犯したのはお前が考えている奴じゃない。あの事件のことはよく知っている。ビーゴの麻薬部隊のヘッドから聞いた」

「あんたは何も知らねえよ。帰ってくれ」警視の顔に不快な表情を見て取ったので、ラウルは続けて言った。「聞いての通りだ、警視殿。実はな、ご存じかな、俺は弟と同じ天衣無縫シンドロームなんだよ。だからいつでもどこでも言いたいことを口にしてしまうんだ」

平然としたまま、数秒間、警視は黙ってラウルを見続けていた。そうした後で、先ほどと変わらぬ重く単調な口調で言った。

「ビルバオに配属されていた頃、お前はETAの連中から脅迫を受けていた、特にある事件のことで。誤解だったが、逮捕状もないのにお前はある容疑者を捕まえて、暴行を加えた……」

「誤解だと?」ラウルは冗談ぽく口を挟んだ。「誤解なんてなかったぜ。歯を折ってやったんだ」

「細かいことは知らん、しかしそいつは黒幕の大物だったんだ」

「信じてるのか? 何かの工事屋だとして通っていたが、山ほどのパンフレットを押収した。それは……」

少し中断して、ラウルは一息で残りのワインを飲み干そうとしたが、僅かしか残ってないことに苛立った。警視は迷惑そうに彼を見て、オルガとホセはラウルの言うことを信用してなかった。話はどこまでいくのだろうか?

「それは私製爆弾のつくり方をすごく正確に記したパンフレットだった」ついに説明を加えた。「そいつの口にバカなパンフレットを押し込んでやったんだよ」

巡査部長は軽く微笑んで言った。

「もしそれだけだったら……」

「まあ、鉛の配管の中に隠してあったんでね」と優しく微笑んでラウルが付け加えた。「犯人野郎はさほど頭が良くはない、だろ?」

巡査部長は黒メガネを額の上にまで上げて、ラウルをじっと見つめた。

「いずれにしても」とトリーアス警視は落ち着いて言った。「この任務が原因であれ、懲戒処分の書類に書かれている他の任務が原因であれ、お前はテロリスト側からはっきりと目標にされているんだ。名前まで特定されていた。ところが、人違いをした。これが初めてではないな」

ラウルは何かを言おうとしたが、視線を脇に外しただけだった。窓越しに海の汚《けが》れない水平線、月の下に広がる銀の糸を見つめ、束の間だけ、その同じ遙かな、変わらない銀の糸を見つめて玄関ポーチの階段に座っているふたりの男の子を思い浮かべた。違う、人違いじゃない…… 祖国か、激怒か、誰かのアイデアか、とラウルは考えた。それとも、誰かの腐った夢か、あの忌々しい血を好む偏執狂《パラノイア》と盲目的で馬鹿げた不寛容の精神か。それが原因で、誰しも自分の頭に弾丸を撃ち込むことになるかもしれず、あるいは思っても見なかった日に空中に自身の身体を投げることになるかもしれない。今度はバレンティンの番だったが、既に俺たち全員が標的にされているんだ。

ホセは厳しさと悲しみが混じった様子で自分の息子を見つめ、緊張をほぐそうと尋ねた。

「何か飲み物でもお持ちしましょうか、警視」

「いや、結構、すぐに失礼しますので」警視は巡察部長に目配せをした。「今後も連絡を取るからな」とラウルに言った。「忠告しておくが、自分の考えで下手なことをしないように、後悔しないためにな。そして車は手放すんだ、それが一番賢明だ」帰ろうとして、ホセの肩に手を置いた。「では失礼します、フエンテスさん、奥さん……」

オルガは玄関まで見送り、巡査部長は警視に許しを請うた。

「すぐに参りますので、警視……　ちょっとお時間を」巡査部長は警視とオルガが外へ出るのを待って、ホセへ向き直って付け加えた。「フエンテスさん、息子さんがあの接客クラブで働いていたことは多分あまり詮索しない方がいいと思いますよ。しかし治安警察から調書を出すように言われてますんで。見たところ、息子さんは伝言係や料理人以上の何かをしていたようですな……　でもまあ、今はこれ以上ご迷惑をかけたくないので。近いうちにお電話します」

ラウルは素早く目に怒りを表して反撃した。

「お前はこんなちんけなことで近いうちに電話などしてはこないよ。あのクラブは事件とは何の関係もないし、ましてや女は関係ない」

巡査部長は無邪気に眉をつり上げた。

「まあ、まあ、本官にまで当たらないでくださいよ」

ホセはラウルがどんどんと攻撃的になっているのを感じていたが、関わらないことに決めた。オルガと警視は大窓の向こう側で話していたが、巡査部長はふたりにチラと目をくれた。

「まあ、本官の任務はあらゆる場所に姿を見せることですからな」

ホセはテーブルに両肘をつき、頑健な両手を料理の上で組んで、目は息子から離さなかった。彼の表情は深い落胆を表していたが、眼差しはある種の鋭い緊張感を失ってなかった。

「巡査部長、あの荒屋は俺よりあんたの方がよく知っているだろ」とラウルは面と向かって吐き捨てた。「俺は何度も夜にあんたがカウンターのところで水を飲んでるのを見かけたぜ、いつもハンチング帽を被ってな」

巡査部長はラウルが何を意図しているのか訝しく思い始めたが、その熟年の赤ら顔で威張りちらした派手な女好きは僅かの不安も驚きも垣間見させなかった。数秒要したが、辛辣でもなく皮肉でもなく答えた。

「まあね。で、それが何か」

「聞こえなかったのか、間抜け野郎」ラウルは肘掛けイスからワインの瓶を手にしたまま立ち上がった。「それが何かとは何だ」

巡査部長は理解しているように見えたが、今では優しくへつらうような微笑みを浮かべてラウルを見つめている。その微笑みは、さほど昔のことではないが、かつてのフランコ派警備隊のベテラン警官数人がラウルに対していつも見せていたのと同じ微笑みだった。そしてまた、ある日、通りのど真ん中でラウルの父親を殴りつけた警部の微笑みにいつもラウルが返していた微笑みと同じであった。

「では」巡査部長が折れた。「多分そのままにしておく方が良いでしょう」

「確かに」とラウルが唸る。

「あの場所はちゃんと管理しておりますし、女性たちもそうです……　すべて合法的でして、私が知る限りですが。麻薬もスキャンダルも、何もありません。まったく問題なし」

「確かに、まったく問題なしだな」

「それでは、ごきげんよう」

蔑んだ眼差しでラウルは巡査部長が玄関へ出て行くのを見ていたが、警視と合流すると、警視はオルガに別れを告げて、握手した。

「警視はいつからアフメドが一緒に働いているのか知りたかったのよ、それにアフメドがあなたのことを知っているのどうかを」オルガは再びサロンへ戻ってくるときにラウルに言った。「それから車を移動させること、できるだけ速く売却すること、それが皆にとって一番いい解決法だって。座りなさいよ。夕食の用意をするわ」

そしてオルガは彼を見ることもなく台所の方へ行った。サロンの真ん中に立って、ラウルはどこへ向かえばいいのかわからない様子だった。ワインの瓶を口もとへ持って行ったが、既に空だったのでソファーに投げた。

「これでいい」とラウルは父親に言った。「これでいいんだ。もう落ち着けばいい」

29

今では裸足で浜辺を行ったり来たりして午後を過ごす。粗末な麦わら帽をかぶって、波が砕けてできる泡の瀬戸際を歩いては、束の間、岩だらけの場所をどこか選んで座ってみたり、オカヒジキやアフリカハネガヤが群生している砂丘に腰を下ろしたりする。波は静かで午後の暮れかけた陽光を集め、遠くにバレンティンが小さいときから大好きだった水平線を探す。いつまでも飽きずに眺めているバレンティンの澄んだ瞳の中に――彼は遙か彼方の時間すべてを見ていたのかもしれない――ある日ラウルは自分と同じものに惹かれているのだということを知った。バレンティンが海と空の間にある水平線という偽物の境界に惑わされていくのを見ながら、ラウルもその偽物の境界を見ることを学んだ。あの当時はふたりで一緒にしたさまざまなことがふたりを結びつけていたが、しかしふたりの間に期待される連帯意識は、この遠くを見つめること、子どもっぽい未来へのノスタルジーが引き延ばされている青い場所を見つめることにしか芽生えなかった。ラウルは思い出す。ふたりが目も眩むような太陽の下を裸足で走りながら、足でクラゲを踏んで破裂させたこと。夜には砂丘に仰向けに寝そべって雨のように降り注ぐ星を見たこと。ふたりでたき火をして、ラウルが大きな声で漫画を読み上げて、バレンティンに冒険話を説明してやったこと。しかし、ふたりとも一度も母親の話をしたことはなかった。俺たちの母親はスラム街で娼婦をしていて、居酒屋で大酒を食らう女だったが、俺はお前にそんなことは絶対に言わないし、また会うことなど絶対にないし、会いたくもない、了解そしてオーケー、チビさん、などなど。ときには父親とここへ釣りにやって来て、バレンティンは波打ち際で貝を捕ったり、ハート型の丸い小石を探したりして――バレンティンは形の悪い石は絶対に見つけなかったし、気に入らない石は絶対に家へ持って帰ろうとはしなかった――楽しんでいた。父親が砂浜に竿を立てている一方で、バレンティンは裸足になってちょっとだけ波打ち際の浅瀬に入っていって、汚れない水平線を遠くに探していた。ある日、他のことに気を取られていると、釣り竿が震えていて、釣り糸が波の上でピンと張っていたが、父親はこう注意しただけだった。

魚はお前の舌を引き抜こうとしてるんだ、わかったな。何を遠くに見てるんだ、船か？

違う。

水平線が見えるだけで何も見えないぞ。

見えるよ。

空と海が合わさるところの線は、確かに見えるがな。

そう。

で、真っ直ぐの線だと思ってるんだろう？

うん。

そうじゃないんだよ。お前の目には直線に見えているが、あの線は曲がってるんだ、地球と同じように。知ってたか？

ううん。

ラウルは波の背に血の色をした燐光が見えたのを覚えている。今、日が暮れかけて、水平線はもっと近くで小綺麗な線を描いている。打ち寄せる波も少なくなって、遠くに離れて勢いもない。泡も立てず、眠ったように軽く上下するだけで、海草や残留物を含んで緑色がかって、足下でピチャピチャと音をたてている。いつかの引き潮が木製の黒いスプーンを砂浜に打ち上げていたが、苔が生えたそのスプーンは硝石に当たって一部が折れて、削られていた。


夜になるとバレンティンのボロいベッドにもたれかかって、ウサギの貯金箱が入っている箱を両手にかかえ、目を閉じる。半時間経つと、乗馬学校での仕事から帰ってきたオルガがドアを開けて顔をのぞかせ、ラウルがまた一日悪夢にさらされて眠っているのを見る。音をたてずに部屋に入り、粗末なベッドの足下に立ち止まり、寒くて凍えそうに感じている女がするように、肩をすくめて両手を胸で交差したオルガは、バレンティンの持ち物をひとつひとつ目で追い、片付けるかどうかまだ決めかねている。そうしてからラウルを眺め、静かに涙を流し始める。オルガにわかることは、夢もラウルの表情を和らげることができず、無精髭を伸ばして、長く伸ばした髪をもつれさせたままでいる最近のラウルの恐ろしげな風貌は変わらないということだ。不幸なことが起きたけれども、悪夢はこれ以上長引く必要はないとオルガは思う。

「ラウル」と声をかけたが、それは呼んでいるのではなく、自分に向かって囁いているような言葉だった。「夕食ができたから下で待ってるわよ」

そうしてオルガはすぐに諦める。最後はただ床に捨ててある空の酒瓶を拾いあげるだけにして、音もたてずに彼女は部屋を出る。


同じダンスミュージックが同じ時刻に始まると、それが合図となってアリーナは洗面所でうがいをし、さして嬉しそうでもなく鏡を見る。ブラジャーの位置を整えて、スカートの裾を確かめ、唇の様子を見直して猛烈に口紅を塗って再び鏡を見る。彼女はまだ気に入らない。

ナンシーは咥えタバコで自分の寝室の赤い長椅子に座って、ゆっくりとストッキングをはくが、美しいがやや湾曲気味な自分の脚を見るといつものように何となく不安になる。まだ乾いていないマニキュアに気をつけながら、タバコを灰皿で消すと、突然悲しみが透明の上薬を塗るかのように目を襲う。動けずに考え込んでしまい、吸い殻からまだ立ち上る煙が軽く渦を巻くのを見ている。すべては間もなく終わることだろう、叔父さんが私を引き取りに来てはどこかへ連れて行き、自分は人の言いなりになるだけだろう。自分を励まして立ち上がり、靴に足を入れて、どこで付いたのかわからないスカートのシミがまだ残っているのをこすり落とし、最後に突然怒ったように両手を動かしてストッキングを脚に合わせる。服を着て化粧を済ませ、ティッシュペーパーの小箱と財布を取って、財布にはさらにリップペンシルと手鏡を入れてから廊下へ出る。

ミレーナの部屋のドアを開け、顔をのぞかせると、暗がりの中にベッドと、ベッドカバーの下の人影が見て取れた。まるで邪魔したくないかのように、小声で呼んでみる。数秒考え込んで待つが、すぐにドアをゆっくりと閉め、ヒールの高い赤い靴を履いているので歩幅を小さくして、廊下を通って立ち去った。部屋を出るアリーナと出会うと、アリーナはナンシーに腕を絡めてくる。一緒にらせん階段を下り、アリーナはナンシーを元気づけようとして、ナンシーの片手を取って、エメラルドの粉をふったきれいな爪をしげしげと見る。仕事のことを考えて、仕上がりがいい、趣味がいいとアリーナはナンシーを誉めた。

「素敵よ、ナンシー。エレガントだわ」

ローラ・ママはカウンター奥の壁になっている瓶棚に背中からもたれてシェーカーを振っている。彼女の頭の上の時計は午後五時二十分を指していた。視線を交わすと、シモンはカウンターの奥で氷を用意し、まじめな表情をして顎でラウルを指し示す。ラウルはいつもの場所に座り終えたところで、乱雑に新聞紙に包んだ靴箱とおぼしき物を持ってきている。それを自分の前に置いて、カウンターに両肘を付いて靴箱を間に挟み、なくさないように心配しているか、興味深い視線でそれを見守ろうとしているかのようだった。スツールに座ったヤスミーナはレベカと冗談を言い合いながらふたりとも客を待っており、ジェニファーは一番客と会話をしていたが、ジェニファーとその客も、一時的にテーブルについていたナンシーやアリーナと同じく、他のことはさておいてラウルのことが気になっていた。ローラ・ママは瞬間的にシェーカーを手放して、ウォッカの瓶とグラスを取ってラウルに近づいた。

何も言わずグラスにウォッカを少なめに入れ、瓶を手に持ったまま、箱を見つめる。

「それ何、教えてくれないかしら?」

ラウルは瓶を奪ってグラスになみなみと注ぐ。ローラはラウルが飲むのを見ながら、数秒待って彼に警告した。

「降りてくるかどうかわからないわよ」また沈黙が続いた。「二週間も部屋から出てこないのよ。いつまで経っても立ち直れないのなら、どこかへ連れて行かれるかもね……聞こえてる?」ローラの眼差しは悲しげだったが、ラウルが一気に飲むのを見ながら、厳しい口調を和らげることなく、続けた。「不幸に直面するにも他のやり方があるんじゃないの、あんた」

「自分のことを心配しなよ」

ラウルはウォッカの瓶を握りしめて、誰が降りてくるのかを見ようとらせん階段のある方を向いた。しばらくの間、彼のトロンとした視線はらせん階段のステップが自分のところでグルグルと回って旋風を起こしているのを嫌がっているかのようだった。数週間前からそのらせん階段は青い灯の中で息苦しい雰囲気に風穴を開けるためにここに存在しているだけでなく、毎晩決まった時間に繰り返し見る悪夢にも、いつも姿を見せるのだ。見慣れた足がグルグルと旋回し、ストラップの付いた靴が耳障りな音を立てながらマニキュアをした爪と一緒に降りてきて、金属製の大きな巻き毛のようならせん階段はいつも、ミレーナの脚と身体を取り囲んでとぐろを巻き、彼女は上へ行っても下へ行っても逃げることができない。らせん階段は、悲しむ彼女をうまく表現した隠喩のようだった。しかし今降りてきたのはバルバラだったので、彼は再び思いに耽って、酒にひたった。ローラは彼を放っておいて、カウンターに沿って移動して、ジェニファーと彼女の客がちょうどキスをしているところだったが、そこまで行って音楽のヴォリュームをあげた。

八時までラウルは同じ場所にいて、グラスの上に顔、両手は箱の上という状態だった。カウンターはさらに混んできて、バルバラは客のひとりの手を取って、ホールを横切り、らせん階段を上り始めるところでミレーナとすれ違った。自分の足下を見つめながら降りてくるミレーナは、ほとんど化粧気なしでやつれていたが、服装だけは扇情的だった。階下へ着く前に足を止めたが、そこはホールとカウンターを同時に見られる角度にあるステップのひとつだった。二つのステップの間から覗く彼女の黒い目には驚きのかけらもなく、引き受けるべき悲しみだけをたたえ、彼がそこに周囲とは関係なくいることをまるで知っていたかのようだった。

うなじに彼女の視線を感じたかのように、ラウルは振り返った。ミレーナは数秒も経たないうちに視線を外し、すぐに向きを変えてゆっくりと頭を垂れて階段を昇っていった。彼は一瞬考え込んだまま、顎をあげた。その様は、まったく気に入らないダンス音楽に混じって聞こえる会話や哄笑に聞き耳をたてているかのようだった。そしてすぐさまウォッカの瓶と靴箱をつかんでカウンターを後にしてホールを横切った。カウンターの反対側の端からローラが彼をじっと見つめている間に、彼は階段を上り始めた。

ミレーナは部屋に入ったばかりで、部屋の真ん中で立ち止まっていて、ドアに背を向けて彼が来るのを待っていた。ベッドはシーツを代えることなく、散らかっていて、服は脱ぎ捨てたまま、タンスの扉は開いたままだった。下へ降りようとしたときでさえ浴室の灯りは消さなかった。ドアが開いて、箱とウォッカの瓶を持ったラウルが入ってきて、後ろ手でドアを閉め、静かにたたずんだままでミレーナの背中を眺めていた。

「あんたの持ち物は浴室にあるわ」と彼女は言ってベッドの端に腰掛けた。しかし彼女の目からは涙がこぼれて、すぐにぐったりとした。頭を胸の上に垂らしたままで付け加えた。「何も触ってないからね」

ラウルは黙って重いまぶたの下から彼女を見ていた。靴箱を包んでいた新聞紙を外した。

「これはあんたのものだ」

彼女は見ようともせずに首を振って否定した。

「何が入ってるのか知ってるのか?」箱の蓋を見せながらラウルが付け加える。「それとも字が読めないのか?」

ミレーナは素早く険しい視線を送った。

「何なの?」

「あんたの金だ」

「要らないわ」

「要らなくても、あんたのだ」

箱から白いウサギを取り出して、ベッドの上に放り投げると、中に入っていた小銭が楽しそうにチャリチャリと音と立てた。しばらく動かずにじっとしていたが、その後でミレーナが両手で丁寧に手に取って、スカートの膝のところに置いた。目を輝やかせた彼女は、まるで話しかけようとしているかのような陶器のウサギが明るく微笑んでいるのをじっと見つめた。ラウルは彼女に近づいて腕を彼女の肩に回したが、触れる前にミレーナが身をかわす仕草をして接触を避けたので、彼のこわばった手は空を切った。酒瓶の首のところを持っているもう一方の手はじっとしたまま、ズボンの横、ちょうどミレーナの顔の近くにあったので、ミレーナにはラウルのかさばった血管の中を流れる熱い血潮とその鼓動を感じられるのではないかと思えるほどだった。その両手はまだじっとしていて、私に触れてこない。

「帰って」彼に言った。

ラウルは瓶から一口飲んで、くるりと背を向けて浴室へ向かった。灯りを付けて中へ入る。持ち手に《ベティ・ブープ》と書かれた安全カミソリとその替え刃、マリリン・モンローの絵が描いてあるカップに歯ブラシ、鏡に貼られた笑っている怪物シュレックの切り抜き、フックに競輪競技用の帽子。この不幸な女はこれらすべてを捨てるのに何をためらっているのか？　ラウルはひさしの付いた帽子をポケットにしまって、棚にあったグラスを取って、寝室へ戻る。そのグラスにウォッカを少し注ぎ、それをミレーナに渡そうとして手を伸ばしたまま、辛抱強く待ちながら悲痛な目で彼女を見つめていた。彼女は曖昧に首を振って飲み物を断り、茫然としていて心が痛んでいるが、今の気持ちを彼とは共有したくないことを飲み物を断ることで伝えていた。しかしすぐに、この気持ちは自分が引き受けるべきだと思いなおし、そのために疲れ切っている自分自身を責めることで自分を支えようとした。

彼のぼんやりとした恐ろしい眼差しの中に最近の孤独とアルコールと絶望が害を及ぼしているのを一瞬感じ取る機会が彼女にはあった。さらには、彼の瞳の中に隠されていた光が消えてしまっていることと、自分よりももっと深い罪悪感をラウルが感じていることをミレーナは見て取った。そして、いくつもの娼婦部屋でたくさんの男の目の中にある孤独をきっちりと読み取ることを学んだがゆえに、彼にまとわり続ける強いセックスアピールをミレーナは悲しくも再び感じ取り、今やその魅力を良心の咎めが押さえつけて抑制しようとしているのではないかとさえ思えた。ふたりの間を遮る障害物があることを感じ、あまりに彼が黙っているのを見て、いつものところにまた落ち着くことで結末を迎える方がいいとミレーナは思った。

「ねえ、どう」ベッドから立ち上がって、ミレーナは彼と面と向かった。「何を考えているのか言ってちょうだい」

「何のために?」と言うラウル。

「気持ちを落ち着けてもらうためよ。ねえ、どう……」

「そんなことをして何になるんだ……」

「私は娼婦で、恋愛とは別でしょう」

「今までずっとあんたはその別の存在だと思ってきた。同じように、あんたも弟とのことはそういう真の恋愛関係だと思っているはずだ……」

「似てるわねえ、やっぱり」

「……まさにここでだ、いかがわしいクラブでだ」

「そうよ、ここでよ」彼女は泣きそうになるのをこらえた。「他にどんな場所があったと言うの？　もう分別のかけらの話はしないで。あんたよりマシな人間になるのに、そのちょっとのことで彼には充分だったのよ」

ラウルはポケットからひさし付きの帽子を取り出して眺めた。ミレーナは急いで彼に近づいてその帽子を取り上げようとしたが、急にヒステリーの発作が起きて、拳でラウルの胸と顔を殴り始めた。

「とっとと出て行け！　ちくしょう、この野郎！　どうして彼を傷つけなきゃならなかったのかねえ!?　知ってたよ、クソ野郎、やれば彼を傷つけることもね……！　死んじまえ、バカ野郎、死んじまえ！」

彼は身を守ることもせずに、ミレーナの気が済むようにした。拳も罵声も最後は涙になってしまい、その娘は力が抜けていって、頭をガックリと胸の上にうなだれた。ラウルはすぐに身体を離して、落ち着かせようと努めた。

「帰った方がいい」消え入るような声で言った。「酔っぱらいは相手にしないのよ、それにあんたはもっとダメ……」

ラウルは数秒間、ひさしの付いた帽子を手にして動かずにいた。グラスの酒を飲み干して、小さなテーブルの上にあった酒瓶の横へグラスを置き、背を向けて部屋を出た。

30

寝室の窓辺に立って、ネグリジェ姿のオルガは手に水の入ったグラスを持って、ルノーが家の裏側に着いて急にブレーキをかけるのを見ていた。車からラウルが降りてきて、勝手口を照らす灯りの下に山積みになった焚き木に立てかけてあったバレンティンの自転車の前で立ち止まった。

「まあ、まだあの車でこの辺りをうろついてる……」

「もう売り飛ばしたよ」パジャマ姿でベッドに座っていたホセが自分の足をさすりながら言った。「心配するな」

「何を考えてるんだか……」

「知るかよ。あいつには自分でも知らない暗いところがあるんだ……　しかしお前がやきもきすることじゃない。あいつは自分で対処できる奴だ。水をくれ、早く」

ピルケースから錠剤を一粒取り出して手に持ち、皺だらけのまぶたの下で眼差しは辛さをたたえたまま、オルガを待っていたが、彼女の方は窓から離れるのにまだ少し手間取っていた。

下ではラウルが両手をポケットに入れてバレンティンの自転車を見つめたまま、立ち去る決心がつかない様子だった。

「何にされますか、お客さん」とローラは尋ねながら、ぼんやりとした雰囲気で近視の眼鏡をかけた質素な服装をした赤毛の青年の前にコースターを置いた。

「ジントニック……ジンは少なめで」と曖昧な笑みを神経質そうに浮かべながら青年は付け加えた。同じ笑みを向けながらカウンターの隣に座っていたラウルを見て、音楽に負けじと大きく声を上げて言い訳をした。「すぐにまわるから……　素敵な場所ですね？　えっと、よくは知らないけど、初めてだから……」

ラウルはグラスから目をあげて、チラと横を見てから、一口飲んでまたグラスの底へ目を落とした。周りはかなり賑わっていて、数人の女は上階の個室部屋で客を取っていて、他の女はカウンターに並んでピーチクパーチク小鳥のように客としゃべっている。ただミレーナだけは独りでテーブル席に座ったままで、淡いブルーのシルクのミニドレスを着ているように見えたが、実際は下着のスリップ姿だった。またもう一日、独りで、タバコを吸って過ごす。ラウルは彼女に背を向けて、飲み物に全神経を集中させていて、彼女は彼女でラウルが来ていることを知っているそぶりさえ見せていない。しかし、二時間ほど前のことだが、裏のバルコニーの床に座り込んで、国道の車の流れを見つめながら、ある競輪選手が急ぐこともなく路肩を進み、クラブへ向かってやってくるのを彼女は見ていた。よく知っているリズムでペダルを漕ぐ紛れもないあのシルエットがどんどんと近づいてくるのを見たのである。そしてすぐに無情なときの流れに気づき、彼女は思い返して自問した。いつからあの黄色い自転車に乗って、同じようにペダルを漕いで、ひさしのついた同じ競輪帽をかぶって、そこから同じように長い髪の毛を垂らして、いつからすべてにおいてバレンティンと同じことをしようとし出したのか……気分が悪くなってバルコニーから中に戻ったが、今や彼がこんなにも近くにいるのに、再び見ようとさえしなかった。

「はいどうぞ」ローラ・ママは赤毛の青年の前にジントニックを置いた。「すぐに呼びますから……」

「いや、急いでませんから」

ローラは他の注文に応じるために席を外すと、その青年は再び何か小声で言いながら、カウンターの隣の客と会話を試みた。

「独りでいるあのブロンズ色の女の子はどうですかね？」ラウルは聞こえた様子も見せていないのだが、青年は続けた。「あそこにいる女。こう……何て言うのかな？　不健康な魅力があるんだけど、そう思いませんか？　わかりますよね」元気づいてスツールをラウルの方に寄せた。「多分、カウンター席に呼ぶだけなら、安上がりなんですよね……　そう思いませんか？」

今度はラウルが氷のような目で青年を見つめたが、また何も言わなかった。相手は声を落としてしつこく尋ねてくる。

「ここはいくらするかご存じですか？……」青年は会話を中断して、もう一度ミレーナを見た。「えっと、例えば、あの女ならいくら取られるでしょうかね？」

「どうして直接聞かないんだ？」ラウルはグラスから目を上げずに言った。

「ええ、でも先にだいたいのことを知っておきたかったんで……」

「三十分で三十ユーロ。一時間なら五十ユーロだ」

「へーえ、かなり安いんですね」

それなりの顔つきをして、改めてミレーナをしげしげと見た。その瞬間に、物憂げな目つきの六十路男が手にビールを持って彼女のテーブルに座った。

「どうしよう、本当に」と近視の青年は言った。「友人が言ってんだけど、あの女はあそこのちかくにすごく醜い傷跡があるって……　そうですよね」

今度はラウルにも好奇心がわいてきて、言ってやった。

「ああ、そうさ、あそこの近くにな」そして声を落として付け加えた。「それから総入れ歯だぜ」

「ええっ、マジで？」

「呪いの言葉を吐いてもいいぜ、兄ちゃん」とのんびりと、何杯も飲んだ後のように、同意したが、本当は胸が痛んでいた。「それだけじゃない」辺りに目をはわせてから、耳を近づけるように合図した。

「片足が義足なんだ」

「ええっ、からかってるんでしょ……」

ミレーナの側にいた男は、にこやかだが疑うような表情で立ち上がって、テーブルを離れたが、独りになったミレーナは急にスカートの裾を縁取ったレースがほころびていることに気付いて、しきりに気にしている。近視の青年はまだ信じられない様子で彼女を見つめながら、ゴクゴクとジントニックを飲んだ。

「冗談だよ、バカ」早口でラウルは言った。「真剣に聞くな…… ちょっとしたひっかき傷だ、大したことはない」頭をグラスの上に垂れて、弱々しい声で繰り返した。「すぐにビンビンにしてくれるよ。あの女はテクニックがあるからな……」急に怒り出した。「くそったれ、グズグスするな、ひっかき傷だと言っただろ！ 聞こえなかったのか、バカ野郎」

青年は用心深くラウルを見て、身体を離した。ちょっとばかり飲み過ぎてカウンターにへばり付いているんだな、と思った。背を向けてスツールを遠くへ動かしたが、この件はすぐに忘れることになった。まずはアリーナ、その後はレベカが青年につきまとって、いちゃついてきたからだ。しかし青年のミレーナに対する関心は収まらず、随分と考えた後でスツールを降りて彼女に近づいた。かなり戸惑いながら話しかけると、彼女の方も微笑んでみせて頷き、アクロバットのように立ち上がると、青年の前にはらせん階段への道が続いていた。ミレーナは最初の数段のところで立ち止まり、ラウルのいる方向をチラと見た。その素早い視線は瞬きのようだった。すぐに前を見据えて、腕を後ろへ回して盲人のようにその内気な青年の腕を探り当て、強く腕にすがりついて階段を上り続けた。

その青年が再び降りてくるとき、アルコールと絶望という目に見えない紐にぶら下がって、降りていった意識の中に浸りきって、果たしてラウルはまだカウンターに居続けているだろうか、これまで何度となくあったように――肩越しに素早く一瞥した――、もう一度彼女が降りてくるのを見たいと思っているのだろうか、酒のお代わりをするのだろうか、今日はもう随分飲んでいるが、これらすべてはラウル自身にもわからない。しかし、もしいつものようにするならば、つまり、頭を垂れてカウンターを叩いてもう一杯と、ミレーナが客と連れだって姿を消すときに決まって急に注文するあのいつものお代わりを自分が注文するならば、ローラ・ママが「ダメよ」という表情で顔を左右に降りながら、ラウルのところに駆けつけるだろう。お代わりを出すにしても、慌てずに、機嫌を悪くしながらも、辛い思いで、もう家に帰るようにとゆっくりと再度彼を説得するだろうということはラウルにはわかっていた。

31

裏のバルコニーから見える毎朝の殺風景な光景は、真昼頃になると人を騙したのかと言いたくなるほど朝の清々しさがなくなって、日の光は湿気を含んで、不毛な開墾地で鏡のように輝く。遥か彼方には南側がえぐれて、海に剣のように突き出た国道の一区間が見え、靄のためにぼんやりとしか見えない車が走り抜けている。ミレーナは部屋着のままでバルコニーの床に座り、壁にもたれて立て膝をし、髪の毛をとかすこともせず、化粧もせず、裸足の足下でラジカセだけが音を立てている。階下では、灌木の茂みの中で、壊れた鳥籠や他の廃物と一緒に、赤っぽい粉が少し点在しているのがウサギが束の間でもいたのではないかと思わせ、彼女の視線は一瞬辺りをさまよった。しかしウサギは姿を見せなかった。

昼食は部屋で少し取ったが、午後はまた同じ場所で壁にもたれたまま過ぎていく。夜になって廊下に足音が聞こえ、両方の手にそれぞれコーヒーカップを持ったラウルがバルコニーの出入り口に現れた。しばらくは立ち止まっていたが、意を決して彼女の側にゆっくりと腰を下ろし、無言でコーヒーを差し出した。彼女は目をやりはしたが、受け取らなかった。ラウルはコーヒーを床に置く。手のひらにのせたいくつかの角砂糖を見せる。ひとつを彼女のカップに入れたが、もうひとつ入れるかどうかを彼は迷う。彼女はコーヒーを無視したままで、前を見つめている。彼女はラジカセのスイッチを切り、その指で一瞬くるぶしにかかる銀のケープを弄んだ。

「下で皆が待ってるぞ」とラウルが言った。

ミレーナは少ししてから答えた。彼女のしわがれた声がタバコの煙と混じり合う。

「今日はオフの日よ」

「しかし皆が会いたがってる」

「どんな風にして厨房に入れてもらったの?」

ラウルは黙ったまま。結局、もう一度繰り返した。

「今日がオフでも、会いたがっている人がたくさんいるんだ」

「嘘よ」頭をうなだれたので、彼女の声がかすれた。「どうして私に嘘を言い続けるの、どうして?」

「あんたが泣くのを見に来たんじゃない」

「それなら出てってよ!」

ラウルは彼女を見つめたまま、どうすればいいかわからなかった。ズボンの尻ポケットから酒の小瓶を取り出して、彼女のカップにひとしずく入れ、それから自分のカップにも入れて、小瓶を再びしまってから、待った。小娘のようなか弱い彼女のうなじに何か、耳の下の辺りにシミのようなものが見えた。

「何かそこに付いてるぞ……」

「付いてるって何が?」

「わからん……」指で皮膚の上を探る。「ここだ。血のようだ」

ミレーナは彼の手をぶっきらぼうに、しかしきっぱりと払った。自分で触れてみて、その指を見た。

「ほお紅だよ、バカ」耳の辺りを強くはたいて、それから、しばらく黙った後で彼女は言った。「何が目的なの？」

初めてふたりが数秒の間、ふたりのどちらも予想したことがなかったくらいの真剣さで、お互いの目を見た。

「わからん」とラウルが言う。「本当にわからないんだ」

片膝を立てて、こわばった片手を上に置いた。国道に沿って並ぶ照明のライトが急に灯った。ミレーナはコーヒーカップを取って、その黒い中味に視線を定める。知っておいてもらいたいことがあるの、ちょうど言おうとしていたところ、で、それは前に一度バレンティンに言ったことと同じ。彼女はコーヒーを一口飲んで、膝に置いた片手を見続けている。もっと前にあんたにも言っておかなくちゃいけなかったのよ、今では何の役にも立たない。そうであっても、彼女は今すぐにこの同じ言葉を伝えようとしている。私は男たちとしていることを、お金をもらってやっていることを、絶対にね、よく聞いてよ、絶対に恥じていない、バレンティンともしたことを。生涯のうちで一度もなかった、彼が私を抱いてくれたときほど、自分が汚れていない無垢な女だと感じたことはなかった……　しかし彼女は言おうとしただけだった。もう少しコーヒーを飲んで、その後空き地へ目を向け、国道を走る車を見てから、最後に、いくつかの角砂糖を持ってきて、今はラウルの膝から垂れている、大きくて不気味な手に視線を留めた。

「もうひとつ砂糖ちょうだい。で、ここにいるんだからお金もらうわよ」

「フム」

「私と一緒にいるんだから、お金払ってよね。それにお触りなし、いい？」

「わかった」

ミレーナは上体を起こした。

「お触りなしね」小声で繰り返す。「寒い。中へ入りましょ」


「昔、子どもの頃、バレンティンと俺は親父が誰かに殴られているところを見たんだ……　バルセローナの警察署の前だった。二回も殴られていた。でも身じろぎもせず、抵抗などまったくしなかった……　お袋はもう家を出て行った後の話で、他の男と暮らしてた。俺たちはそれが誰なのか知らなかったし、見たこともなかった男だったけど、親父を殴っていた警官がお袋の今の相手に違いないと俺は思った。その場でバレンティンに伝えたら、大声出して泣き出したんだ……」

レセップス広場にある警察署の前で立ち尽くしていた彼の父親はあごひげが胸まで伸び、ジーンズのポケットには穴が開いていて、ズボンの裾は汚れたままで、靴の上でよれよれになっていた。結婚するずっと前、子どもが生まれるずっと前に、受けるべき敗北の場面だった。

ガウンの裾がはだけて、ミレーナの太腿のところで左右に開き、傷跡が一瞬見えた。彼女はソファーに座って、一方の肩に頭を傾けて、マリファナタバコを吸うその顔はポータブルテレビに照らされて明るくなっていた。ラウルは彼女の隣にいて、座っているというよりも隠れている感じで、身体を二つに折り曲げて、両肘は両膝におき、目は床を見つめ、片手にウォッカの瓶を持っている。彼の背後には、シーツの交換がされていないベッドと小さなナイトテーブルの上にトランプのカードと一緒に置かれたウサギの貯金箱。

「何か嫌なことがあると片目をふさぐんだ」思い詰めた様子のラウルは早口で話した。「とても頑固な雌馬が何日間か片目に包帯をしていたのを真似したんだ……　不注意に蹄を取ったら雌馬はどんな反応をするか知ってるか？　馬は獲物を狙う動物だということを普通の人は知らないんだ、だから誰にも蹄を渡さない……　俺がバレンティンにフリエタという雌馬に近づくにはどうすべきか教えたんだ。今日のことのように覚えているよ」

人をなだめるような弟の手に自分の手を添えて、たてがみを撫でるのが見える。その馬の片目をふさぐ黒い包帯が見え、美しいもう片方の目は警戒してバレンティンを見ていて、ラウルはバレンティンと雌馬だけを残してオルガが待っている飼育小屋へ向かっているときだった。

「親父と一緒にそこで働いて一年は過ぎていたけど、オルガのことは前から知ってたんだ。カフェテリアで働いていて、その後キャンプ場に移った……　どうなったかと言えば、雌馬が何かに驚いて、弟を足で蹴ったんだ、それがちょうど目のところで、弟も驚いて飼育小屋まで走ってきて、俺たちを見た……　彼は急いで蹴られた方の目を片手で覆った。これがそのときの彼の反応だったんだ。それ以来、彼の癖のひとつになった」

ミレーナが聞いているという確信はなかった。しばらくの間、目を閉じて、頭をソファーの背に委ねる。指に残っていた吸い殻を取ってやって、灰皿で消す。バーから音楽がこだましてきて、どこかの部屋のドアが廊下のところで閉められ、神経質そうな笑い声が聞こえた。かなり飲んでいた彼もまたウトウトしてきたので、酒の瓶を床へ置いたが、そうするときに、惰性で頭がミレーナの膝にかすかに寄りかかりそうになった。

小さなテレビの画面は、日本映画の強烈に雨が降る場面を繰り返し流している。目が覚めたミレーナは、まるであえて触れないのか、あるいは触れたくないのか、膝に置かれたラウルの頭の上で数秒間両手をさまよわせていたが、すぐに触れて、初めはどこか疑っていて目をそむけていたが、次には今晩、または別の夜に改めてもらおうと決然と防衛の態度を取った。しばらく待ってみてから、頭をどかせて、立ち上がってベッドの端に座り直し、ナイトテーブルの上でトランプカードの端を使って麻薬を鼻から吸う一回分の分量に分けて準備した。その後でベッドに寄りかかり、身体を丸くして目を閉じた。

少し時間が経って、彼が部屋にいることを彼女が許したその夜のどこかの瞬間か、あるいは、ふたりにとって今日のように始まって、夜明けの青みがかった薄明かりの中で、辺りにマリファナの香りが漂い、心の絶望と血管の中に残るアルコールか酸性のものを共有しながら、すべて同じように終わる、かつての夜のどこかの瞬間かもしれなかったが、ミレーナはいつもと同じような姿勢で眠り、ラウルはベッドの端に座って、やや開けた口が枕に向かって呼吸し、小さい女の子の靴を肩で押しつぶしている彼女をじっと見つめていた。大切にしたいという敬虔だが同時に気味悪くもある気持ちを持ちながら、彼女を監視する鷲のような横顔が、剥き出しの足の方へ視線を滑らせると、くるぶしから外れてベッドカバーの上にある銀のケープに気付いた。一瞬は眠っていることを確認してから、すぐに彼女の方へ身体を傾けて、くるぶしにアンクレットをはめてやった。ナイトテーブルに小さな靴を置き、ベッドカバーを掛けてやって、その後立ち上がって、上着を着て、部屋を後にした。

32

玄関ポーチの前にサドルを下にして自転車を置き、ラウルは後輪を外してから、ポーチの階段に座ってチェーンの修理とブレーキの効き具合を確かめていた。

オルガが広間から顔をのぞかせて、ハーフブーツを履いた足で廊下を大きな音をたてて歩いてきた。全身革づくめで、一方の肩にリュックを掛け、頭にはバンダナを巻いて、仕事へ行く準備ができていた。

「来ない?」

「俺はいなくてもいいんだろ」とラウルが答える。

ラウルは彼女を見ずに、座ったまま取りかかった自転車の修理をやめなかった。オルガは苛ついた様子で肩の荷物を背負い直した。

「自転車に乗ってそんなにあちこち行って、どこで寝てるのかしらね?」

今度はオルガを見て、雑巾で手の油を拭き取った。

「サドルの上さ」

少し沈黙した後で、彼女は言った。

「冷蔵庫にチキンとサラダを置いておいたから……」

「そこら辺で何か食べるよ」

オルガは家の中へ引き返し始めたが、戻ってきて先ほどと同じ姿勢でラウルを見つめた。ラウルはそれに気づいていたが、振り返らずに雑巾でチェーンを拭いている。

「ありがとう」と言ってから少し間を置いてラウルは尋ねた。「親父は元気か?」

「ということは様子を見てもいないの?」と冷たく彼女は返した。しかしすぐに声を和らげて付け加えた。「私も知らないわ、早くに出て行ったから……　あんたがビーゴの誰かと電話してるのが聞こえたけど」

「出頭しなくちゃいけないんだ。例のバカバカしい調書のせいだ、わかってるだろ」

オルガは油で黒くなったラウルの両手が歯車の上にチェーンをセットするのをじっと見ていた。

「クビになるの?」

「他の処分があると思うのか?」

その返事はオルガをがっかりさせた。

「でももう一度戻るって……」

「勿論だ」

オルガは僅かの間だが思い悩んだ。

「戻るって言ったのは、ここ、この家に戻るってことよ」

ラウルは両手を休めて、前から抱いていたような悲しみを目にたたえて、彼女を見た。

「いや」

彼女は何もせずに、少しの間、じっとしていたが、落ち込んだ声で言った。

「後悔してるの?……」

ラウルはしゃがんで、再び修理点検を始め、ブレーキのゴムの具合を確かめた。

「答えてよ。後悔してるの?」オルガは繰り返す。

「どうして今になってそんなことを聞くんだ」口ごもりながら、困ったラウルは苦痛の表情を浮かべて言った。「どうしようもない。嘆いても、もう遅すぎる」

まだ少しの間、そこに立ったまま、肩の荷物を掛け直しながら落ち着かない様子で、オルガは片手をドアの蝶番において身体を支えていたが、最後は、唐突に別れを告げた。

「元気でね」

ラウルは油まみれの雑巾を両手にもって上体を起こし、大窓のガラス越しに彼女が広間を通って台所から出て行くのを見守った。ちょうどそのとき、テーブルの上に放っておいた携帯電話が鳴った。家の中へ戻って電話に出た。

「フエンテス君か……そうだな……」携帯電話を耳に押しつけたまま、目は出て行くオルガの背中を追いかけていた。「バルセローナに? 今すぐだって?…… 誰かを迎えによこしてくれ、警視。車がないんだ」

ラバル地区の路地。散髪屋のドアからモロッコのマグレブ出身の野次馬数人が見守る中、パトロールカーが路地の入り口に止まり、そこから運転していた警官とラウルが降りてきて、すぐに民宿という看板が掛かっている玄関に入った。

「ご苦労様」と言ってトリーアス警視は手を差し出した。「手間は取らせないよ。身元がわかるかどうかだがね……」

「あんたたちの仕業か?」

「我々はまったく関与していない」

三人がいた場所は安宿の一室で、あまり調査もせずにいい加減に政府登録された類の宿泊設備だった。開いたままのトランク二つ、数点の箱、脱ぎ捨てられた高級な服、使った痕跡のあるベッド、床にあった引き裂かれたクッションが、パジャマのズボンしかはいていない男の血だらけになった遺体の一部を隠していた。民宿の主人は近眼のメガネをかけた小男で、部屋の扉に立って一部始終を見守っていた。警視とラウルは遺体の側に立ち、もうひとりの警官は写真を撮っていた。

「台帳には偽名を使っていた」と説明しながら、警視はしゃがみ込んでクッションを退けた。「だが、身元はわかると思う」

ラウルは血だらけの顔を見た。片方の目は開いたままで、丸めたハンカチが口に入れられていた。顔は潰され、金髪に染めた頭髪はきっちりと後ろへなでつけられていて、誰だか判別することはほとんど不可能だった。

「かなり殴られている」と確かめながら、上体を起こした。「しかしあいつだ。ネルソン・マスエラ。麻薬密売人トリスタンの右腕だった男…… 手帳は持ってなかったか？」「ポケットにもスーツケースにもありませんでした。身分証明のカードさえ残されていません」

「しかしどうして俺が身元確認に呼ばれるんだ？」

「ビーゴの調書によると、この男はお前とコンタクトを取りたがっていた」

「それは随分と前の話だ」

「まあな」警視は辺りを見ながら他のことを考えていた。「値の張る服とたくさんの荷物、まるで長旅に出るような感じだ。どうしてこんなに汚いボロ宿に泊まったんだろうね？」そして床から拾い上げたのはスーツケースの側にあった高級そうなジャケットと箱から少し見えていた女物のネグリジェだった。「見たところ金に困ってなかったようだ、ほら、高級店で買っている…… 隠れていたのだと思うか？」

「身をやつす奴だったんだ」退屈そうな仕草でラウルは少しその場を離れて、タバコに火をつけた。ラウルの曖昧な返事は警視の関心を引かなかったようで、警視は宿の主人へ向かって近づいた。

「ご主人。この男はそちらに何か預けませんでしたか、伝言などを？」

「いいえ、何もございません…… 二晩前に書類カバンを持って降りてきまして、夕食に行くと言ってカバンを預かってくれるように頼まれましたが、考えを変えて自分で持って行かれました」

ラウルはクッションの下から覗く遺体の手が手袋をはめているのを見逃さなかった。他にもいた警官のひとりがかがんで床に指の形をした楽器を並べた。

「で、カバンを持って帰ってきましたか？」警視は質問を続けている。

「それが実は覚えていないんですよ、刑事さん」と主人は答えた。「帰ってこられたのがすごく遅くて、私は半ば眠っていましたから……」

「では、ご主人が仰ったカバンはここの持ち物の中にはないということですな」

かがんでいる警官は遺体の手から手袋を脱がして、現場のデジタル写真をプリントアウトしている間、ラウルは何をしているのかと急に気になって彼を見た。その警官は近づいて、再度かがみ込み、死体の手を近くからよく見た。バラ色と銀色で見事に彩られた爪が光っていた。尋常じゃないなと小声でその警官が言った。

「ということはご主人はちゃんと用心していたということですな」宿の主人に警視は嘆くように言った。その後ラウルのところへ来たのは、ラウルがもう帰る用意をしていたからだった。「待ってくれ、フエンテス君。そのコロンビア人はお前さんとコンタクトを取りに来ていたと思うか？」

「俺がここにいることさえ、あいつが知っていたはずがない」

「で、持って行ったが、ここにはないそのカバンのことは？　何か思い当たることは？」

「まったくないよ、警視殿。じゃあな、必要となったら俺がどこにいるかもう知ってるんだよな」

33

「泣くなよ、もう」ラウルが言う。「大したことじゃない」

「あんたに何がわかるのよ。怖いのよ……」

「誰も悪いことはしないさ。いいかい……　叔父さんが会いに来たんだろ?」

ナンシーは肘掛けイスに座り、片方の靴を手に持ってメソメソ泣いていた。ラウルが彼女の前にしゃがみ込む一方で、バルバラとミレーナは何とかして慰めようとしていた。ミレーナはティッシュを差し出し、バルバラはヨーグルトを手にしていたが、スプーンは口にくわえたままだった。ジェニファーと部屋着で髪にカーラーを巻いたままのヤスミーナは開いたドアの近くで、ジェニファーはコーヒーカップを持ったまま爪を研ぎ、ヤスミーナはサンドイッチをかじっていたが、そこへ入ってきたときにはナンシーを見てすぐに心を痛めている表情になっていた。遅い朝食の時刻だったので、陽光は部屋いっぱいに入り込んでいる。

「怖がらないで言ってくれないか」とラウルが続けた。「誰にも言わないから」

「その通り、来たわよ、夜に、突然!」泣きじゃくりながらナンシーが言った。「お忍びだって、そう言ったんで、私、びっくりしたわ!　髪の毛はサルのようで、ネズミのようにコソコソとしてた!仲間の女の子にも誰なのか言っちゃダメだって……」前屈みになって床を見た。「ああ、もう片方の靴がない……」

またメソメソと泣き出しながら、ミレーナが横から差し出しているティッシュの箱から無理やり鷲掴みでティッシュペーパーを取った。

「そうしてマネキンのようにいろいろな格好をしたんだけど、コスプレが本当に好きだったのよ、でも今聞いたら死んだって……！　かわいそうなネルソン叔父さん！　どうしよう、ミレーナ、これからは絶対にここから出ちゃだめよ、絶対に！」

「落ち着いてよ、お願い……」とミレーナは彼女の横に座って片腕で肩を抱いたが、ナンシーは床に四つん這いになって靴を探し始めた。

「どうして一緒にバルセローナへ行かなかったんだ？」とラウルは尋ねた。「コロンビアへ連れて帰ってもらうんじゃなかったのか？……　ナンシー、答えてくれ」

尻を突き上げてベッドの下へ潜り込んで靴を探し、泣きじゃくりながら呟いた。

「もうちょっとだけ待っててくれって、そう言ったの！　先に片付けなきゃいけないことがあるんだって、二、三日で解決するから、そうしたら迎えにくるって……　そう言ったのに！」

「じゃあ、また来るって約束したんだな」

「いつもまた来るって約束してくれてた！……」泣き叫ぶあまりに彼女の声が詰まった。

「よしよし、落ち着け」ラウルはしゃがんで彼女の両肩をつかみ、床から立ち上がらせた。「いいか、このことはローラ・ママにもシモンにも一言も言うんじゃないぞ。わかったか？　次に、教えてくれ、叔父さんは何かここへ置いていかなったか？　書類カバンか何かそんな物を預けなかったか？」

ナンシーは大泣きするのをやめて、疑いの目で彼を見た。ラウルは彼女の目の中にそれが事実であったことを読み取った。驚いた彼女はミレーナや他の女がいる方へ視線を外して、さらに大きな声で泣き出した。

「本当に変装してやって来たの、すごく変な人に見えたわ、頭のおかしな女がびっくりしたような感じ！……かわいそうなネルソン叔父さん、私がしてあげたあんなに素敵なマニキュアをしたままで」

「ホント、偶然に私もそれを見たわ」とバルバラが口を挟んだ。「素敵だった！」

ラウルは既に洋服ダンスの中をかき回していた。女たちは皆期待して彼を見ていたが、ただナンシーだけは違っていて、どんどんと恐がっていくのだった。バルバラはスプーンでヨーグルトを少しだけ取ったが、そのスプーンを手にしたままで、食べることを忘れていた。

「それなのにみんなは私が何か隠していると思っているの？」ナンシーは泣きじゃくる。「私に何かを持ってきたはずだって！……」

ラウルは壁とベッドの枕元の間、ソファーのクッションの下、ナイトテーブルの下を調べ、腰掛け式クッションの内部を探っていたが、ナンシーの方はそれを見ようともせずに泣き言を繰り返していた。

「香水か何か知らないけど、小瓶のラッカーか新しい爪切りよ！　あんたたちは僅かなことでも私が隠しごとをしてるって思ってるの？　こんなに長い間ここに閉じこめられて、家族のようにしてたのに……　だって、恋人でもあったけど、それ以上に叔父さんだったんだから！」

「すごくケチな叔父さんだったよね、そうでしょ、ね」とジェニファーが意見を述べた。

ラウルはバスルームへ入った。

「私を家に帰してくれる人だったのよ！……」ナンシーはこう付け加えて、ミレーナを見た。「何よ、何なのよ！　で、私たち、どうなっちゃったの？……　まだ山ほど借金があるし、三日も寝てないし、忌々しいあの片方の靴も見つからないし！……」

彼女の言葉は最後は涙で聞き取れなかったが、ラウルがバスルームから書類カバンを持って出てきたのを見て彼女は急に泣きやんだ。

「あった！」ラウルはカバンを開けて中身を調べた。帳簿二冊、書類挟み、請求書や契約書を入れて完璧に整理されたクリアーファイル、そして表紙が黒い防水布でできた小さな手帳。ある頁に女の名前が一列に書かれていた。その中にはナンシーとミレーナの名前もあって下線まで引かれていて、メデリンとペレイラに住んでいる他の女の名前もあった。

アスンシオン・バルガス　＝　ペレイラ
グラディス・ガルシア　＝　ボゴタ
デシレー・アルバラード（イビサ島経由）
ルーシー・モリーナ
ナンシー・ベルメーホ　＝　ペレイラ

リーナ・ソメソ
ミレーナ・オルガード＝ペレイラ（オトゥン地区）
ドリス・バリェーホ

「書類だけよ」と嘆くナンシーの声にはすごく恨みがこもっていた。「私たちのものである限りは私には手を出さないって、私の両親にもよ、私はそう聞いた。で、誰にも言うなって……まあ、それがどうしたって、ことよね。お金は入ってなかったわよ、もう調べたから、くだらない書類ばっかり」さらにメソメソと泣き出した。「私たち、絶対にここから出られないわ、ミレーナ、絶対に……」

ミレーナはほとんど口を付けていないヨーグルトを、バルバラから取り上げてナンシーへ渡す。

「少しでも食べなよ、すぐに調子がよくなる……」

「ホントにそうなのよ、腸の中が運動会、それも派手よ」とバルバラが意見を挟む。

ナンシーは拒否した。ミレーナは残りの三人にふたりきりにしてくれるように目配せをして、ナンシーを浴室へ連れて行き、中へ入ってドアを閉めた。書類のひとつを読みふけっていたラウルも部屋を後にして、放心状態になったヤスミーナ、ジェニファー、バルバラの三人の後に続いて廊下へ出た。三人は事件についてしゃべりながらジェニファーの部屋へ入ったが、ラウルはカバンを脇に挟んで、書類を手にしたまま、裏のバルコニーへ向かった。彼の耳には浴室からナンシーの嘆きとミレーナの声が聞こえていた。

「ちょっと熱めのお風呂が一番いいんだよ、絶対。それからヨーグルトだけでも食べてよ……その後で私にマニキュアしてちょうだい、いい?」

ラウルは書類に目を落としたままでバルコニーへ出て、手すりに近づいた。遠くに見える国道はもう交通量が増えていて、ラウルは書類を手にしたままそれをずっと眺めていた。が、急に意を決したように、書類をカバンへしまった。ちょうどそのとき背後でミレーナの声がした。彼女はバスローブ姿で、濡れた袖をまくりあげていた。

「帰った方がいい。ローラ・ママはあんたを出入りさせないようにって言ってたから……」

「それは俺が考える」とラウルは言った。「いずれにしても当分は姿を消す。いいか……すべてが俺の期待通りに行けば、俺があんたをここから救い出す。ナンシーも一緒だ」

カバンをもう一度脇に抱えなおして、ラウルは彼女の両肩に手をやろうとしたが、彼女は何度も拒否して受け入れない。

「そこに何が入っているの?」カバンを見ながらミレーナが言った。

「少しばかりラッキーならば、あんたが郷里へ帰るチケットが入ってる。そして身の回りの安全だ。今度は俺を信じるんだ」

試しにもう一度両手を彼女の肩に親しげにおいてみると今度は彼女も受け入れたが、身体をこわばらせて青ざめ、嗚咽しそうになるのをこらえながら、ラウルの目を見続けていた。

「何をするつもり?……」

「まず自分の管区へ戻ることにする。きっと裁判で法廷に立たされるだろう。いや多分まだかな、まあすぐにわかることさ……二カ月前から俺は無用な人間になっている」自分に向かって言っているように付け加えた。彼女から手を離しはしなかったが、彼女の顔を見ようと少し身体を離すと、ラウルは元気な声になって、改めて決断した。「電話するよ。だから、その間は誰も口を滑らせたりしないように見張っていてくれ」

「どれくらいの間、居なくなるの?」

「わからん。でも信じてくれ。あんたは誰に一銭の借金もなくここから出られるんだ、弟が望んだように……　もう行ってナンシーの世話をしてやれ」彼女を置いて立ち去ろうとして、向き直った。不意に彼女の顔を両手でつかんで、口にキスをしたが、彼女はじっとしていた。「俺が戻るまで待ってるんだぞ、それがこれからすべきことなんだ、いいな?」彼女の鼻の前で指を振ってみて付け加えた。「で、この吸引器の調子はどうかな……　しっかり閉じておくんだぞ」

ミレーナは改めて、訝しげで気が進まない表情を見せた。

「私はしたいことをするだけよ……」

「まあ、いいだろう」とラウルが遮った。「ただどうするかを考えてみてほしい。ただそれだけだ。じゃあ」

ふたりはバスタブの中に向き合って座り、裸のままで髪の毛は濡れ、高くした膝を両腕で抱えていた。ナンシーはメソメソ泣きながら呆然とした表情でスポンジを胸に押し当て、ミレーナは片手にヨーグルトを持って、もう片手で一口分を取ったスプーンを差し出していた。

「ちょっとだけよ、ナンシー。フルーツ入りだよ、ほら……　だって三日も何も食べてないんだから」

「ここから出て行こう、ミレーナ、逃げるのよ!……私たちにはもう誰も残ってないのよ。あなたにはバレンティンが、私には叔父さんが、もういない……　逃げようよ!」

「逃げるなんて、バカなこと言わないで!」ヨーグルトをすくったスプーンを彼女の口に入れる。「もう忘れたの、ここへ来たときにどんな扱いを受けたか、閉じこめられて、殴られて、暴行されたのに、もう忘れたの?　さあ、食べなさい……」

メソメソ泣いたまま、ナンシーは小さなスプーンを手で払い、その後で元気のないままで両膝に額を預けた。

「あなたはラウルがここから連れ出してくれると思っているのね」と言った。

ミレーナは彼女の頭を撫でてから、彼女の手に残っていたスポンジを取って、我慢強く、愛情のこもった仕草でスポンジを絞り、彼女の両肩とうなじにお湯を掛けた。ナンシーは泣き濡れた目で付け加えた。

「そう信じてるんでしょ、ね?」

ミレーナは肩をすくめ、続いて何度か首を振って否定した。

34

ラウルが出て行ってから一週間後の土曜日の夜、すべての女にとっては多くの仕事とともに始まった週末だが、ミレーナはらせん階段の上の踊り場で、ここから逃れることはできないと突然悟ったことでショックを受けて立ち止まる。もし逃げたらここよりももっとひどい場所へ行くしかない。次にラウルが電話をしてきたら、戻ることはできないと伝えるためだろう。初めてじっくりと向こうの階下のバーにある青いホールを眺めた。手すりの上からうつぶせに身を投げて、途中でひっくり返って頭から落ちるのは簡単なことだろうと思った。それは思い描いたというよりも、サブリミナルなイメージ、短い時間に現れては消えることを繰り返し始めたイメージ、何らかの気晴らしを理由に見いだされるありふれたイメージだった。

ただ、何かにすがりたくて、音の大きすぎる音楽に全神経を集中させていた。何て綺麗な音楽かしら、メロディーの方なのかもしれないけれど、いつも私は素敵だと思ってきた。丹精込めて化粧し、気を引く服装をしてはいるが、こわばった視線と傷ついた顔は彼女の中毒がまだ直っていないことを暴露している。一度下を向き、一直線にカウンターへ向かってホールを横切ると、彼女の前にナンシーが立ったままでいて、ローラはあとレモンを輪切りにするだけで客に出せるワンプレート料理二皿を待っていた。それはナンシー自身とテーブルで彼女を待っている客のものだった。店はとても混み合っていた。アリーナは二時間で三人目の客を取っていて、ヤスミーナの同伴者は階段でヤスミーナと出会ったばかりである。ジェニファーとレベカはカウンターの端にいる六十路男ふたりと冗談を言っており、バルバラはホールでダンスのステップを踏んで、小太りの若者が彼女のリズムを真似て、無様な動きをして周囲にはひとり上気しているように見えた。

「私はレモン抜きね、ローラ・ママ」とナンシーが言い、ミレーナに近づいて言った。「ちょっとひどすぎない？」

「バカなこと言わないでよ、ナンシー」

「鏡を見なさいよ。それに爪も。ひどいわよ！」辛そうに叫ぶが、ミレーナは立ち止まることなくそばを通る。「あたしたちにとって爪がどれだけ大切なものか、あんたに言ったわよね、ミレーナ、何度もね」

ミレーナは相手にせず、気乗りしない足取りで、奥に引っ込んだテーブルへ向かう。目で後を追いながら、ローラはレモンの輪切りをグラスの縁に挟み、カウンターの上でナンシーの方へ料理を差し出して、言った。

「見張っておくんだよ」

ナンシーは嫌な感じで顔をしかめた。ある熟年男性がミレーナの傍に座って話しかけ、タバコを差し出しながら片手を彼女の膝の上に置いた。

「私はもうどうしたらいいかわかんない、ローラ・ママ」

「もう一度電話があったんだけど、あの娘は出たがらなかった」

「えっ？」ナンシーは怪訝な顔をした。「でも、どうして？」

「うーん、聞いてご覧」

「で、相手に出たがらないって言ったの？……」

「客の相手をしてるところだと言っておいたわ。前のときと同じように」

「で、何て返してきたの？」

「何も」

その男は立ち上がってミレーナから離れていった。

「何も？」とナンシーが言う。

「大事にしてやれって」関心がないふりをして、ローラが付け加えた。「それから、あっちでは雨がすごく降ってるって」

「で、それだけ？」

「言葉が足りないって言いたいの？　あのデカは無口で無愛想な野郎だって知らないの？　情け容赦ない他のデカと同じよ」改めてワンプレート料理をナンシーへ差し出した。「さあ、持って行って」

そのすぐ後で、テーブルに肘をおいて頬杖をついていたミレーナは胸の近くまで頭を垂れて、とてもゆっくりと前方へ傾いていった。テーブルに両腕を投げ出して、その両腕の間に頭を置き、指にタバコを挟んだまま動かなくなった。ローラはそれに気付いて、目でナンシーを捜した。

ちょうどそのとき、フレディー・ゴメスがふたりの仲間を連れてクラブに入ってきた。三人はミレーナの側を通ったがミレーナには目もくれず、フレディーがローラ・ママに合図をすると、ママはすぐさまカウンターを離れて、磨りガラスのドアの前で三人と合流した。ドアを開けて三人の男に付き添って厨房へ行く前に、ローラはナンシーとレベッカに危険を知らせる目配せを素早く送ったが、ふたりもフレディーが来たのを知っていた。ナンシーは客に断りを入れてから席を離れて急いでミレーナのテーブルへ向かった。彼女の指からタバコを取り去って肩を揺すって起こそうとした。

フレディーの仲間のひとりが再び出てきて、ドアのところから目で辺りをうかがってナンシーとミレーナの居場所を突き止めた。顎で指示を出して、ナンシーに、そしてミレーナにも、厨房まで来るように命じた。ナンシーはミレーナを励まして、何とか立ち上がらせて、腕を取り合ったふたりは開いたドアのところで待っている男のところへ向かった。ふたりが中へ入るとその男も彼女らの後を追って中へ入り、ドアを閉めた。

35

フィニート・アグアードのバルの裏に当たる波止場の縁に立って、ラウルは肩から羽織っているレインコートを直し、今では小雨になった雨粒が表面を小さく波立たせることで濁った海面を見ている。ゴムバンドの付いた小さな青い書類挟みを小脇に抱え、レインコートで雨から守っていた。時計に目をやり、海に背を向けて裏の戸口からバルへ戻る。

やや離れたテーブルを選び、レインコートを脱ぐこともなく、通りに面したドアを見据えるイスに座る。十五秒もしない内にセサル・トリスタンがここに現れることを知っていた。テーブルに書類挟みとタバコを置き、できれば酒を飲むのをやめたいと思っているがそれができない男は朝から何を飲めばいいのかと考えている。この時刻にバルにいた客は三人。ひとりはカウンターで新聞を読んでいて、後のふたりはドミノ・ゲームをしながら入り口近くのテーブルで蒸留酒《オルーホ》を飲んでいた。給仕はカウンターの内側で酒のつまみを準備していた。

扉が開いて、背の高い細身の男が入ってきた。歳は三十五、きちんとした身なりだが、いささか派手で悪趣味なところがある。シルクのシャツの前を開けて胸を見せ、金のロケットを首から下げ、革のショートコートに大きな襟、手には目立つ指輪をいくつもはめていた。その男の背後からゴリラのように見える奴が続いた。モンチョ・トリスタンの長男は入り口で立ち止まり、ラウルを見て、バカにした表情でその場所を値踏みして、付き添ってきた男に顎でカウンターにいるよう指示をする。続いてラウルのテーブルへ向かって進んだ。

「久しぶりだな」と意地の悪い声で言った。

「それほどでも。座れよ」

そうする前に、セサル・トリスタンは周囲に目をはわせた。

「ビーゴならもっと良い席があるがな」

「多分な。しかしここは俺たちの友人のネルソンが生きているのを見た最後の場所だ。あのかわいそうな悪魔のことは少しくらい思い出してやってもいいと俺は思ってきたんだ」

「ネルソン・マスエラさんは」他人の不幸を楽しんでいる感じでトリスタンは言う。「コロンビアへ帰ったんだ、こちらの情報に間違いがなければね」

「俺ならむしろ地獄へ帰ったと言うだろうね、そして誰がそうしたかも俺は知っている。しかしそれは置いておこう。何を飲むかな?」

「さあね」考えるのも嫌そうだった。「じゃあ、アルバリーニョ「ガリシア産のワイン」にしよう」

ラウルは手を挙げて注意を引こうとしたが、給仕はカウンターであのゴリラの接客をしているところだった。

「アルバリーニョを二つ!」

「親父があんたによろしくと……」

「あなたに、だ」暴言になるのを押さえた口調で遮った。「お前は俺に馴れ馴れしい口をきくんじゃない」

トリスタンは黙って五秒間じっとラウルを見た。自分から折れることに決めて、軽く微笑んだ。

「あなたのデカさんとしての行儀は良くなってないようですね」

「お前に対してはな」

「なるほど」冷静に言い添えた。「弟にして下さったことを忘れちゃいませんよ」

「単刀直入に行こうぜ。俺はここにお前の親父とお前が関心を示しそうなものを持ってきた。電話で話したマスエラからのちょっとした贈り物のことだ」テーブルの上で書類挟みを彼の方へ差し出す。「この中にある」

セサル・トリスタンは猜疑心の強い目で彼を見つめ、その後書類挟みを受け取り、眼鏡をかけてから開けた。量は大したことはない、書類が七、八枚入っているだけだ。

「当然コピーだがな」とラウルは言って、タバコに火をつけた。

カウンターにもたれかかっていたが、ボディガードはテーブルから目を逸らしてはいない。トリスタンはしかめっ面でコピーを調べているが、明らかに気にくわない様子だ。給仕がやってきて、ワインを二つ置くと立ち去った。トリスタンは書類を読むのをやめることなく一口ワインを飲んだ。

「それは単なる商品見本だ」とラウルは付け加える。「書類はもっとたくさんあって、とても綺麗な字で書かれた帳簿が二冊ある。友人のネルソン・マスエラは有能で几帳面な会計士だった。ちょっとやり方が古くさかったがな」

トリスタンは調査を終えたものとして、眼鏡を外し、ラウルの顔を注意深く観察した。

「この取引はお流れだ」と言う。「親父がこれに関わっているはずはない。いつも中心にはいなかったからね」

「それはどうかな。多分お前の親父が巻き込まれている、脱税と外貨持ち出しの計画がある。だが、それはどうでもいい、今はお前が相手だ。その書類はお前を直接ムショへ送ることができる、気が付いただろう…… ほとんど年端もいかぬ、未成年者専門の人身売買だ。この取引を受けても、その権利を既に譲渡していても、と言っても俺はそんなコトしてないと思うがね、どちらにしてもお前はもう首に縄がかかっているのさ。で、麻薬で儲けた金をロンダリングできれいにしようとしても、他の合法的な商売ではまったく役に立たないだろうしな」

「気をつけてものを言って下さいよ、あなた。警官のバッジもないのにそんなところへ踏み込むことはできません。追い出されたことは知ってるんですよ」

「キンタマ潰すのにバッジがいるとでも本気で思ってるのか?」

セサル・トリスタンが脅迫の度合いを測っている内にラウルが続けた。

「一部にお前が社員名簿に入れている娼婦のリストがある。ひとり、気になる女が…… いや、正確にはふたりだ」

トリスタンはイスに座り直して、自分なりに時間をかけてから応えた。

「わかりました。間違っていたら訂正して下さい。旦那はお出でになって、調停をご提案に……」

「呼び名は何でもいい」

「取引とでも、もしその方がよければ」そして皮肉っぽく微笑んで言った。「何かとても不名誉なことをある刑事がしでかした、でよろしいですか？」

「俺は一度も名誉ある刑事じゃなかったよ」

トリスタンは考え込みながら、メガネのレンズをハンカチで拭いている。

「了解しました」と最終的に言った。「取引の中身を伺いましょう」

「マスエラはペレイラからふたりの女を連れてきた。ナンシー・ベルメホとミレーナ・オルガード……」

「知りませんね。商品については個人的には承知しておりません」

「ではすぐにわかるようにさせてやるよ。今日の今日から借金は棒引きになったと考えてもらいたい。もちろん報復処分もなしだ。その代わり、この書類はすべて、必要な時間だけ、安全な場所に保管することにする」

トリスタンの唇には再び人をからかうような笑みと軽蔑が浮かんだ。

「おや、おや。結局、吠えまくっていた犬はおとなしくしてくれるんですね、不法入国したひとりの娼婦を助けるために。違いますか？　麻薬部隊の上官が聞いたら、何と言うでしょうかねえ……」

「今の俺の上官は俺だ。俺の提案はもうわかったな」

再びトリスタンは考え込んだ。太い指輪をはめた彼の指は、この状況を有利にしようと無駄な努力をする中で、予め計画していたように平静さを装って、ワイン・グラスの縁をなぞっている。

「では、何ができるかわかりませんが、やってみましょう」遂にこう言った。「実を言いますと、直接人に関わることは担当したことがありません。承知しているのは、何人かの女性がときどき移されて来ていることだけでして……」

「バルセローナ近くの、街道沿いのいかがわしいクラブにいる」

「どこでも同じです。もうそういうことからは足を洗ってるんで。東のマフィアが今ではすべてを手に収めていまして、転売することもよくあります…… そのふたりがもうこちらの担当ではない場合はどうしますか？ 一番ありそうなことですよ、もうその商売はやめたんです、もうお伝えしましたよね」

「その場合はふたりを取り戻して、ふたりに危害が及ばないようにするのがお前の仕事だ」と言うラウル。「何としてでもうまくやれ、さもないと絶対に監獄から出られないぞ。ふたりの名前をメモして、刺客に伝えて、丸く収めるようにやるんだ」

「結んだ協定をあなたが守って下さるとどうして言えるんですか？」

「ただこれだけは忘れるな。あのふたりには何も危害が及ばないこと、ふたりにも俺にもだ。もし何かあれば、二十四時間以内にその書類が裁判官の手に渡るぞ」吸い殻を灰皿で消してグラスのワインを飲み干した。「よくわかったか？」

トリスタンは黙ったままだった。テーブルに置いた書類を見つめている。

「これはお持ち帰り下さい」

「お前が持って行って父親に見せてもいいぞ」彼は立ち上がった。「原本は厳重に保管してあることを忘れるな」

トリスタンはコピーの書類を書類挟みにしまい始めた。カウンターでは、ボディガードがどのような指示にでも対応できるような態勢でいたが、しかし親分はイスに座ったまま、考え込んだ様子で書類挟みにゴム紐を掛けていた。

「大金をはたくことになるな」とラウルが付け加えた。「飛行機のチケットだが、期限は迫ってすぐに伝えよう。家族によろしくな」

「ちょっと」と言ってトリスタンはイスから足を延ばしてラウルの行く手を阻み、わざとらしい声で言った。「ひとついいですか？　何をうぬぼれているのかわかりませんが……　あなたはこちらと同じで、さほど上等な人間ではないんですよ」

「確かに。取り決めを守らないときにそれがわかるだろうさ。いつかお前が当然の罰を受けるようにしてやるよ」

「説教するのはやめて下さい、フエンテスさん。調子に乗らずにね」

ラウルは行く手を阻んでいる脚を見た。セサル・トリスタンは脚を引っ込め、ラウルはバルの出口へ向かって進んでいった。

36

白い服を着た若い娘がローラースケートをはいて、スーパーマーケットの辺りで宣伝ビラを配っている。その場で二回ほど回転してから突然気を付けの姿勢になり、白く輝く歯を見せて微笑みながらパンフレットを渡す。

「ハイ、ハイ！　フルデントで笑顔に！　ディスカウント付きだよ！　よろしく！」くるりと半回転して背を向け、顔だけはこちらを見続けながら、笑顔をたたえたままで遠ざかる。

「どこにいってたの？　心配してたんだよ！」

もらったパンフレットを手に持って、スーパーへ出入りする人混みの中、ラウルは黄色い自転車に跨ったまま、ひさしのある帽子からは髪の毛があちこちハミ出したままで、ゲームセンターの一角でその娘がスケートをしながら立ち去るのを唖然として見ていた。自転車のカゴには買ったばかりのタバコのカートンが入れてある。彼は時計を見た。五時を過ぎること二十分。自転車に跨ってペダルをこいで、ロータリーに沿って勢いよくカーブをきり、国道の方へ向かった。路肩を真っ直ぐ進み、少ししてクラブの看板を遠くに認めると、ローラースケートの彼女ともう一度会うにはどうすればいいのだろうかと自問した。多分ちょっとしたプレゼントだと言ってガリシア地方の土産か何かを持っていたらよかったんだろうなと思った。いや、そんなバカな。クソッ、間抜けなこと言うなよ！　誰がお前なんか気に留めるかよ、これまでも、これからもずっとな。ビーゴから最後に電話をかけたとき、三日前のことだが、ローラによると、忙しいからと言って電話には出なかったんだ。正午に二度電話をしたときは眠っていたというが、もう首を吊っていたというのが本当のところだろう。

こんな時刻なので客はひとりしかいなかったが、店の常連の飲んべえがカウンターの端に座って、生気のない声ではあったが親しげにレベカに話しかけていた。ジェニファーはホールの奥にあるイスに馬乗りになって跨り、膝の上ですごく真剣に何かを調べていた。アリーナとヤスミーナとバルバラは客待ちの状態で退屈そうにカウンターに張り付いていた。ふたりの新顔がいて、ウクライナ人のような顔立ちで背の高い金髪女と経験豊富そうな浅黒い肌の小太りの女だった。アリーナとヤスミーナはラウルが入ってくるのを見るとほとんど同時に身体の向きを変えて入り口の方を見た。ラウルの後に少し距離を置いてシモンが入ってきて、玄関先で立ち止まった。そこから、ラウルの背中越しに、あの娘を呼ぶようにと姉に合図をして、入り口のクロークのところへ戻った。

「まあ、放蕩息子さん、戻ってくるとは思ってなかったわ」ローラ・ママは布巾でカウンターを拭きながら声をかけた。ラウルが目でその場所を探っているのを見て、付け加えた。「探すんじゃないよ。もういないんだから」

ラウルはカウンターに近づいてローラの顔をじっくりと観察して何かを言おうとしたが、らせん階段から女性のヒール靴の足音がしたので彼はそちらに注意を向け、振り返ったがすぐ顔を元へ戻した。別の女の脚、新顔の女だったからだ。

「何て言ったんだ？」

「もうここにはいないって。連れて行かれたのよ。ナンシーも一緒にね」

「いつ？」

「忠告してもいいかしら」次にするだろう質問に先んじてローラが言った。「一杯飲んでからにしたら。どう、ニューフェースがいるのよ。こっちがタティアーナで。こっちがドリス。それから、あそこにガブリエラが来たわ」

「どうして電話してくれなかったんだ。いつのことなんだ」ラウルは言った。

「こうなっちゃった、ただそれだけ。どこへ連れて行かれたか知らないし、こっちには何も言わずじまいだよ」ローラは不機嫌だった。

「そんなことはないだろ。これまであんたはずっと俺を騙してきたんだ、クソババア」

「ねえ、ちょっと、どうしてもうやめないのさ。あたしはねえ、もう終わりだよ……　あんたの弟があの娘に夢中になって、かしづいたときからもう終わってたんだよ」

「嘘だ」

「本当だよ、あんたがどう思おうとね」

会話が中断した後で、客がひとり入ってきてカウンターに腰を落ち着けた。バルバラの客だったので、微笑んで甘い言葉をかけながら彼女の側へ移動した。ローラは音楽の音量を上げて、ヤスミーナに自分の仕事をするように合図をし、濡れた布巾を手にカウンターの端まで移動してラウルに話の続きをするように強く要請した。

「こっちへ来て、カッカしないでよ。あの娘のことではシモンと私がどれだけ辛抱してきたか誰も知らないんだから。病気を直そうともしないし、誰の言うことも信用しない。処置なしよ……　あんたには想像できないようなこともあの娘のためにしてきたのよ。最後には部屋代さえ取らなかったし……　前から何度も言ってきたわよ、あんたは連れて行かれるよって。ここから引きずり出されたときのあの娘を見ていたら、あんただって誰だか見分けがつかなったでしょうね……」

「もういい、たくさんだ！」ラウルが話を中断させた。

「連れてきたときと同じ連中よ」

「で、どこへ連れていかれたんだ」ローラはうちひしがれたまま、首を振って黙っていると、ラウルがカウンター越しに彼女の腕をつかんで、怒りにまかせて彼女を揺さぶった。

「誰に義理立てしてるんだ、ママさん」

ラウルが店に来てから、ジェニファーとマリーナは彼が暴力的な反応をするのではないかと心配して、スツールから降りて彼に近づいていた。

「大丈夫」ローラはふたりにそう言って、表情を変えずにラウルと向き合った。

「知らなかったのなら言っとくけど、これがここで働くってことだよ。何人かの女が連れて行かれて、別の女が連れてこられる、いつもこうだった。これ以上言うことはできないわ、だって私は何も知らないからね」

「どうしてビーゴにいた俺に電話をしなかったんだ?」

「何のために? あんたに何ができたのさ。私はあんたはあそこに居た方が良かったと思ってたんだ。あんたはすぐに心変わりするけど、それは良くないね。放してよ、お願いだから」

ゆっくりと彼の手から逃れたが、彼から目を逸らすことはしなかった。そのとき、ジェニファーが意を決して話し出した。

「ちょっと……」会話が途切れたので、ラウルが振り返ってジェニファーを見つめたが、訝しがって目をローラへ戻すとすぐに、ジェニファーが再びラウルに言った。「知らないけど、ミレーナから一度だけ聞いたの…… あの男、フレディーさんが彼女を脅迫してて、ろくでもないところ、あっちのシッチェス郊外の辺りへ売り飛ばすって…… シッチェスとビラロバをつなぐ道路沿いのどこかだと思う。でも名前は知らない」

ローラ・ママは疲れてゆっくりと布巾でカウンターを拭き始めたが、手もとを見ているのではなくて、目はラウルから離さなかった。

「私は何も知らない」きっぱりとローラは言った。「でもこの娘が言うのが本当なら、そう遠くはないわね。二十キロをちょっと越えるか、三十キロくらいの距離じゃない?」

「名前は言ってなかったか、覚えてないのか?」

詰め寄るラウルの目がおびえたジェニファーに突き刺さる。

「この娘は知らないよ、もう聞いたでしょ」

ローラが先手を打つ。ジェニファーに厳しい視線を投げかけて、あっちへ行くように指示を出し、すぐに急に力を込めてカウンターのテーブルを拭き始め、まるでラウルが心配していることを無視するかのように、ローラが不平を言った。「何のためにコースターがあると思っているのかねえ」

彼は聞いていなかった。ミレーナがどこにいようと、多分そう遠くにはいないから、遅かれ早かれ見つけ出せるだろうと思った。ふたりを引き離しているのはきっと二十キロか三十キロくらいの距離だろう。しかし、あえて分析することはしないが、ある感情が沸いてきた。関係を修復したいと思うからか、愛情という獲得したばかりの習慣からか、ただ単なる欲望からか、いずれなのかわからなかったが、沸いてきた感情はもっとずっと大きな別の距離があることを教えていた。単なる物理的な距離だけではなくて、間に大きな海があって、暴力と強要がはびこる広大な領域がある。遠く離れたところにある、みすぼらしい暗黒街が、数十キロの距離を遙かに超えたところで彼女を待ち構えていて、それが取り戻さねばならないとラウルが感じている本当の距離だった。しかし、その距離はどうやって測るのか？　いずれの日にか、どこか知らない街道沿いの売春クラブであの娘を見つけることができると確信すればするほど、その距離を強く感じて、乗り越える自信もわいてくる。

「もう会えないかもしれないな、ママさん」そう言って、カウンターを一回叩いた。「じゃあ、元気でな」

「待って」と彼女は引き留めた。「ミレーナが不幸になればいいなんて思ってないけど、あのかわいそうな娘はここに連れてこられたときにはもう自分の運命を悟ってたわ。しかし、あんたに言ったことは嘘じゃない……　彼女はデシレーと同じなのよ。理由は聞かないでちょうだい。でも、ああいう類の女は地獄のようなもので、不幸しかもたらさない。いつも目の前にはすべての扉が開いている。郷里へ帰る扉、誠の愛の扉、借金を返す扉……　つまりは、あんたに語ることは何もないわね」背を向けて棚にあるウォッカの瓶を取った。「いずれにしても、あんたはしたいようにするんでしょう。行く前に一杯どう？　サービスしておくわ……」

夜のとばりが下りて、海の側の国道C二四三号線に沿ってアスファルトの上で彼はペダルを漕いでいた。ひさしのある帽子を目深に被り、小さなリュックを背負って、中身は他でもない罪の意識が入っている。上り坂では力を入れて、下り坂では進むがままにして、しばらくは自動車のライトに目を眩まされ、ときにはランプで飾り立てられた大きなトラックが喘ぐような音をたてて進むときの爆風に晒された。ガラーフの断崖の上で、渚も見えない暗闇から側でうなり声を上げる海とともに、バレンティンが何度も目にした娼婦たちの亡霊のことを考えた。その亡霊はときには息苦しそうな姿で、ときには国道の路肩に立っていた。また、あれやこれやの人物に生涯に渡って打ち負かされてきた父親のことを考えた。が、しかしバレンティィンが体現していた自由の理想のことは考えなかった。そして、オルガと一緒に別れを告げたときの父親の冷たさと口数の少なさを今一度嘆き、何よりもまして、ローラ・ママがバーのカウンターで最後の一杯を出してくれたときの言葉、ダンスミュージックとロリータ・クラブの笑い声に混じった太くてフルーティーで、少し人をからかったような彼女の声のことを考えた。

「サービスしておくわ。だけどね、もう一度来て一杯くれって言うなら、今度は払ってもらうわよ、いいね。タダ酒は終わりだよ、こっちも商売だからね、それにあんたはもう偉い人じゃない。今じゃ厄介者に過ぎないんだからね」

終

訳者あとがき

本書『ロリータ・クラブでラヴソング』(二〇〇五年)の作者フアン・マルセーはスペインの現代文学を代表する小説家であり、文壇のもはや重鎮である。これまで我が国に紹介されたことがなかったのは意外だが、文学辞典や文学史などの散発的な記述を除けば、マルセーの人と作品についてまったく知らされていないからには、まずはこのあとがきをオーソドックスに作者の伝記的な記述から始めたい。

＊

フアン・マルセーは一九三三年一月八日にバルセローナに生まれた。彼の出生については諸説あって定かではなく、デリケートな問題も含んでいるが、彼の公式ホームページ (http://www.clubcultura.com/clubliteratura/clubescritores/marse/) によると、フアン・フェネカ＝ロカとして生まれたが、母親が亡くなったことで孤児となり、マルセー家に引き取られてからはフアン・マルセーと名乗ることになる。幼少期は大都会のバルセローナとタラゴナ県の田舎を行き来する生活だったが、学校では決して誉められるような児童ではなく、いつも遊んでいた外の通りが後に彼独自の文学世界にたびたび登場する場面となる。十三歳になってから宝石加工工場で見習いとして働きだすが、既にこの頃から短編小説を書き出している。文芸評論家でもある詩人ホセ・ルイス・カーノが主宰していた文芸誌『インスラ』に作品が掲載されることもあったが、まだまだ無名の存在に近かった。映画へ傾倒していき、ボヘミアン的な生活を送る中で書いた習作が、小説家を目指す若人に授与されるセサモ賞を受賞。こうした物書きとしての出発には当時交際していたパウリーナ・クルサットの援助が大きく関与していたらしい。二十二歳（一九五五年）で徴兵されて軍隊生活を経験するが、この間に構想を練っていた小説『遊具ひとつで引き籠もり』を一九五八年に書き終え、セイス・バラル社のビブリオテカ・ブレベ賞へ投稿する。結果は惜しくも次点であったが、結果としては一九六〇年に出版されて彼の実質的なデビュー作となった。

こうして文壇との関係もできたマルセーは、詩人ハイメ・ヒル＝デ＝ビエドマと作家カルロス・バラルの助言に従ってパリへ移住し、パストゥール研究所で細胞生化学部門の実験助手となるが、心血を注いでいたのはフランス語の映画台本をスペイン語へ翻訳することだった。二年ほどでスペインへ戻り、二作目『月のこちら側』（一九六二年）を発表するが、今日ではマルセーが一番嫌っている小説であって、作品リストからも外されている。どうもマルセーはまだ自分がこのまま小説家を目指すのかどうかを迷っていたように思われる。バルセローナへ戻ったマルセーが昨年十一月まで政権与党だったスペイン社会労働党との関係ができるのもこの頃である。しかし、パリ在住時代にあるピアニストの娘に家庭教師としてスペイン語を教えていた思い出を素材にして書かれた次作『テレサとの最後の午後』が、第一作では果たせなかったビブリオテカ・ブレベ賞を一九六五年に受賞し、作家人生を歩む決心がついたようである。既にマルセーは三十二歳になっていた。

こうして手遊びで関わっていた雑誌の編集からも手を引き、ホアキーナ・オヤスと結婚するが、仕事としては大手出版社プラネタ社が出す書物の帯書きをしたり、大親友の作家フアン・ガルシア＝オルテラーノと対談形式の映画評をしたり、雑誌『ボッカッチョ』の編集長となったりして、細々と糊口を凌いでいただけである。ところが四作目にあたる『従姉妹モンセの暗い物語』（一九七〇年）が大きな成功を収め、マルセー自身が自分の小説世界の重要な鍵を見つける契機となった。次に発表した小説が『恋に落ちたら —— 青春の日々』で、ビートルズの曲名をそのまま小説のタイトルにしたことからも分かるように、幼少期を取り戻そうとした作品なのだが、フランコ独裁制下の厳しい検閲に引っかかってスペインでは出版できず、一九七三年にようやくメキシコで出版することになる。校正もまともにできないために誤植だらけの酷い状態だったにもかかわらずこれが逆に幸いして、メキシコで国際小説賞を授与されて、国外でも評価されることに繋がった。こうしてスペイン現代文学の注目すべき小説家となったマルセーは、一九七四年に創刊されたばかりの雑誌『ポル・ファボール』で著名人の文学的スケッチを始めたが、これが名物コラムとなってさらなる読者を獲得する。そして一九七八年には『金色の下着をはいた女』でプラネタ賞に輝いている。プラネタ賞は賞金および発行部数がスペイン最大を誇る文学賞で、受賞者の中には御用作家も含まれていたり、予め受賞者が決まっていたり、とにかく物議を醸した文学賞ではあるが、プラネタ賞を受賞したことはとりもなおさずマルセーが文壇に確固たる地位を築いた証左でもある。

八十年代に入ると、中道左派のスペイン社会労働党が総選挙に打ち勝ってスペインが生まれ変わる。いわゆるポスト・フランコという時代を迎えるのだが、マルセーはフランコ時代のバルセローナを舞台に取り上げながら、『いつか戻る』（一九八二年）、『ギナルドー大通り』（一九八四年）を発表するも、脳梗塞で倒れて周囲を心配させたが、大手術を克服して復帰し、短編『ブラーボ警部補』を一九八七年に発表して健在ぶりを示した。以後は今日にいたるまでバルセローナの作家として重鎮の立場となり、数多くの文学賞を受けている。一九九〇年に『バイリンガルの恋人』でセビーリャ・アテネオ賞、一九九三年に『魅惑の上海《シャンハイ》』で権威あるクリティカ賞とアリステイオン賞（EU圏で発表された書物の中から最良の二書に与えられる賞で通称はヨーロッパ文学賞）、一九九七年には全業績に対してラテンアメリカで最も権威ある文学賞であるファン・ルルフォ賞を与えられている。その後しばらく作家活動が途絶えるが、二十世紀最後の年の二〇〇〇年に七年間の沈黙を破って『ヤモリの尻尾』を発表すると、批評界はマルセーの帰還を大歓迎した。もちろん、この『ヤモリの尻尾』も翌二〇〇一年に二度目のクリティカ賞、さらにスペイン小説賞を受けている。二〇〇二年には老舗のエスパサ＝カルペ社が『マルセー短編集』を出版し、ここには一九五七年からのすべての短編が収められている。そして二〇〇五年に発表されたのが本書『ロリータ・クラブでラヴソング』で、その三年後の二〇〇八年にスペイン語圏で最高の文学賞であるセルバンテス賞に輝いた。

マルセーの小説の多くは映画化もされていて、既に紹介したように彼自身も映画との関わりは若い頃から深い。当時のことを自身では「食べるための仕事であって、芸術的な興味などまったくなかった」と言うが、彼の映画への傾倒ぶりは否定すべくもない。特に映画監督ビセンテ・アランダとはよく一緒に仕事をしている。具体的に挙げると左記の通りである。

一九七七年『従姉妹モンセの暗い物語』（監督ジョルディ・カデーナ）
一九八〇年『金色の下着をはいた女』（監督ビセンテ・アランダ）
一九八三年『テレサとの最後の午後』（監督ゴンサーロ・エラルデ）
一九九二年『バイリンガルの恋人』（監督ビセンテ・アランダ）
一九九四年『魅惑の上海』（監督フェルナンド・トゥルエバ）

さらに『いつか戻る』は九一年にテレビの連続ドラマになっていて、脚本もマルセー自身が書いている。また、単発のテレビドラマ『暫定的自由』（一九七五年）の脚本もマルセーは手がけているが、映画化された作品では『テレサとの最後の午後』を除いて脚本にまでは関わっていない。だからだろうか、映画化されたものではマルセーが気に入ったものはひとつもないという。

実は、本書『ロリータ・クラブでラヴソング』も二〇〇七年にビセンテ・アランダが監督をして映画化されていて、日本での映画公開はなかったがDVDで入手可能である（熱帯美術館、タキ・コーポレーション、NMLD-003）。しかし題名が『クラブ・ロリータ』と変わっているので、気がつきにくいかも知れない。

おそらくは日本版ＤＶＤの題名はナボコフの『ロリータ』を想起させようと目論んでいるようだが、残念ながら映画も原作も直接的な関連はない。敢えて影響を探るならば、知的障害を持つバレンティンを純真無垢のシンボルとして、それだけ幼児に近いと見ることができるかも知れない。が、しかしナボコフの『ロリータ』は無償の愛を主題にした小説ではない。大人の幼児性愛の対象とされてしまう犠牲者の物語であって、ロリータ自身がハンバート・ハンバートに恋しているのでもない。マルセーの小説は逆に幼児のようなバレンティンが恋をして、無償の愛を捧げるのだが、身体的には大人であるが故に行為としては、しかも相手が娼婦であればそれだけ余計に擬似的セックスとならざるを得ない。かつてベストセラーとなった故飯島愛の自伝本の題名を拝借すれば、まさに《プラトニック・セックス》と表現してもいいだろう。ロリータが男となって恋をする、いわば「恋するロリータ」男性版である。しかも、本来ロリータという名前はローラという女性の名前に縮小辞が付いたもので、「ローラちゃん」くらいの意味であって、ローラもまたドローレスという名前のニックネームである。だから、『ロリータ・クラブでラヴソング』の「ロリータ・クラブ」とは本名ドローレス、通称ローラという女性がママとして切り盛りしている店のことである。題名から本書を手に取られた読者には少々落胆した方がいるかも知れない。

本書にはさらに双子という分身のテーマが入り込み、麻薬と人身売買、国内のテロ集団と警察の関係、内戦時に共和派だった者が戦後のフランコ時代にいかに生き延びたのか、転向したのか、しなかったのか等々、現代スペイン社会が抱える問題をほぼすべて取り込みながら、様々な愛の相克が繰り広げられる。マルセーはこの小説を書いたとき、既に七十二歳になっている。それほど高齢の作家が書いたとは思えないほど、現代的なテーマを素早い展開で読ませるところは、文壇の重鎮が見せる円熟の証だと言いうるだろう。

最後に、マルセーの作品は英独仏伊葡蘭など各国語に翻訳されているが、作品毎に状況が一様ではない。『月のこちら側』を除いて、仏訳はすべて揃っているが、英訳や独訳などは未だに主要作品に限られている。また、公式ホームページによると『恋に落ちたら――青春の日々』に邦訳があると記されているが、こちらで調べた限りでは見つかっていない。おそらく企画のまま実現しなかったのであろう。日本文学との関係で興味深いのは、仏訳からの重訳ではあるが、マルセーが三島由紀夫の『金閣寺』を一九八五年にスペイン語に訳していることを付け加えておく。

＊

翻訳はまずペイパーバック版（二〇〇七年）を底本にして始めたが、明らかな誤植が散見されたので、随時ハードカバーの初版（ランダムハウス＝モンダドリ社、二〇〇五年）を参照しながら進めた。しかし、訳者の公私にわたる所用が重なって、翻訳は遅れに遅れた。関係者各位に多大な心配と迷惑をかけたことをまずお詫びしておきたい。取り分けても、セルバンテス賞コレクションを発案し、スペイン文化省への助成金申請をはじめ、企画から実現までのすべてを引き受け、すべてを軌道に乗せた立役者であるフェリス女学院大学准教授の寺尾隆吉氏には心から感謝の意を表すと共に、翻訳の遅延に対して平身低頭でお詫びしたい。また、現代企画室の太田昌国氏は叱咤激励の緩急をよく心得た上で辛抱強くつきあって下さり、原稿にも的確な指示をいただき、上梓の日を迎えるところまで導いて下さったことに深く感謝している。編集部の江口奈緒さんが原稿を丁寧に読んで下さったことにも同様の感謝の意を表したい。最後になったが、出版助成を認めて下さったスペイン文化省にも感謝すると共に翻訳出版の遅れに対して心からお詫びしたい。尚、翻訳にはうかつにも見過ごした間違いや誤解が残っているかも知れない。読者諸氏からの忌憚のないご意見を心からお願いする次第である。

稲本健二

【著者紹介】

フアン・マルセー

Juan Marsé（1933 〜）

内戦終結後のフランコ独裁体制下で幼少期を過ごし、1950 年代から頭角を現した「世紀半ば」世代の代表的作家。第一作『遊具ひとつで引き籠もり』（1960 年）が新人作家の登竜門であるビブリオテカ·ブレベ賞の次点となって注目される。以後、『テレサとの最後の午後』（1965 年、ビブリオテカ・ブレベ賞）、『恋に落ちたら ― 青春の日々』（1973 年、メキシコの国際小説賞）、『金色の下着をはいた女』（1978 年、プラネタ賞）、『ギナルドー大通り』（1984 年、バルセローナ市賞）、『魅惑の上海』（1993 年、クリティカ賞およびヨーロッパ文学賞）、『ヤモリの尻尾』（2000 年、クリティカ賞およびスペイン小説賞）など、次々と作品を発表して不動の地位を築く。大都会へ変貌してゆくバルセローナを舞台にすえて、事実を交えた独自のスタイルで鋭くかつ生々しく描く手法は、スペインの社会が抱える問題と現代人の愛の乾きを見事に暴き出している。2008 年にセルバンテス賞を受賞。『ロリータ・クラブでラヴソング』（2005 年）はセルバンテス受賞前の作品で、12 作目に当たる。2011 年にも『夢の筆跡』を発表するなど、まだまだ筆は衰えていない。

【翻訳者紹介】
稲本健二（いなもと・けんじ）

1955年生まれ。大阪外国語大学（現大阪大学外国語学部）大学院修士課程修了。同志社大学言語文化教育研究センター教授。スペイン文学専攻。マドリード・コンプルテンセ大学およびアルカラ・デ・エナーレス大学で在外研究。文献学、書誌学、古文書学を駆使して、セルバンテスやロペ・デ・ベガの作品論を展開。国際セルバンテス研究者協会および国際黄金世紀学会に所属して毎年世界各地で研究発表をこなし、論文のほとんどはスペイン語で執筆。元NHKラジオ・スペイン語講座（応用編）およびテレビ・スペイン語会話担当講師。日本イスパニヤ学会理事および学会誌『HISPANICA』の編集委員長も務めた。1990年から2001年まで文芸雑誌『ユリイカ』（青土社）のコラム「ワールド・カルチュア・マップ」でスペイン現代文学の紹介に努める。訳書には牛島信明他共訳『スペイン黄金世紀演劇集』（名古屋大学出版会、2003年）など。

ロリータ・クラブでラヴソング

発　行　2012年2月10日初版第1刷　1200部
定　価　2800円＋税
著　者　フアン・マルセー
訳　者　稲本健二
装　丁　本永恵子デザイン室
発行者　北川フラム
発行所　現代企画室
東京都渋谷区桜丘町15-8-204
Tel. 03-3461-5082 Fax 03-3461-5083
e-mail: gendai@jca.apc.org
http://www.jca.apc.org/gendai/
印刷所　中央精版印刷株式会社

ISBN978-4-7738-1205-3 C0097 Y2800E

セルバンテス賞コレクション

①作家とその亡霊たち　エルネスト・サバト著　寺尾隆吉訳　二五〇〇円

②嘘から出たまこと　マリオ・バルガス・ジョサ著　寺尾隆吉訳　二八〇〇円

③メモリアス——ある幻想小説家の、リアルな肖像　アドルフォ・ビオイ＝カサーレス著　大西亮訳　二五〇〇円

④価値ある痛み　フアン・ヘルマン著　寺尾隆吉訳　二〇〇〇円

⑤屍集めのフンタ　フアン・カルロス・オネッティ著　寺尾隆吉訳　二八〇〇円

⑥仔羊の頭　フランシスコ・アヤラ著　松本健二／丸田千花子訳　二五〇〇円

⑦愛のパレード　セルヒオ・ピトル著　大西亮訳　二八〇〇円

⑧ロリータ・クラブでラヴソング　フアン・マルセー著　稲本健二訳　二八〇〇円

以下続刊。（二〇一二年二月現在）